目次《もくじ》

イラスト——Izumi
デザイン——AFTERGLOW

天正十六年四月
徳川家康と旭姫・天正十六年四月二十五日
山内一豊と千代・天正十六年四月十七日

JN072918

人物紹介

じんぶつしょうかい

与祢（よね）

本作の主人公。現代から戦国時代末期へと転生した。山内一豊・千代夫妻の娘。大名の一人娘という立場をフルに使って趣味の美容に邁進していたら、北政所様（寧々）の御化粧係に就任することになる。大谷吉継に片想い中。

寧々（ねね）（北政所 きたのまんどころ）

天下人・羽柴（豊臣）秀吉の正室。戦国最強の女権力者で、与祢の美容知識に目を付けて御化粧係に抜擢した張本人。与祢のことは、実の娘のように可愛がっている。

大谷吉継（おおたによしつぐ）（通称：紀之介 きのすけ、大谷刑部 おおたにぎょうぶ）

羽柴家臣団の最年少行政官僚。堺で与祢の窮地を救ったことで惚れられるが、与祢のことは妹のようなものだと思っている。最近、体調を崩しがち。

北政所様の御化粧係《きたのまんどころさまのおけしょうがかり》

～戦国の世だって美容オタクは趣味に生きたいのです～

三

[著] 笹倉のり
NORI SASAKURA

[絵] Izumi

TOブックス

きたのまんどころさまのおけしょうがかり

孝《こう》蔵《ぞう》主《す》

寧々の筆頭女房の尼僧。完璧な礼儀作法に回転の速い頭を備えた有能なキャリアウーマンだが、時々寧々に転がされて遊ばれてしまう。

石《いし》田《だ》三《みつ》成《なり》（通称：佐《さ》吉《きち》、石《いし》田《だ》治《じ》部《ぶ》）

羽柴家の若手随一の行政官僚。有能だが頭が良過ぎて他人が馬鹿に見えるタイプのため、周囲と衝突しがち。大谷吉継、福島正則とは小姓時代からの付き合い。与祢とはちょいちょい仕事で顔を合わせる。

羽《は》柴《しば》（豊臣《とよとみ》）秀《ひで》吉《よし》

天下統一を目前に控える天下人。明るい性格で人たらしだが、戦国武将らしく残酷な一面もある。女癖が悪く、しばしば寧々に折檻を喰らっている。

福《ふく》島《しま》正《まさ》則《のり》

羽柴家若手トップの武将。情に厚くて義理堅く、面倒見も良いが、並外れた酒乱・酒好きのためトラブルを起こしがち。妻のりつにあたまが上がらない。

竜《たつ》子《こ》

秀吉が現在一番寵愛している側室。体調を崩していたが与祢の秘策によって回復した。凛とした女性で、とても豪胆な性格。

千《ち》代《よ》

与祢の母にして山内一豊の正室。娘と夫のことが大好き。明るく、どこか少女のような天真爛漫さを持っていて好奇心も旺盛だが、夫の夢のためならば手段を選ばない一面もある。

プロローグ　開幕のベルが鳴る【天正十六年一月中旬】

荒々しい足音二つ。追いかけてくるたくさんの声。

うららかな午後の中奥の、にわかな騒がしさ。

「たっ、竜子《たつこ》様ぁ！」

その真ん中で、私は叫んだ。

「如何《いかが》した」

「ちょ、ちょっと、もうちょっとゆっくり歩いてくださいっ」

面倒そうな竜子様の肩にしがみついて、舌を噛まないよう必死になりつつお願いする。

抱えてもらっておいてなんだが、今にも落ちそうで怖いのだ。

「聞けぬな、しばし耐えよ」

「そんなぁー！」

いくら緊急事態だと言っても、急ぎすぎじゃない？

ことの発端は、つい先ほどのことだ。萩乃《はぎの》様によって急に座敷に放り込まれ、出してもらえたと思ったら竜子様が凄まじいお顔だった。

来客だったようだが、一体何があったのだろうか。それを聞く前に、竜子様が寧々《ねね》様のもとへ行くと言い出した。急ぎ知らせねばならないことができた、と。

先触れに萩乃様を走らせて、それをすぐさま竜子様が追いかける。歩調を合わせてられないから
と、手ずから私を抱えてだ。

そして御殿に入るなり、出迎えた寧々様に竜子様が叫ぶように言ったのだ。

『茶々《ちゃちゃ》殿が、側室になると聞きました。ご存知ですか』

次の瞬間、寧々様は御殿を飛び出した。

私を抱えた竜子様を伴い、反応が遅れた孝蔵主《こうぞうず》様たちを置き去りにして、城奥《しろおく》の出口へ一直線。

蹴破《けやぶ》る勢いで城奥と中奥《なかおく》を繋ぐ扉を突破して、今に至るのである。

「しかたあるまい、殿下が騒ぎを聞きつけてからでは遅いのだ」

「そうね、竜子殿のおっしゃるとおりよ」

振り向くことなく、私たちの前を進む寧々様がおっしゃる。

「あの人が逃げ出す前にとっとと見つけねば」

「殿下が逃げ出すって、そんなことあります？」

妻から尻尾を巻いて逃げる天下人なんて、想像できないのですが。

後ろめたいことがあったとしても、開き直るか抵抗くらいはするんじゃないのかなあ。

「殿下は逃げるぞ」

間違いなくな、と竜子様が眉間に皺《しわ》を寄せて言った。

「女絡みの、それも、妾《わらわ》の時と同じ不義理だ。ゆえに寧々様と妾の顔を見れば、逃げる」

「えぇ……」

寧々様の許しなく側室を召し上げるって、そういえば竜子様と同じやらかしだっけ。

寧々様と竜子様が怒り心頭になるのも当然だし、秀吉様もかなり後ろめたいだろうから逃げ出したくもなるか。

でもなあ。仮にも天下人だよ？　本当に逃げるのかな？

「とにかく、時ならぬ時と心得《こころえ》よ！」

いいなと言うように、竜子様が私の背中を叩く。

力、強《つよ》っ⁉　一瞬息を詰めた私の返事を待たず、竜子様はさらに加速する。

私たちがそうしている間にも、寧々様もぐんぐん前を進んでいる。

やっぱりだが、ちらりともこちらを振り返ってくれない。

黙ってついてこいってことですね……はい……。

それにしてもここはどこだろう。痛む背中を気にしながら、竜子様の腕から周りを見回してみる。

勢いよく流れていく風景は、いつのまにかすべて見慣れないものだ。

私が知らない区画ってことは、城表《しろおもて》に近い場所だったりする？

だとしたら、私たちが来ていい場所なのだろうか。基本的に城奥の女は、城表へ近づいてはいけないはずだ。

後でお叱りを受けたりしないよね？　制止する家臣や侍女たちを振り切った時点で、何を言っているんだって話なのだけど……！

そんなふうに叱られないか怯えているうちに、寧々様と竜子様が立ち止まった。

もしかして、私が初めて聚楽第《じゅらくだい》に上がった時に通された座敷、かな。

廊下やそこから見える庭の雰囲気に既視感《きしかん》があるし、襖絵《ふすまえ》も初めて見る気がしない。

「いらっしゃるのだな、ここに」

低く、怒りを抑えていると丸わかりの声で竜子様が呟く。

襖の前に控えていた小姓衆《こしょうしゅう》が顔色を変えた。

どうやら正解のようだ。この向こうに、秀吉様がいる。

「お、お待ちください！」

襖の前へ一歩踏み出した寧々様を、控えていた小姓衆の一人が呼び止めた。

「何かしら」

「ただいま殿下は奉行衆の方々との評定の最中でございます。無理に押し通られれば、お怒りになるやも……」

「あらぁ、そうなの」

軽い調子で言って、寧々様は小首を傾ける。

頬に手を当てて、ゆっくりと目を瞬かせることしばらく。

にこっと笑って、ほっと肩の力を抜きかけた小姓を押しのけた。

「ではお邪魔するわね！」

指先まで磨き抜かれた手が、有無を言わさず豪華な襖をスパンと左右に開く。

はたして襖の向こうには、秀吉様と石田様たち奉行衆《ぶぎょうしゅう》の面々がいた。

図面らしき大きな紙を囲んでいた彼らが、一斉にこちらを振り返る。

「お前様」

集まる視線をものともせず、寧々様と竜子様は中へ一歩踏み入った。

優雅に打掛を捌《さば》き、図面を踏みつけて、するすると滑るように。

唖然としている夫の真正面に、寧々様たちは進み出る。

「お前様ぁ、少し、よろしいかしら？」

それぞれに美しい二人のかんばせに浮かんだのは、獰猛《どうもう》な微笑《びしょう》だった。

1　夫婦喧嘩と東からの手紙【天正十六年一月中旬】

寧々様の御殿の庭には、梅の木がある。

空へ向かって大きく両手を広げたような立派な枝ぶりで、赤と白の花をどちらも付ける木だ。

こういう咲き方を『源平咲き《げんぺいざ》』と呼ぶそうで、接《つ》ぎ木ではなく自然にそうなったものは珍しいらしい。

この梅の木は、どこだかの山で偶然見つけられて、縁起がいいとここに移されてきた。

移植後にちゃんと咲くだろうかと、御殿の者は皆心配していたけど、ちゃんとお正月あたりから綺麗な花を綻ばせてくれた。

そんな注目の的の、絶賛満開中の梅の木に――天下人が、縛り付けられている。

「さて、お前様」

寧々様が余った縄を片手に、にこにこ秀吉様に呼びかける。

唇から零れる声は明るい。とっても、いつも以上に、明るい。

笑顔だって、そうだ。いつにも増して、寧々様の笑顔は輝いている。

だから、怖い。後ろに控えた私とおこや様と萩乃様は、そっと互いの手を繋ぎ合った。

竜子様や孝蔵主様と東様《ひがし》が平然と見守っているのも、また空恐ろしい。

なんでこんな、馴れきった雰囲気でいられるのか。この人たちの神経は何でできているの？　鋼鉄のワイヤーとか、そういうの？

戦々恐々としている最後方の私たちをよそに、寧々様はすたすたと梅の木に近づく。

縛り上げた秀吉様の側にしゃがんで、帯に差した扇子《おうぎ》を抜いた。

「お前様」

「な、なんだっ」

キッと秀吉様が寧々様を見上げる。

毅然とした眼差しは、まさに天下人の威厳を備えていらっしゃる。両方の頬に張り付いた大きな紅葉《もみじ》で、威力が半減しているけれど。

腫れた秀吉様の右の頬に、金色の扇子が添えられる。

「もう一度、訊きましょうね」

扇子の先が、秀吉様の頬をゆっくりと叩く。

ぴっ、という天下人が出したらいけない悲鳴が聞こえた気がした。

目を剥く秀吉様を、寧々様がじっと見つめる。

「どうしてあたくしに、相談してくれなかったのですか？」

秀吉様は、何も言わない。いや、違う。言えない。見つめ合うとお喋りできないやつだ。

「ねえ、お前様は覚えているかしら」

「な、なんのことやら」

「祝言を挙げた時に、あたくしたちが交わした約束」

「やくそく」

「家のことは、万事寧々に、伺いを立てる……でしたわね？」

寧々様が、言葉を切る。

沈黙が、重い。重すぎて、胃が潰れそうな沈黙が庭に落ちる。

秀吉様が喉を喘がせる音が、やけに大きく庭に響いた。

「す、すんません」

秀吉様が絞り出した声は、聞かなかったことにしたかった。縛られたまま不格好な土下座もどきをする姿も、壊れたロボットみたいな調子で謝り続ける姿も見たくなかった。

こんなの豊臣秀吉じゃない。豊臣秀吉であってはいけない。目も当てられないほど情けなくて、私はそっと目をそらした。

「すんませ、すんません、寧々様、寧々様、許して、許して」

「お前様ぁ、あたくしはね、謝ってほしいのではないのよ？」

「ひぃっ、すんませんっ！　許してくれ？　なっ？　怒ると別嬪《べっぴん》さんがだいな、しっ⁉」

振り下ろされた扇子が秀吉様の月代《さかやき》にヒットする。

あ、良い音。扇子が真ん中から折れた。秀吉様の頭が沈む。血は出ていないが、あれは痛そうだ。

「話せと言っておるのよ！　ハゲネズミ野郎がぁぁぁっっっ！」

寧々様が、お上品を吹っ飛ばす。聞いたこともない、ヒステリックな雄叫びに近い声が上がる。

「なんで！　茶々姫にっ！　側室にすると！　勝手に約束したんか話せぇぇぇぇっっっ！」

草履の足が、秀吉様の真横の幹を蹴る。

衝撃《しょうげき》で、梅が散った。ばらばらと落ちてくる花びらの下で、寧々様が夫の襟首《えりくび》を掴み上げる。

がくんがくんと揺さぶって、あらんかぎりの罵詈雑言《ばりぞうごん》を連ねる。初めて見る狂乱の寧々様の後姿から、そっと目を逸らす。

空を見上げてみた。わぁ、美味しそうなオレンジ色。

おそら、きれいだなあ。


修羅場が始まったのは、今から一刻《約二時間》ほど前にさかのぼる。

寧々様と竜子様は、私を連れて、中奥へ奉行衆との会議中だった秀吉様の捕縛に出向いていた。

罪状は、寧々様に断りなく側室の増員を決めたこと。

城奥の秩序を乱すやらかしに怒り心頭な二人は、笑顔で夫を迎えに来たのである。

それはもう、女神のように美しい笑顔で、だ。

瞬時に危機を察した秀吉様は、逃げようとして失敗した。座敷を飛び出す寸前で、寧々様に睨まれた石田様にスライディングで後ろから押し倒されてしまったのだ。

そのまま棒読みで謝る石田様に押さえ込まれ、秀吉様は起き上がる間もなく寧々様に襟首を掴まれた。

あとはもう、お察しの結果です。言い訳したり石田様に恨み言をぶつけたりする秀吉様は、抵抗むなしく寧々様に城奥へ引っ立てられた。

御殿にやってきて早々に寧々様のビンタを喰らい、ついでに竜子様からも太ももを抓《つね》られていた。

それでもまだ秀吉様は、往生際《おうじょうぎわ》悪く誤魔化そうとした。必死の形相で舌をフル回転させて、おべっか、おべっか、時々逆ギレ。その逆ギレにキレ返した寧々様によって、秀吉様はとうとう梅の木に縛り上げられ、今に至るのである。

あらためて振り返るととんでもない夫婦喧嘩だな、羽柴夫妻と竜子様。

「すまんて！　すまん！　寧々様ぁぁぁ――っっっ！」

秀吉様の涙声が、夕暮れの庭に響く。情けなさ過ぎてこっちも涙が出てきそうだ。

「それならきりきり話しなさいっ！　なんで勝手したの！」

襟首を掴んだまま、寧々様が吠える。ぶるぶる震える秀吉様は、その剣幕に涙ぐみながら口を開いた。

「だ、だって、茶々が泣いたんや」

「あ？　なんで？」

「もぉ他所《よそ》に行きたぁないて、ひ、一人で他所に行くんは嫌やて。そ、それで、かわいそぉなって」

怯えきった秀吉様が、恐る恐ると言うふうに白状する。

「ほら、茶々はその、髪の色とか変わっとるやろ？　背ぇも高いし、公家好きする容色やないしな？　お堅い公家に嫁いだら、いじめられてしまわんだろか……って、恐ろしいって、助けてって
……言うし……」

「それが理由なの？　それだけ？」

寧々様が、引きつった声で秀吉様に訊いた。

秀吉様の目が泳ぐ。あちらへ、こちらへ。たっぷり、一分はそうしていただろうか。

とても髭の薄い顎が、こくり、と縦に振れた。

「はい……ならここにずーっとおればええって、言いました……」

「どあほぉぉぉおっっ！　あたくしの苦労はどうなるのんんんぁぁぁあ――っっっ！」

地に額を擦り付けて謝る秀吉様の前で、寧々様が崩れ落ちる。

竜子様も、棒立ちで絶句している。孝蔵主様や東様でさえ、ぽかんとして思考停止状態だ。

絵に描いたような非常事態に、私ももうわけがわからない。

ええと、つまり、どういうこと？　秀吉様は茶々姫様とやらに同情して、側室にするって約束してあげたってことでいいの？

同じく唖然としているおこや様たちの袖を引いてみる。

「な、なに？」

「おこや様、茶々姫様ってどなたですか」

耳打ちすると、おこや様と萩乃様が目を丸くする。

「お与祢ちゃん知らないの？　茶々姫様を？」

「え、ええ」

「嘘、ほんとに知らないのですか、山内の姫君？」

「そうですけど……」

名前はなんとなく、聞いたことある気もするよ。前世だか今世《こんせ》だか判然としないけど。

おこや様と萩乃様は顔を見合わせてから、私に残念な生き物を見る目を向けてきた。

「だめだよ、城奥の有名人くらい覚えとかなきゃ」

「そうですよぉ、面倒な人でもありますし？」

「なんですかそれ、危険人物なのですか」

「うーん、ある意味では？」

「竜子様にとっては天敵ですしねぇ」

まっったく話が見えない。

理解が追いつかないと降参すると、二人は仕方ないなという感じで教えてくれた。羽柴の城奥には、織田家ゆかりのお姫様が住んでいる、と。

その姫の名前は、茶々姫。かなり昔に滅んだ北近江《きたおうみ》の浅井《あざい》家のお姫様だ。

父は浅井長政《あざいながまさ》、継父《けいふ》は柴田勝家《しばたかついえ》。

母は、お市《いち》の方。そう、お市の方。

先の天下人・織田信長の妹の。あの、戦国一の美女と名高い。

お市の方の長女が、茶々姫。

あっっっ。

「思い出せた？」

おこや様にたずねられて、深く頷く。知っている。知っていたよ。

あれだよね。茶々姫って、淀殿《よどどの》だよね。織田信長の妹の娘で、秀吉様の子を唯一産んだあの淀殿でしょ。嫌な意味での運命の女、淀殿だ！

「そのお顔を見ますと、何がまずいかおわかりですね」

「はい、それはもう、ええ」

萩乃様に言われなくても、わかっていますとも。

令和の頃に目にした時代劇や小説なんかでは、存在するだけでやばい女として描写されまくっていた。

悲劇のヒロイン設定でも、傾国の悪女設定でも、だいたい同じ。淀殿が秀吉様の子供を産んで、豊臣滅亡カウントダウンスイッチをオンにするのだ。

今現在の人たちはその史実を知る由《よし》もないが、淀殿――茶々姫を持て余す女性として認識していた。

茶々姫は、厄介な血筋のお姫様だ。父方は説明不要。実の父の浅井長政は織田に立てついて滅《ほろ》ぼされたし、継父の柴田勝家は秀吉様との政権争いに負けて滅亡している。領地も財産も木《こ》っ端《ぱ》微塵《みじん》で、何の役にも立たない状態だ。

母方の織田は天下人の御家だったが、肝心の信長公が本能寺で死んで空中分解した。現当主が一度秀吉様に喧嘩を売って、完膚《かんぷ》なきまでに負かされて首根っこを掴まれているという状況である。端的に言って、見る影もないレベルの落ちぶれっぷりだ。

でもこの織田家、まだネームバリューは残っている。秀吉様が信長の衣鉢《いほつ》を継ぐ、という形で天下を取ったからだ。

ゆえに織田家という名家は、非常に政治的にややこしくて扱いづらい。茶々姫も、その煽りをもろに喰らっていらっしゃる一人だった。

結婚適齢期《けっこんてきれいき》過ぎなのに、いまだ嫁ぎ先が見つかっていない。過去に二度も縁談が持ち上がったのに、その度に縁談が潰れてしまったくらい難儀《なんぎ》している。

「もうね、どう扱っていいかみんなわかんなくてね」

「本人は平然としてらっしゃるけど、ねえ?」

「なるほどぉ……」

腫れ物ってわけだったのね。納得。

そんな悲惨《ひさん》な茶々姫のことは、寧々様が気にかけていた。去年からは、三度目の正直と奮起《ふんき》して縁談を探しまわってあげていたほどである。

そこにきての、これ。茶々姫、秀吉様の側室に電撃加入《でんげきかにゅう》。寧々様が怒るのも無理ないな。各方面との約束や色々な予定を、秀吉様が相談も無しにひっくり返したのだ。

しかも、政治的な緊急措置《きんきゅうそち》でもなんでもない。一個人としての同情という、非常に理由にならない理由によった決定だ。

どこからどう見てもだめなやつだよ、秀吉様。笑って済ませられるやらかしじゃない。こんな理由で御家の自爆スイッチに手を出しただなんて、想像もしてなかったよ。

女好きが高じて美人な淀殿に手を出しちゃったとか、お市の方の面影を追いかけちゃったとか言われていたけどさぁ。ただの同情で側室に迎えただなんて、予想をはるかに超えているよ。救いようが無さすぎて、笑うを通り越して無だ。寧々様の物理的なお仕置きですら、まだまだ生温いと思える。

切り落とすしかもう、無いのでは……？

「これ、まずいですよね」

「まずいわねえ」

「まずいですねえ」

再確認する私に、おこや様と萩乃様が同意する。私たちばかりが妙に冷静であることに、三人とも半笑いになってしまう。

さて、どうしたらいいのかな。収拾の付けようが思いつかなくて、途方に暮れる。

そんな私たちの後ろの回廊《かいろう》の彼方から、ざわめきが聞こえてきた。なんだろう。振り返った私につられて、おこや様と萩乃様も首を巡らせる。

そして、見てしまった。

夕闇《ゆうやみ》の漂い出した回廊の奥にいる、髪を振り乱した年老いた般若《はんにゃ》の姿を。

「「「ヒッ」」」

私とおこや様と萩乃様の悲鳴が重なる。同時に回廊の奥から、般若が走り出した。

夕陽で赤黒く染まった髪を振り乱し、皺深い顔に怒りを満たし。老婆と思えない速度で、こちらに突進してくる。

こわいこわいこわい。めちゃくちゃ怖いんですがっ⁉

慌てて三人そろって、沓脱《くつぬ》ぎの側から飛び退く。タッチの差で老婆の般若が沓脱ぎに到達し、そのまま上段から庭へと飛び降りた。

胡桃染《くるみぞめ》の打掛が、翼のように宙に広がる。地に舞い降りる般若の姿が、スローモーションで目に映る。からげた小袖の裾から伸びる、しわしわの足が力強く着地した。

砂を素足で踏みしめる音に、寧々様たちがやっと振り向く。

みるみる全員の顔が、驚愕に染まる。特に、秀吉様。顔色が青を通り越して白に変わった。開いた口を鯉のようにして、シバリングのように震え始める。

「ぁっ、おっ、おかっ、お、っ」

喉から声は出るけれど、形は口から出た途端に崩壊している。

そんな状態の秀吉様を、般若は怒りで滾る双眸で睨み据えた。

「とぉぉぉぉきぃちろぉぉぉおお……」

地獄の釜の蓋を引きずったら、こういう音がするのではないか。皺の深い口元から零れるそんな低い声に呼ばれて、秀吉様はとうとう完全停止した。

般若が歩き出す。素足で冷たい地面を踏みしめる。憎しみをぶつけるように、力強く。一歩、一歩と縛られた秀吉様の元へ近づいていく。

道を開けた寧々様の横を通り過ぎて、秀吉様の前へ至る。

「……この」

荒い吐息に掠れる声とともに、萎《しぼ》んだような肌に覆われた手が伸びる。

綺麗に揃えた爪の並ぶ指が、むんずと秀吉様の肉の薄い頬を抓《つね》った。

「くそたわけがぁぁあ！」

「ぃぎゃぁっ！　おっがぁ⁉　いだぁぁぁっっ！」

「また寧々さを泣かせおってっ！　何度目やぁっ！」

般若、もとい秀吉様のお母様である大政所《おおまんどころ》様は、息子に加減しない。

本気で痛がられても、もっと泣き喚けと言わんばかりに秀吉様の頬を捻る。

お仕置き第二ラウンドの開始だ。秀吉様の汚い悲鳴が、夕暮れに響き渡る。

「ちあっ、ちあうんあ、ひゃひゃがなふから！」

「なぁにが違う？　女に泣かれたくらいで勝手するんやないが！」

「ひぇもほっか」

「うるさいっ！　寧々さに謝れぇっっっ！」

食い下がる秀吉様の頬を、大政所様がしばく。寧々様が最初にビンタを入れたとこだ。

年季を積んだ良い音の一発を入れてから、大政所様が地に膝をついて顔を覆った。

「おみゃあが情けにゃーでよ、おらぁよぉ……」

「お義母様《かあ》……」

「すまんなぁ、おらぁが藤吉郎を適当に育ててしもうたばっかりに……っ」

肩を支える寧々様に縋って、大政所様が涙を零す。竜子様も駆け寄って側に跪き、懐紙《かいし》を差し出した。

「大政所様、どうぞこちらを」

「竜子さもすまんなぁ」

「いえ、慣れましたゆえ」

「慣れたらあかんよぉ、こんなん」

受け取った懐紙で、大政所様が鼻を擤む。丸めた懐紙をぐったりする秀吉様に投げつけて、真っ赤になった鼻を鳴らした。

「なっ」

「ぜぇんぶ佐吉《さきち》に聞いたでな、藤吉郎」

「縁談まとまる寸前の娘さんに手ェ付けてからにっ！　恥を知れっ、恥をッ！」

「そんなことまで、あ、あの阿呆っ」

白青い顔色の秀吉様が、ここにいない石田様を罵倒する。

石田様への恨み言を言う秀吉様の頭に、また大政所様は使用済み懐紙を丸めてぶつける。

「アホはおみゃあじゃ！　底抜けの女狂いがっ！」

「それは悪いと思うておるがなぁ！　おっかぁ！　あいつなんで勝手におっかぁに会っとるのや⁉」

城奥に入れとんのか⁉　と秀吉様が言い返す。矛先を石田様に逸らして誤魔化す作戦かな。なかなか姑息だ。

大政所様だけでなく、寧々様や竜子様の目までさらに冷たくなってくる。

けしからんだのなんだの言っている秀吉様の頬を、もう一度大政所様が抓った。

「ギャッ⁉」

「中奥で会うたんや。佐吉に相談があってな」

「は？　なんでわしに先にせんのや」

「おみゃあに話したら止めるやろ思うてな」

「はぁぁぁ⁉」

秀吉様がいらっとした顔になる。片眉を上げて、頬の端をぴくぴくさせて大政所様を睨んだ。

しかし大政所様はこれしきの息子の剣幕で怯む人ではない。うるさいと重ねられる文句を切り捨てて、赤いまなこを吊り上げた。

「自分の娘のことや！　好きにさせぇ！」

「娘？　姉さんになんかあったか？」

「旭《あさひ》の方や！」

落ちていた折れた扇子を、秀吉様に投げつけて大政所様が吠える。

肩で荒く息をして、血圧も上がりまくりという感じだ。まずい。落ち着かないと血管が切れちゃうよ。

私たちがはらはら見守る中、大政所様が寧々様と竜子様にすがって立ち上がった。

「ええか、藤吉郎」

ぎろりとぼろぼろの秀吉様を見下ろして、大きく息を吐く。

「おらぁは今日から、しばらく病《やまい》になるでな」

◇◇◇◇◇◇

「お義母様、それでどうなさったのです？」

用意した生姜と柚子の蜂蜜漬けのホットドリンクを飲んで、寧々様が切り出す。

私たちは、さきほど場所を御殿の中に移した。夕暮れの寒さが大政所様には堪えるから、という理由でだ。

あのままだと話が錯綜《さくそう》して、わけがわからないことになりそうだったのだ。

寧々様は、呼び出した石田様に秀吉様を引き取らせ、茶々姫の問題は後日に回すと宣言した。どさくさで見逃す気はさらさらないらしい。

興奮しきった大政所様を抱えて、温かい室内に入り、人払いを念入りに行った。

今、この座敷にいるのは、寧々様と大政所様。部屋の隅には孝蔵主様と東様、お茶出し係の私が控えている。

おこや様は控えの間で待機していて、竜子様と萩乃様は帰っていった。どっちもちゃっかり生姜と柚子蜂蜜のドリンクを確保して、である。

そうして、今に至るのであるが。

「病になられるなんて、急にどうされたのですか」

「ああ、ええとね、それは旭に出す文の方便《ほうべん》でねえ」

「旭殿に？　どうしてそのようなお手紙を？」

「それが……ねぇ……」

大政所様が、言い淀む。湯呑みを両手で包んで、視線をうろうろと彷徨《さまよ》わせてだ。

迷っていると態度ではっきり物語る大政所様を、寧々様はじっと待つ。

「もしあたくしでよろしければ、お力になりますよ？」

「ううん、ええのよ、実はもうね、佐吉と助作《すけさく》に段取りを頼んでしもうて」

「まあ、お義母様が？」

寧々様の目が丸くなる。お仕事用の澄まし顔をしている私も、内心驚いた。

大政所様は、賢いおばあさんだ。基本的に、オフィシャルなことに関しては絶対に出しゃばらない。

これは大政所様が、きちんと自分の政治能力などを把握しているからだ。

政治が爪の先ほどくらいでも関わることなら、全部息子夫婦に完全に従う方針を取っている。例外は、福祉系や仏事系のことくらいかな。貧困層や病気の人たちへの施しや、お寺の建立の要望を秀吉様に出す程度だ。

そういう大政所様が、独自で佐吉と助作――奉行衆の石田様と片桐東市正且元《かたぎりいちのかみかつもと》様に面会して、何事かの段取りを指示した。

しかも、政略結婚で他家に嫁いだ娘に関することである、だ。

滅多にない、というか、ほとんど初めての政治が絡む行動である。驚かない人がいないようなことだ。

「すまんねえ、勝手してもうて」

唖然とする寧々様のお顔をうかがいながら、大政所様は肩をすぼめて謝った。

後ろめたい気持ちを抱えているせいか、いつものはつらつとした背中が小さく見える。

「いいえ、お気になさらず。お義母様が珍しく佐吉たちに頼み事をされたなら、きっとよっぽどのことでしたのでしょうし」

我に返った寧々様が、大政所様の細い肩を抱く。

慰めるようにさすりながら、ゆっくりとした口調で質問を重ねた。

「でもいったいどうして、そのようなことを思い立たれましたの？」

「……あんねぇ」

大政所様が湯呑みを茶托に置いて、懐に手を入れた。ごそごそと探って、白い紙を引っ張り出す。

手紙だろうか。ずいぶんとしわくちゃな紙の裏から、何か文字が透けて見えている。

ためらいがちに、大政所様が手紙を寧々様に差し出した。受け取った寧々様が断って、手紙の皺を伸ばしながら開く。

さっと文面に、寧々様の視線が走った。鳶色の色の目が、みるみると点のようになっていく。

手紙の内容は一体どんなものだったのだろう。あまり長そうな手紙ではないのに、寧々様は書面を凝視したまま動かない。

「寧々様、如何なさいました」

沈黙を、孝蔵主様が破った。ゆっくりと寧々様が私たちの方へ振り向く。押し黙ったまま、手紙を孝蔵主様へ渡した。

孝蔵主様が「失礼をば」と断って、手紙を広げる。左右の東様と私も、首を伸ばして覗き込む。

それは、短い手紙だった。力強い男性の筆跡なのに、使われている文字はすべてひらがな。文章も、かなり簡単なレベルで綴られている。

大政所様の識字能力に合わせた気遣いが滲む、優しい手紙だ。そんな柔らかさとは裏腹に、内容は切迫感に溢れていた。

駿府にいる秀吉様の妹の旭様が体調を崩していること。

里帰り療養を勧められても、ずっと断っていること。

どうしようもなくなったから、大政所様の助力を願いたいこと。

追伸でどうかどうかお願いします、と念押しまでしている。

そんな手紙の、差出人の名。短く添えられた文字に、私たちの目が吸い寄せられる。

「……いえやす」

読み上げて、思考が停止した。

いえやす。その名を持つ人を、私は一人しか知らない。

駿河《するが》・遠江《とおとうみ》・三河《みかわ》・甲斐《かい》・信濃《しなの》の五ヶ国を従える大大名《だいだいみょう》。海道一の弓取りと名を馳せる、天下人羽柴秀吉の完全勝利を唯一阻んだ男。

関ヶ原の合戦の後、三百年に近い泰平の時代の幕を開ける、三番目の天下人。

そして、秀吉様の妹である旭様の、今の夫。

――――徳川家康《とくがわいえやす》。

この手紙の差出人は、その人に他ならない。座敷が静まり返る。誰も、一言も発しない。

寧々様は、大政所様の側で微動だにしない。大政所様も、俯いて膝の上の拳を握っている。孝蔵主様と東様と私は、書状から目が離せない。

完全に、空気が死んでいる。だって、この手紙はただの手紙じゃない。政治的に、あらゆる意味で、超やばい代物だ。

それは何故か。徳川家康が大政所様に宛てた手紙だからだよ。

しかも、秀吉様も寧々様もまったく知らないルートで届いたもの。これは家康が独自に、大政所様と直接連絡を取れるという証拠だ。

恐ろしいことに、大政所様は家康の手紙を受けて、秀吉様をスルーして奉行衆に働きかけた。

大政所様が家康に、非常に好意的であるということだ。それも、家康に頼まれれば、息子を無視して便宜《べんぎ》をはかるほどに、である。

すなわち家康は正規ルートを吹っ飛ばし、自分の要望や意見を政権中枢へ通せるという証明だ。

そして、頼んできた内容も危ない。旭様の里帰りへの助力だ。

ざっくりいうと、家康は人質でもある正室を送り返すねって言っている。人質を返すという行為は、天正の世にあって講和の手切れ通告の意味も含む。人質という枷《かせ》を放棄して、フリーになりますよという宣言に等しい。

率直に言おう。この手紙は、超弩級の政治的大爆弾だ。

それが大政所様の懐から出てきたなんて、悪夢もいいところ。寧々様が白目を剥いても、当然である。

「お義母様、佐吉たちにはどう話したのですか」

声をひそめて、寧々様が訊く。

「旭本人から、帰りたいって文が来たと。文は見せとらん。おらぁ付きの女房も侍女も、繋ぎ役以外は知らん」

「よかった……」

大政所様のお返事に、寧々様が脱力する。

私もつられてホッとした。政治が不得意でも、大政所様が最低ラインは承知していてくれて、よかった。

石田様たち奉行衆にバレてしまったら、隠蔽なんて不可能だったよ。徳川と全面対決リバイバルが、緊急開催しかねなかった。

「燃やして、いいですね？」

こくりと大政所様が頷く。視線をいただく前に私が動いた。部屋にある小型の火鉢を引っ張ってきて、寧々様に差し出す。

寧々様がすばやく、赤く光る炭団《たどん》へ手紙を乗せた。薄い手紙はすぐ燃えた。文面も署名も、跡形もなく消えていく。

残ったのは、微かなきな臭さだけ。それすら私が継ぎ足し、火を移した香木入り炭団の芳香で掻き消える。

証拠隠滅、完了だ。大政所様以外の全員が、肩の力を抜いた。

「さっきおらぁ、藤吉郎にこれから病になるって言うてもうたけど……」

「ご案じなさらず、藤吉郎殿には旭殿の文が発端で通しましょう」

寧々様が大政所様だけでなく、全員に言い聞かせるように言う。

そうするしかないものね。真剣な顔で頷き合う。墓場まで持っていく秘密ができてしまった。この先、口を滑らせないか怖いわ。

心の中で震え上がる私をよそに、寧々様が大政所様と話を進める。

「この件はあたくしが預かって、取り仕切りますね」

「寧々さ、ありがとぉ、ありがとぉなぁっ」

「良いのですよ、お義母様。でも、そのために詳しい事情をお聞かせくださいまし」

「……うん、わかった」

寧々様に寄りかかったまま、大政所様が話し始める。

この家康ホットラインは、なんと一昨年からあるものだそうだ。

一昨年といえば、大政所様は駿河へ人質に行っていた。旭様を正室に迎えてもなお大坂へ来ない家康への、いわゆるダメ押しのためである。

とっても大切な大切なお母さんだけど、送るね。君が大坂に来てもしものことがあれば、煮るなり焼くなり好きにしてくれていいよ、的な意味でね。

お前の血は何色だって言いたくなる作戦だが、これは大成功をおさめている。家康がドン引きか根負けかをして、大坂へ行く決定打になったのだ。

そして色々あったそうだが、とにかく家康は無事に大坂へ行って帰ってきた。

大政所様もお役目御免となって、家康の帰宅を見届けてからしばらくして大坂へ戻れた。

その時に、ホットラインを作ったそうだ。家康と旭様から持ちかけられたらしい。気兼ねなく連絡が取れるように、と。

この時の大政所様は、複雑な事情で再婚したこの娘夫婦を心配していた。それに家康は『悪くない、可愛げのある御仁《ごじん》』だったらしい。

だから、信用して大政所様は快諾《かいだく》した。

気に入ったと大政所様が主張して、駿河から大坂へ連れ帰った侍女の一人を連絡役にしているらしい。

ふふっ、徳川の間者がしれっと城奥に紛れ込んでいるよ。羽柴のセキュリティ、思いの外ガバガバでは？

ぞわぞわ鳥肌が立つ事実だが、この間者を通して大政所様と徳川夫妻は連絡を取り続けていた。

一年以上、秀吉様にも寧々様にも一切バレずにだ。基本的には、旭様直筆のなんでもない内容の手紙。表書きだけ旭様を装って家康が書いた手紙は時々だったそうだ。

それにしたって、内容は季節のご機嫌伺いや旭様のご様子のことばかり。

今回以外、政治色を帯びた手紙が来ていないそうだ。それだけが唯一の救いだね……笑う……。

「と、とりあえず、徳川殿の手になる文は燃やしましょうね」

寧々様が大政所様に言う。ご機嫌伺い程度でも正規ルートで確認されてない手紙は、そこそこヤバイものね。

大政所様は素直に頷いて、明日早急に二人だけで手紙を燃やす約束をした。

旭様の手紙は大政所様が渋ったので、一旦保留となった。

そうしてひそひそと、対処を決めることしばらく。あらかた決まって一息吐けたのは、お夕飯の時間をかなりオーバーした頃だった。

「とんでもない日だったわね……」

飲み物でお腹を誤魔化しながら、寧々様がひとりごちる。

大政所様は、東様とおこや様に付き添われて帰って行かれた後だ。

控えている孝蔵主様も私も、頷く。茶々姫の側室入りといい、徳川ホットラインの発覚といい、とんでもない事実ばっかり発覚した日だった。

厄日もいいところだよ、本当に。

「旭様の帰洛《きらく》ですが、どうなさいますか？」

「お義母様の望まれるとおりにするつもりよ」

孝蔵主様に訊ねられて、寧々様が肩をすくめる。

「お義母様が危篤とでもすれば、少しの間なら帰って来させてあげられるわ」

「北条《ほうじょう》のことがありますが」

「あるにはあるけどね、二月《ふたつき》くらいならなんとかなると思う」

本当に大丈夫なのかな。冷めた湯呑の中身をちびちび飲んで考えていたら、寧々様がくすりと私を見て笑った。

「お与祢は徳川殿を疑っている？」

「本音で申し上げても、よろしいですか」

うかがう私に、寧々様が笑みを深くする。

「ちょっと、疑わしい方ですね」

家康は油断ならない、というのが羽柴に仕える者たちの共通認識だ。

秀吉様は家康に対して、とてもフレンドリーに接しているけれど、同時に最も警戒してもいる。つまり、家康を仮想敵として捉えているのだ。臣下の私たちだって、どうしてもそういう目で見てしまう。

以前孝蔵主様に教わったことだけれど、家康はまだ完全に臣従せず、上洛命令を拒む北条と縁戚関係を継続しているそうだ。また、東北の大名たちとも、個別でやりとりをしているのだとか。

そういう政治的に怪しげなところがあるだけじゃない。五ヶ国を支配する大大名だから兵力と地力が高くて、ご本人の能力値も高い。旭様が帰った途端に、北条や東北大名たちと組んで裏切ってくるなんてことも、状況的に十分にありえると思う。

史実じゃそんなことなかったはずだけど、あの手紙を見たら疑わざるを得ない。

そう話すと、寧々様は「なるほどね」と天井を見上げた。

「与祢姫の見解には、わたくしめも同意いたします」

「孝蔵主も？」

「徳川殿の振る舞いは、いささか以上にあやしいかと」

「そう思うのねえ」

脇息にもたれて、寧々様が息を吐く。麗しい横顔の笑みは崩れていない。まるで、家康が裏切らないと知っているかのようだ。

ちらり、と寧々様が孝蔵主様を横目で見た。すっと手を上げて、東の方角を指差す。

孝蔵主様は軽く目を瞬かせて、東の方角と寧々様を見比べる。そうして、大きな息を吐いた。

「わかった？」

「はい、さようでございましたな」

安心したように笑う孝蔵主様に、寧々様が満足げに目を細めた。

あのぉ、私はわからないのですが。家康は確かに東から来るけれども、だからそれがどういうことを意味するのだろう。

ダメだ。考えてもヒントすら思い浮かばない。

「与祢姫、帝《みかど》です」

うんうん考えている私に、孝蔵主様が振り向いた。

帝？　ああ、東って御所の方角か。でも帝がどうかしたっけ。首を傾げると、呆れたように眉を顰められた。

不合格ですか……頭の回転が悪い生徒でごめんね……。

「今年の卯月《4月》に、帝が聚楽第へ行幸《みゆき》なさることは？」

「え、ああ、存じております」

帝が聚楽第に泊まりがけで行幸なさるって話は、去年から聞いている。

めちゃくちゃ大掛かりな準備が必要で、そのために寧々様は、フル回転で采配を振るってらっしゃるのだ。

お側にいる私は、よくよく知っている。行幸中の羽柴の女性陣の化粧を、一手に任されることにもなっているしね。

おかげで最近は私も、忙しくなってきている。与四郎おじさんと相談して、新作コスメを開発したり、化粧品や道具の発注をしたり、やることがたくさんなのだ。

そんな大変な行幸と家康が裏切るか否かに、関係があるのか。どう繋がるのか、考えてみる。

まず家康が裏切ったとして、だ。間違いなく秀吉様は軍を率いて、家康討伐に乗り出すからね。

行幸はたぶん、中止になる。戦の準備と並行で行えるようなイベントでは、絶対にないのだから。

そうしたら、帝は気分を害すかもしれない。

いや、気分を害したってことに、秀吉様がするな。家康が勅勘《ちょっかん》をこうむったって形を整えて、戦の大義名分にするはずだ。

朝敵《ちょうてき》・徳川家康を成敗する。

家康が否定しようがない大義名分が、お手軽にゲットできちゃうのだ。秀吉様なら、十中八九その作戦に出る。

孝蔵主様が、私の目を覗き込む。深く頷いてみせると、及第点です、というふうに微笑んでくれた。

「近日中に帝の行幸があるからこそ、徳川殿は裏切りません」

だろうね、納得だよ。家康は馬鹿ではない、むしろ有能な人物だ。秀吉様を相手に、わかりやすく絶好の口実を与えるような立ち回りをするわけがない。

現時点の状況では、絶対に裏切らないだろう。

「と、いうことは、あの手紙の内容は」

「おそらく、本当に旭殿の体調がお悪いのでしょうね」

寧々様が東を見つめて、呟く。

「徳川殿は本心で旭殿を慮《おもんぱか》って、里帰りを勧めているのじゃないかしら」

政治的な危険をわかっていてなお、大政所様に頭を下げたってことか。

一般人の夫が体調の優れない妻を案じて、実家で安心して療養《りょうよう》できるように準備を整えてあげる。

そんな、普通のご家庭内みたいな気遣いを、家康がしている。ちょっと、信じられない気持ちでいっぱいだ。

「旭殿の里帰りの支度は進めましょう。孝蔵主、明日佐吉たちと面会する支度を」

「承知いたしました」

寧々様の命に、孝蔵主様が頭を下げる。

「お与祢にも手伝ってもらおうかしら」

「私もですか？」

ぎょっとして、大きな声を出してしまう。そんな私をはしたないと窘めながら、寧々様は続けた。

「旭殿が帰ってきたら、曲直瀬《まなせ》殿とともにお世話してちょうだい」

「はぁ……はい」

「それから、旭殿と徳川殿の内情を探ってあたくしに報告してね」

「えっ」

スパイの真似事をやれと⁉

無理だって、私、そんな諜報活動なんて、習ってないよ。そもそも子供にスパイさせるって、あり得ないでしょ。

警戒されて大したことを話してもらえないだろうし、なんなら騙くらかされて情報を引きずり出されかねない。

とうてい寧々様が望む成果を得られると思えない。もっと適任な人材がいると思うよ？

「貴女ならできると思うのよ、あたくしは」

「で、ですが」

「任せたわよ」

「寧々様、私はまだ子供で」

「任せたわよ」

言い募る私に、寧々様がにこにこ被せてくる。

笑顔の圧が、強い。目が笑っているのに、怖い。絶対に断らせてやらないって顔だ。

がくりと、私は崩れ落ちるように平伏した。

2 旭様はお帰りになった、けれども【天正十六年二月中旬】

「それで、旭殿のご様子はどうかしら」

突然の問いかけに、私はデザートのキイチゴを摘まむ手を止めた。

向かいに座る寧々様を、そろそろとうかがう。白湯を片手に、にっこりと微笑みかけられた。

「旭殿が帰ってこられて、もう五日ね」

「え、ええ、そうですね」

「そろそろ仲良くなれたのではなくて?」

期待を込めた眼差しに、つい目をそらしてしまう。

やっぱり聞かれるよね。朝のお化粧の後、急に朝食の席にお呼ばれした時点で、予感はしていたよ。

けれどもこうして、いざ質問をぶつけられると、なんといいますか。

(ちょっと答えにくいなぁぁぁ……!)

秀吉様の妹にして、徳川家正室の旭様は、先月の終わりに帰洛した。

秀吉様が難色を示すんじゃないか、と心配していたが、わりとあっさりお認めになった。

体調が悪いのであれば心配だし、家康が許してくれるならＯＫだと。

拍子抜けしたが、秀吉様もなんだかんだで、旭様を気にかけていたのだろう。もろもろの手続きはすべて、寧々様に一任された。好きにしておくれというふうに、チェックもろくに入らなかったようだ。丸投げすぎるが、これも寧々様への信頼の深さの証拠だろう。茶々姫の側室入りを許してもらう代わりでは、決してないと思いたい。

段取りは、大政所様が当初お願いしていたとおり、石田様が行ってくれた。すぐにあちらの実務担当者と連絡を取り合い、てきぱきと旭様帰洛を実現させた。徳川側へ、大政所様危篤の一報を入れてから、一ヶ月ちょっとの早業だ。性格はアレだが、本当に有能な人だよ。仕事が早い。

私もそれに合わせて、準備に奔走した。療養所の設置などは寧々様がやってくれたけれど、治療方針とお世話計画は私の担当だ。

御典医の曲直瀬玄朔《げんさく》先生と打ち合わせを重ね、旭様付きの女房と手紙で事前協議に励んだ。病状がよくわからないと、どう対応するべきか決まらないからね。

情報収集に環境整備、物資調達に人員配置。旭様到着の前日まで走り回って、受け入れ体制の構築をがんばりましたとも。

その結果、ベストとは言えなくともベターな状態で、旭様をお迎えできた。

「それが、その、何と申しますか」

できたんだけど、なあ……。言葉を濁す私に、寧々様が目をぱちぱちと瞬かせる。

「如何したの？　上手くいっていないの？」

「そう……とも言えないのですが、その」

「なぁにそれ、奥歯にものが挟まったみたいな言い方ね」

珍しいこと、と寧々様が口元を扇子で覆う。はっきりなさいなと言う眼差しに負けて、私はしぶしぶ口を開いた。

「なかなか、お心を開いていただけないのです」

寧々様の目が、ぱちくりと瞬いた。

「それはまた、どういうこと？」

「おそらくはですが、私のような者がとても苦手でいらっしゃるようでして」

「あらあ……」

困ったことだが、旭様は私に対して、苦手意識を持っていらっしゃる。

思いつく理由はかなりいっぱいあるが、一番は職業のせいだろう。

私は寧々様の御化粧係だ。寧々様や竜子様の美貌を健やかに麗しく整えて、望まれるように美しく粧《よそお》うのが仕事である。美容を担当する立場ゆえに、私自身も美しくあらねばならないと思っている。

だから私は、子供でありながら、子供なりに身繕いには気を遣っている。

スキンケアはもちろん、ヘアケアにもボディメンテナンスにも注意を払った生活を送っている。

メイクも子供なりにやっているよ。ファンデーションはまだ使わないけれど、眉を整えてリップを塗るくらいはしている。

ファッションもそう。全力でお洒落に取り組んでいて、我ながら気合いたっぷりのコーデで決めている。手持ちの衣類だって、質もデザインも最高級品ばかりだ。どれもこれも、寧々様や竜子様から賜ったものや、実家や与四郎おじさんから贈られる物だからね。お金に糸目がつけられていないので、着るだけで高級感が出る。

そうして作り上げたきらきらしい特別感が、御化粧係という立場を象徴してくれる。同時に城奥で私を守る盾であり矛にもなっているのだ。

でも、まさか矛の面で、旭様に作用するとは夢にも思わなかったよ。旭様は、尾張《おわり》の片田舎の元庶民だ。性格は大人しくて純朴。上の兄の秀吉様のように派手なものは好まない、控えめな方だ。

この控えめさと純朴がすぎている点が、姉のとも様や下の兄の大和大納言秀長《やまとだいなごんひでなが》様と違う。旭様は、いつまでも上流武家の生活に気後れするほどの、根っからの庶民だった。

兄弟の中で唯一と言っていい平凡さは、人間関係にも影響している。旭様は基本、華やかな人や都会の人間には気後れしてしまうのだ。大政所様によると、昔に性格の悪い人の嫌味に晒されて、それがトラウマになっているらしい。

ゆえに旭様は現在、社交の場には、一切出ていらっしゃらない。ずっと近しい親族と、事情を理解してくれる女房や侍女とだけの、閉じた人間関係の中で生きてこられた。

そんな彼女の前に突然現れたのが、都会っ子の極みの私。子供のくせに洗練された都言葉を喋っていて、都会的なことを全面に押し出してくる。会話の話題選びも、やることもなすことも、旭様の真逆をいく。

そんなナチュラルボーン都会っ子セレブが、お世話しますねって積極的に近づいてきたのだ。

弱りきっていた旭様が萎縮するのも、当然の成り行きだった。こんな状態だから、私が寧々様に下された命を上手く果たせていないのも当たり前だよね。

大政所様がいないと、あまり近寄らせていただけなくて、会話もほとんどうまくいかない。メイクやエステ、美味しいもので気を引く作戦も、効果がほとんどなかった。共通で盛り上がれる話題が、ほとんどないから懐へ入れない。込み入った話なんて、できるはずもなかった。

もうね、御典医の玄朔先生の診療は素直に受けてくれているのだけが救い。大政所様の勧めでメディカルチェックを受けてくれて、身体的な不調が不眠症くらいと判明したことだけだ。

食欲減退や頭痛といった旭様の症状もそこが原因で、対処薬などの処方はしてもらえた。

それである程度の不調は改善しているけれど、今一歩が治らない。どうやら、不眠自体が心因性のようなのだ。心の病までは治せない、と玄朔先生は両手を上げてしまった。そっちは私の領分だよねって、バトンを私に渡してだよ。

どうも玄朔先生は、竜子様のメンタルを回復させた私を、買いかぶっているところがある。

あれは、竜子様が私を受け入れてくれたからできたことだ。全力で距離を取ってくる旭様相手には、正直に言って無理である。

「どうしてあげたものかしらねえ」

「まことに……」

寧々様と一緒にため息を吐く。

旭様の警戒心を解くためには、アプローチを変えるべきなんだよね。わかってはいるけれど、何をどうしたら良いものやら。困ったなと思いつつ、茶器へ伸ばした手を止める。

「どうしたの？」

「あ、いいえ、何か外が騒がしいような気がして」

寧々様に聞かれて、あいまいな返事をしてしまう。なんとなく、外の気配がいつもと違う気がしたのだ。

やけに話し声や足音が目立つ、と言えばいいのだろうか。それがお上品な寧々様の御殿らしくなくて、妙に引っかかる。

「何かあったのかしら」

常にない雰囲気に、寧々様も眉をひそめている。

襖の方へ怪訝そうな目を向け、艶やかに色づかせた唇を動かした。

「誰か……」

「寧々様！」

寧々様が呼びかけるより先に、勢いよく襖が開く。

現れたのは、東様だった。小袖の裾を乱し、肩で息をして立ちつくしている。

「どうしたの、東。そんなに慌てて、何があったの？」

「い、一大事でございますっ！」

上擦った声で、叫ぶように東様が言う。

そのいつもの落ち着きが吹き飛んだ様子に、思わず寧々様と顔を見合わせる。

これほど東様が余裕を無くすなんて、滅多にないことだ。

「あ、あああ、あさひ、旭様が」

「旭殿に何か起きたのね？」

重ねられた寧々様の問いに、東様ががくがくと頷いた。

落ち着こうとするように、血の気がまったくない口を何度も震わせる。

それを何度か繰り返し、ようやく東様はまともな形になった声を発した。

「旭様のっ、旭様のお髪《ぐし》が――」

◇◇◇◇◇◇

雲ひとつない朝の聚楽第は、とても眩しい。

御殿の屋根瓦や柱などの金銀箔が朝の光を弾いて、まばゆいばかりに輝くのだ。

不用意に出歩くと目が眩みそうになるので、城奥の廊下などでは扇子や袖で顔をガードする人も多い。

今朝もそうだ。よく晴れていて、照り返しがきつい。ともすれば、暑いと感じるほどだ。三月になってこちら、一段と暖かくなってきた。

そろそろ日焼け対策を考える時期が到来だね。外に出る時は、日傘か市女笠《いちめがさ》が必須になってくる。

今年は、綺麗な布張りの日傘でも、作ろうかな。縁に刺繍を入れたり、模様を染め抜いたりしたら、絶対可愛くなると思う。カラフルにしたら、市井で流行させせられるかも。

商売の種にできるものならば、きっと与四郎おじさんも協力してくれるはずだ。明日の茶の湯の稽古の時に、プレゼンしてみようっと。

そんなことを考えて、鼻歌まじりにお夏たちを連れて、回廊を歩いていく。

通り過ぎていく庭には、遅咲きの桜と一緒に桃の花が咲いている。薄青の空に揺れる、淡い桜色と鮮やかな桃色のコントラストが美しい。

目から春に染め上げられそうな、とても気持ちの良い風景だ。憂鬱なんてすこーんっと飛んでいきそう。

お花見でもしてまったりしたいところだけど。

「はぁ……」

今日も今日とて、お仕事なのである。

「開けてください。北政所様のお使いで、西の丸の駿河御前様のもとへ向かいます」

何度目かのため息を吐いて、城奥と中奥を繋ぐ扉の前に立つ。

番をしている侍女に外出理由を告げると、特に止められることもなく通してもらえた。

ほんの少しばかり重い足を引きずって、まっすぐに中奥の西の丸に向かう。

羽柴の近親者の住まいが連なるその中でも、城奥にも近いお屋敷が私の目的地——旭様の療養所だ。

ここは大政所様の御殿の付属物件だから、主たる大政所様がもっとも出入りしやすい場所である。

旭様にとって、わりと実家感覚を味わえる立地だから、寧々様と大政所様がここと決めた。

このお屋敷はあまり広くなく、こぢんまりとしている。だが、台所とお風呂が完備されていて利便性が良く、日当たりが良い庭があって心地よい立地だ。

部屋数も必要最低限で、主人の居室は二十畳もない。襖や屏風で区切れば、十畳以下になる。広すぎる空間を苦手とする人にはちょうどいい感じでもあった。

そんなお屋敷に、応対に出てきた旭様の女房さんに案内されて上がる。

寧々様の御殿より、うんと短い廊下の最奥が、旭様の居室だ。女房さんの話によると、今朝は大政所様がいらしているそうだ。

ついさっき、お二人で朝食を終えたところらしい。ちょうど良い感じの時に来られたようだ。

「大政所様、御前様」

旭様の居室の前で、女房さんが声を掛けてくれる。

「山内の姫君が参られました。お通ししてもよろしゅうございますか?」

「ええよ、入れておやり」

すぐに大政所様のお返事が返ってくる。女房さんが振り向いて、ちょっと笑ってくれた。

今日は入れてもらえるようだ。ほっとして、床に指をついて頭を下げる。するすると襖が開く音が、頭の上で聞こえた。

「頭をお上げ」

襖が開いてすぐ、挨拶をする前に許される。

ゆっくりと、優雅を意識して頭を上げる。立てられた屏風の端から、大政所様が顔を出していた。

「朝早うからよぉござったねえ、こっちおいで」

「はい」

しわしわの顔をさらにしわしわにして、大政所様が手招きをしてくれる。

お言葉に甘えて、私はお部屋に入らせていただいた。屏風の側まで近づいて、大政所様の前でもう一度座ってご挨拶をする。

「大政所様、今朝もご機嫌麗しく存じます」

「ん、おはよう。そんなかしこまらんで、くつろいでええよ」

「ありがとうございます」

にこにこと言ってくれる大政所様に、つられて笑み返してしまう。

顔立ちはあんまり秀吉様と似ていないが、人懐っこい笑顔はそっくりだ。血を感じるね。

「駿河御前様にも、ご挨拶差し上げてよろしゅうございますか？」

「旭にね、ちょっと待っててな」

屏風の中に大政所様が引っ込んだ。

小さな話し声が、微かに耳に触れ始める。旭様と大政所様が話し込んでいらっしゃるようだ。

でも、会話内容は聞かない。耳に入るものをただの環境音として認知するよう、意識を切り替えておく。

半ばぼんやりとした感じで待っていると、再び大政所様のお顔が屏風の端から出てきた。

表情は硬くなくて、柔らかい。と、いうことは。

「おいで、お与祢ちゃん」

「はいっ」

よかったぁぁぁ！　今日は最終関門を突破できた！

ほっとするやら嬉しいやら。少しだけ肩の力が抜ける。後ろのお夏から手荷物を受け取って、ゆったりと腰を上げた。

屏風の向こうへ行くのは、私一人だ。旭様は侍女がぞろぞろしている状態が苦手なのだ。萎縮《いしゅく》させてしまうので、基本的に一人で会う。そしてほとんど必ず、大政所様が同席する。旭様が、大政所様の同席を望まれるのだよね。マンツーマンは落ち着かないから、って。

私としてもそっちの方がやりやすいから、望みのままにしてもらっている。

大政所様がいれば、旭様との間に立ってくれるのだ。

そんなありがたい大政所様に手を引かれて、屏風の内側へ入る。そこには障子戸を透かした陽光で、ほの明るい空間が広がっていた。

適度に温かくてコンパクトなそこに、旭様はいた。

端っこの方に敷いた敷物の上で、ぼうっとしていらっしゃる。痩せて骨ばった体を脇息に預けたその姿は頼りなく、枯れてもなお棚に残った藤のようだ。

「駿河御前様《するがごぜん》」

声を掛ける。旭様が、のろのろと私の方へと顔を向けた。

庶民の出にしては顎の細いお顔は、大政所様とよく似ている。だが、大政所様と比べるべくもなく生気が薄く、やつれて顔色も良くない。

そのせいで四十代半ばというお歳もずっと老け込んでいて、相変わらず濃い疲労感が漂っていた。

「今朝もご機嫌麗しく存じます」

「……ええ、あなたも」

ぼそりと返される声に微かに混じる、遠い距離感。見つけてしまってから、ちょっとしょんぼりする。まだダメか。へこむよ。

「お会いできて、与袮は嬉しゅうございますわ」

「……そう」

「あの、ええと、今日はお菓子を持ってきましたの！」

「……そうなのね」

「寧々様や竜子様も絶賛の南蛮菓子なんです。大政所様と駿河御前様に、召し上がっていただきたくて」

「……そう……礼を、言います」

か、会話が続かない……。泣きそうになりながら大政所様を見上げる。

大政所様の白いものが混じる眉が、申し訳なさそうに下がった。

私と旭様を見比べてから、大政所様がため息を吐く。そしてぽんぽんと手を叩いて、古馴染みの女房さんを呼んだ。

「食後の茶にしよか、用意しておくれ」

「……おかかさま」

旭様がちらりと私を見て、大政所様の袖を引く。いない方がいいですか、やっぱり。泣けてくる気持ちを殺して、にっこり笑ってみたが目を逸らされた。

だめだ……ツライ……。撤退しようかなぁ、と思って大政所様をうかがう。

大政所様は、気にしないでいい、と言って旭様の頭を撫でた。

「旭、お与祢ちゃんも一緒でええな。案ぜずともこの子はええ子だから、な？」

「……はい」

大政所様に諭されて、旭様は俯いてしまった。

気まずいわこれ……私がいじめっ子みたいだ……。

「あ、あの、旭様」

沈黙から逃れようと、思い切って旭様に話しかけてみる。

女房さんとともにお茶の準備へ行こうとする大政所様の背を眺める目が、おどおどと私の方へ向いた。

「……何かしら」

「今日は、お菓子はお庭で食べませんか？」

「……庭で？」

「はい、今日は晴天なのです。お庭の桃の花がとっても綺麗でしたから、お花見をしませんか？」

お花見程度なら都会っぽくないよね。どうだ。

祈る気持ちで見つめると、ふい、と目を逸らされた。

「……ごめんなさい、外は嫌です」

ぼそりと拒否を口にして、旭様はご自分の髪に手を伸ばす。

短い爪の指先が、毛先に触れる。

「……こんな髪、だもの」

旭様が、顔を上げた。

「……万一でも人に見られたら、いけないでしょう？」

責めるように私を見つめる旭様。その髪は、肩口を擦るほどしかない。

「……世間にバレたら困る、あなたはそう言ったわね」

向けられた眼差しが痛い。ぐうの音も出なくて、私はへなへなと頭を下げた。

ごめんなさい、白状します。私は旭様に、盛大なやらかしを一つしてしまっている。

旭様の髪について、色々言ってしまったのだ。

今の旭様の髪は短い。肩口に触れるか触れないか程度で、貴婦人どころか庶民であってもありえない長さである。

だって天正の今の世では、髪は身分証明書の役割を果たすものだ。どんな髪型をしているかで、その人がどの階層に属するか一発でわかる。

例えば俗人《一般人》の女性は、髪をロングヘアーにする。庶民の女性なら、だいたい肩甲骨を覆うか覆わないかくらいまで。私たちのような上流階級は、ウエストのくびれより少し下あたりまで伸ばす。

もし、肩の位置までしか髪の長さがなかったら、その女性は俗人ではなく尼僧などだ。上流階級で髪を短くしている人の場合は、ほぼ尼さんかな。

例えば、孝蔵主様。孝蔵主様の髪は、長さが首の中ほどまでのボブだ。この髪が、彼女が出家した身であるという証になっている。

それ以外は、あれだ。刑罰や辱《はずかし》めを目的として、無理矢理切られた場合。重い罪を犯した罰として、もしくは極めて悪質な嫌がらせを受けて切られる例があるらしい。

なぜ髪を切ることが刑罰や辱めになるのか。さっきも言ったが、髪が身分証明書だからだ。髪を切られたら、伸びるまでは社会から切り離される。令和の頃と比べると、笑っちゃうくらいなけなしの人権を失ってしまう。下手をすると、そのまま売り買いされる身の上になりかねない。

だから、俗人は絶対に髪を短くしないのが常識だ。大大名の正室ともなれば、未亡人になって尼さんになるまで、ロングヘアーを通す。旭様の髪も、帰洛した時は平均的な長さだった。

だが、帰洛して数日後、旭様は切った。ご自分の手で懐剣を使って、バッサリと切ってしまった。

朝のばたばたとしている時間帯に、女房さんたちが目を離した、僅かな隙だったそうだ。たぶん、衝動的にやってしまったのだろう。朝食を運んできた女房さんが発見した時、黒髪の散る畳の上で、懐剣片手に呆然と座り込んでいたそうだから。

泡を食った女房さんに呼ばれて、すぐ大政所様と寧々様と私が駆けつけた。

髪を切った旭様を見た時は、大騒ぎだった。手順を踏まないいきなりの断髪は、社会的な自害に近い。

それを徳川の正室が里帰り中にやったなんて外に漏れたら、大スキャンダル確実だ。下手をしなくとも、政治問題や責任問題に発展する。

大政所様はおいおい泣いて、寧々様はおろおろとした。肝の据わった二人ですら、それだ。私なんて、大混乱だった。

とにかく、秀吉様や徳川家には、知られてはいけない。私は慌てて、髪をなんとかしようと、お夏たちへ指示を出した。

切られた髪は、とりあえずかもじに。ざんばらな旭様の髪は、毛先を揃える準備を。

混乱したから、逆にてきぱきできたのだと思う。そして混乱していたからこそ、私は口を滑らせた。

『髪なんてすぐ伸びますから、安心してください』

『それまでは他人にバレるとまずいから、お屋敷でまったりしましょうね』

言い訳をしておくと、旭様を慰めたつもりだった。

髪くらい大丈夫、のんびりしているうちに適当にどうにかなりますよーって。

その軽い気持ちの慰めが、旭様にとってはアウトだった。思いっきり泣かれて、散々に怒鳴られてしまったのだ。

誰にバレたっていい。もう駿河《するが》には帰れないのだ。髪なんか伸びなくていい。泣き喚いて、物を投げられて追い出された。

最初はわけがわからなかった。どこに地雷があったのかと焦ったし、意味わからなくて腹も立っていた。

けれど時間を置いて冷静になって、ふと気づいてしまった。

旭様は解放されたくて、髪を切ったのじゃないだろうかって。

秀吉様の妹で、徳川家の御正室。その重い立場から、逃げたかった。

だから、髪を切るという行動に走った。自分の心を守るための、回避行動を取ったのだ。

私の発言は、そんな旭様に、逃げようとしても無駄だ、と言ったに等しかった。困ったことになるから家から出ないでくださいねって、おまけの嫌味付きでだ。

そりゃ泣かれるよね。すごく後悔して、深く反省した。比喩ではなく、泣きながら引き返して、旭様に謝りに行ったけど遅かった。

面会拒否をくらいましたとも。

大政所様の説得と落ち着いた旭様の良心によって面会が許され、謝罪を受けてもらえるまで一週間もかかった。

それからはもう、気に気を遣って面会に行く日々だ。

旭様の心情を考えたら行かない方が良いと思う。私が旭様なら、私の顔も見たくなくなる。

だが、寧々様がお世話係の任を解いてくれない。仕事だから、毎朝ご機嫌うかがいに行かなきゃならない。面会拒否をされても、声くらいは聞かないといけない。

私にとっても、旭様にとっても、地獄に近い状態だ。大政所様が気に掛けて、極力同席してくれるようになったから、ぎりぎり続いているけどさぁ。

ツライよ、父様、母様。私も里帰りしたい……月末にする予定だけど……。

「あーさーひぃー！　お与祢ちゃんにまたいじわる言うて、もう！」

平伏したままちょっと泣いていたら、大政所様が帰ってきた。

旭様にお小言を言いながら、大政所様は私の側に腰を下ろす。そっと私を抱き起こして、痛ましげに顔を歪めた。

「あぁ、あぁ、泣いたらあかんよ。別嬪さんが台無しや」

「大政所様……」

「ごめんなぁ、うちの旭が。悪いけど、許したってなぁ」

謝りながら大政所様が、指で目元を拭ってくれる。枯れ枝みたいだけれど、温かい。大政所様が優しくて泣けた。

旭様が気まずそうに目を逸らした。私への態度が意地悪であることは、自覚なさっている。そんなご様子だ。

「……言いすぎました」

謝っているか微妙なことを、そっぽを向いて言われる。

なんだその言い方って言いたくなるが、言わない。旭様が私に意地悪してしまう気持ちを、なんとなく理解できるからだ。

旭様はメンタルを病んで、限界ギリギリなのだ。感情を理性で上手にコントロールしにくくなっている。

だから、少しでも落ち度があった私に、攻撃的になる。

私としては結構腹が立つけれど、旭様だって同じくらい自己嫌悪しているのだと思う。

大政所様から、聞いたのだ。元々の旭様は、人に悪口や嫌な態度をぶつけられない性格だったって。自分がされたら嫌なことを人にできなくて、人の気持ちを考えすぎて動けなくなるところがある。そういう、人よりずっと優しすぎる人。攻撃的な今の自分に心を痛めて、自分を責めているのは確実だ。

そのため私も、怒るに怒れないのである。

「駿河御前様、私こそ、申し訳ありませんでした」

涙と鼻水を拭って、もう一度謝る。

旭様は、涙を堪えるように、唇を引き結んだ。謝ってほしいわけじゃない。そういうお顔だ。

「お詫びではないですけれど、お気持ちを晴らせそうなものをお持ちしたのです」

大丈夫ですよ。謝る以外もするから、今日は。そろそろ謝る以外の何かをしてほしいだろうな、と思ったから準備してきたのだ。

「京坂で髪を結うことが流行っているのを、御前様はご存知ですか？」

旭様が首を横に振る。

でしょうね、本当にここ半年くらいに始まった流行だからね。

例の如く、私と与四郎おじさんが仕組んだ。駿河にずっといた旭様が知るはずない。

「元は歌舞《かぶ》を生業とする女たちの流行りだったそうですが、近頃は裕福な町人の女にも流行っておりますの」

「……そう、それで？」

「駿河御前様も髪を結ってみませんか」

「え？」

振り向いた旭様の、秀吉様と同じ明るい黒の瞳が大きくなる。

微笑みかけて、手荷物の箱を開ける。蓋を開いた箱の中身を、旭様に見えるように置いた。

そろりと覗き込んだ旭様が、ぽかんとする。

「こちらは簪一式です」

「……かんざし」

「髪を結い上げるための道具と、髪を飾る装飾品ですよ」

箱の中から、ヘアアクセサリーを一つずつ出していく。

まずは、ボビー系のアメピン。アメリカピンと呼ばれる、平たく幅の狭い針金を二つに畳んだものだ。滑り止めに畳んだ針金の片方の中ほどを、波打つような形にしてある。令和のヘアセットに欠かせない必需品だった。

次にU字ピンとコーム。U字ピンは文字通り、アルファベットのUの字の型をした金属製のピンだ。括った髪や髪飾りを、しっかりと頭に留めるためのピンである。

コームもU字ピンと似たような役割があるものだ。夜会巻きみたいな、きっちりしたまとめ髪を作る時に活躍してくれる。

形としては歯が緩いカーブを描いた櫛《くし》を想像するとわかりやすいかも？

歯の数は六本や十本とか色々あるが、今回は三本歯のものを持ってきた。U字ピンも髪のホールド力が高い、歯が太くて大きめのもので用意してある。

そして最後に、マジェステ。簡単に言うと、簪とバレッタの組み合わさったようなヘアアクセサリーだ。

穴が空けられていたり、透彫《すかしぼり》みたいだったりするバレッタに、シンプルな棒状の簪を挿して髪に止められる。ハーフアップやアップヘアに使うと、手軽にお洒落で綺麗に仕上がる私が好きなヘアアクセサリーだ。

今日は螺鈿細工のバレッタ系のものと、透彫の銀細工のものを持ってきている。これらは私の専属工房の鍛冶さんや細工職人さんたちが、試行錯誤した成果。旭様が、小さな声で続ける。使用している材料は、すべて最高に近い品質で揃えた。

与四郎おじさんが市場に流している一般品とは一線を画す、セレブ向け超高級ヘアアクセサリーである。

「いかがですか？　よろしければ、試してみません？」

「……」

説明を終えて、旭様に声を掛ける。返事は、返ってこない。

でも旭様の視線は、並んだアクセサリーに縫い留められている。その瞳に、ちらりとよぎるものがある。

いけそうかな。そっと大政所様を見上げる。娘と同じく、大政所様もヘアアクセサリーに釘付けだ。

こちらはわかりやすく、目をキラキラさせている。

「大政所様、先に髪を結ってみられませんか」

「おらぁもええの？」

大政所様がはしゃいだ声をあげる。

大政所様は意外と、お洒落と新しいものが好きだ。寧々様の紹介で、私が一度メイクやエステをしたら、すごく贔屓にしてくれるようになったほどである。

髪を結うことにも、実は元々興味を示されていた。ちょうどいいから、あと一押しになっていただこう。

「よろしければ、ぜひに。こちらの螺鈿細工はお似合いになるかなと思って、持ってきたんですよ」

「そんならやって！　すぐやろ、なっ？」

「はーい！　承りました！」

え、え、と私と大政所様を旭様が見比べる。

「駿河御前様、よかったらご覧になってください」

「……な、何を？」

「大政所様がお洒落をするところをです！」

おしゃれ、と呟いて、旭様がきょとんとする。

そんな旭様をよそに、私たちはうきうき準備を進め始めたのだった。

◇◇◇◇◇

大政所様の白いものが多い髪を、丁寧にくしけずる。

使うものは櫛ではなく、ヘアブラシ。だけど、ただのヘアブラシじゃない。

短い歯と長い歯を組み合わせたヘアブラシだ。梳かすと長い歯が髪の絡まりをほぐしてくれて、短い歯が髪のキューティクルを整えてサラサラにしてくれる。

令和の私が必須としたヘアアイテムで、かなり早い段階から再現を試みていた品だ。

まあ、実現したのはかなり最近。私が城奥に上がる直前だったんですが。

時間がかかった理由はブラシの材料である、シリコン系素材がなかったからだ。

そもそもプラスチックどころかゴムすらない時代だ。ブラシの構造がわかっていても、材料が調達できない。代替材料を模索することからスタートしなければならなかった。

これがなかなか難しかった。求められる材質の条件が難しいのだ。

ある程度丈夫で、それでいて柔らかくて良くしなる物。動物の毛も良いが、解きほぐすにはそれ以上の太さと長さが必要となってくる。

そんなもの、プラスチックやシリコン以外に存在するのか？　絶望的だし断念すべきでは？

なんて考えもよぎったが、あきらめるわけにはいかなかった。

だってね、髪は美容にとって、とても重要なパーツだ。昔から言われるように、髪は女の命とかいう話ではない。男女関係なく、その人の見た目の清潔感にものすごく関わってくるからだ。

髪は頭部の大部分を覆うパーツだから、とても目立つ。その髪が脂ぎってもつれていたり、寝癖で爆発していたりする人がいたら、周りの人はどう思う？

間違いなくほとんどの人が、だらしなくて汚らしいって印象を持つだろう。だから、髪はちゃんと手入れをして、常に綺麗に保つ必要がある。

そのためには、ヘアブラシがなくてはならないので、必死で代替品を、与四郎おじさんに頭を下げて探しまくった。

あれこれと試して、何度も失敗を繰り返す。それだけで一年近く。

ようやく辿りついた素材は竹だった。竹はシリコンやプラスチック素材ほどではないが、よくしなって丈夫。適度な太さに加工することも難しくなくて、なにより入手がすごく楽。しかも、静電気が発生しない上に、油分を含んでいて髪のまとまりに良い効果を持っているとくる。

ベターな素材が見つかってからは、十分な耐久性を備えつつ、できるかぎりコンパクトになる太さを試行錯誤で探した。

もっとも髪がさらつやになる歯の数と長さも、職人さんがうんざりしてくるまで拝み倒して、追求もした。

そうしてようやくできあがったのが、今使っているヘアブラシなのだ。

すでに寧々様や竜子様、まわりの女房仲間にも使ってもらっているが、かなりの好評を得ている。髪に絡みにくくて梳かすだけである程度まとまるし、頭皮に当てながら梳かすとヘッドマッサージ効果があって、すごく気持ちいい。

そういう口コミが増えて、城奥中の女性から私のもとへ、購入依頼がかなり舞い込んでいる。

与四郎おじさんの美容用品の優先的な卸し先が私だと、どこかから漏れたっぽい。

そういう依頼への対応が激しくて、本来の業務に差し障ってきたので、おじさんと相談して今年の二月あたりから市場に流した。

そうしたらまた、あの堺商人はやってくれた。ブラシの柄や背の材質、装飾などをいじって、庶民向けと富裕層向けの二つのパターンで売り出したのだ。

しかも、聚楽第の上臈衆《じょうろうしゅう》に超人気！　これであなたも天女の髪！　と銘を打って、である。

京坂で、一気に爆発的なブームが発生しました。

またおじさんが、荒稼ぎで市場をかき回してるよ……もう驚かないけど……。

話がそれまくった。とにかく、そんな苦労の結晶のブラシで梳かすから、大政所様の髪はサラサラになっていく。

同時に、椿油とミントの芳香蒸留水のヘアミストをつけて、保湿もしっかりと行う。

白髪の多い髪、いわゆるグレーヘアは乾燥しがちだ。油分は、しっかり足さないといけない。

「すぅっとしてええ気持ちだわぁ」

「薄荷《はっか》の美髪水《びはっすい》、お気に召されましたか？」

心地よさげに目を細める大政所様に、話しかける。

私の髪を梳かす作業に障らない程度に、大政所様が頷いてくれた。

「……あの、美髪水とは何かしら？」

私たちのやり取りを見ていた旭様が、不思議そうに尋ねてくる。

そういえば、旭様は知らなかったっけ。最初の私のやらかしで、まだ一度もメイクなどをさせてもらったことがなかったし。

説明しておかないと不安にさせてしまいそうなので、いったん手を止めてお話しする。

「ちかごろの聚楽第で使うようになった、髪用の化粧品でございます。椿の油と薄荷を湯で煮て、取った露を混ぜ合わせた品ですの」

「……髪油のようなもの？」

「はい、少し近いですね。美髪水は髪に潤いを与えて、さらりとしたまとまりを与えてくれるんですよ」

例えば、と旭様に大政所様の側に来てもらう。綺麗になったグレーヘアを一房、手に取ってもらってみた。

旭様の目が、きょとんとする。さらさらして潤った髪をぎこちなく撫でて、私の方へ振り向いた。

「……おかかさまの髪、さらさらだわ」

「そうやろぉ、旭。白髪頭でもな、髪の美しさは若いころに勝ってきたんよ！」

うははは！　と大政所様が笑う。

私がケアするようになってから、大政所様の髪は絶好調だものね。

枝毛も切れ毛も、傷みも格段に減っててつるつるさらり。今の大政所様の髪は、ただの白髪頭じゃない。洒落たグレーヘア、と呼んで差し支えない仕上がりだ。

根気良くお手入れをした甲斐が、あったというものです。

「駿河御前様の髪にも、後ほど使わせていただきますが、よろしいですか？」

「……ワ、ワタクシにも？」

「薄荷がお好みでなければ、違うもののご用意もございます。クロモジやダイダイ、ヒバなど、いろいろと」

「……多いわね」

「はいっ、御前様がお好きなもので、お好きな綺麗を手に入れられるよう、たくさん用意してきたのです！」

自分が好きなもので、自分が綺麗になるのはすっごく気持ちいいことだからね。そのためには全力を尽くすのが、私のポリシーだ。

旭様にもぜひ、この快感を味わっていただきたい。あわよくば、私の好感度も上方修正してもらうきっかけになったら最高だ。

打算まじりに笑いかけると、旭様は、おずおずと大政所様に視線を送った。

「旭の好きにしたらええよ」

「……でも」

「お与祢ちゃんに任しときゃあええ。ちゃぁんとええようにしてくれるから、な？」

「……おかかさまが、そうおっしゃるなら」

旭様が、私を見下ろす。迷うように視線をさまよわせてから、あの、と声を発した。

「……では、頼みます」

「おまかせくださいまし！」

やったね。旭様が、私に髪の手入れを許してくれた。

今までの関係から考えれば、かなりの進歩だ。このまま一気にとはいかなくても、関係が改善したらいいな。

そんな嬉しさを抑えきれないままに、私は大政所様のヘアアレンジへ移る。

「大政所様、どんな雰囲気に結い上げたいですか？」

まずはリクエストを聞くのが大切だ。私が似合うと決めてかかってアレンジしても、大政所様の好みに合わなければ意味がない。

似合うものと好みのもののズレはありがちだが、それを埋めるのが私のお仕事である。

大政所様は斜め上を見上げて、眉根を寄せる。そうしてから、ぽんと手を打った。

「すっきりしたのがええな、そんで上臈っぽくしておくれ」

「承りました！」

OK、綺麗でエレガントな感じね。だったらもう、夜会巻き一択だ。

夜会巻きとは定番で、かつ簡単なアップヘアの一つである。わかりやすく言うと、令和のCA《キャビンアテンダント》さんがよくやっているヘアアレンジだ。きっちりと髪がまとまって、とてもエレガントな雰囲気になる。

元は明治の頃、鹿鳴館《ろくめいかん》の舞踏会に参加する貴婦人の間で流行ったらしい。そんな和洋折衷の時代に生まれたためか、夜会巻きは洋装にも和装にも馴染む。

もちろん、大政所様のようなグレーヘアにもばっちり似合う。私も真っ先に提案したかったので、好都合だ。

さっそく、エレガントな老貴婦人になっていただこう。

まずは細めで黒い髪紐を使って、髪をまとめる。大政所様の髪は、肩甲骨のあたりまでの長さだ。

夜会巻きにするにはちょっと長いので、二つ折りにして結ぶ。ポイントは毛先を少しだけ残すことだ。下の輪っかになっている部分をねじり上げる時、ちょうどいい高さになるよう調整する。

次に輪っかの部分を時計回りにねじっていく。そしてねじり上げた髪に結び目が隠れるよう、右側の髪を被せてあげる。よし、髪が長いから綺麗に被ってくれた。

そうしたら飛び出したままの毛先は、左側にできた溝にしまっていく。ここでがんばれば、とても綺麗に仕上がるので集中してやる。

最後にきまして、やっとへアピンのご登場だ。大きなU字ピンを裏向きにして、反り返りのついた先端で、表面の髪をすくう。

ここでのコツは、薄めに髪をすくうこと。多くすくってしまうと、髪が引きつれて痛いので注意だ。なので薄く、ピンが透けるほど。これで大丈夫か？　と思うくらい薄くすくう。すくえたら後は簡単。反対側にパタンと返して、差し込めばいい。

後はアメピンで、後れ毛や不安な部分の固定をしっかりして、完了。コツを掴めれば、超楽に髪が綺麗にまとまる。

ちなみに、シンプルな一本かんざしでもできるよ。お手軽なので、私もプライベートで髪が邪魔な時によくやっている。

「いかがでしょう？」

鏡を持ってきて、大政所様に見ていただく。お夏ともう一人の侍女に手伝ってもらって、三枚の鏡で三面鏡みたいな感じにしてだ。

「ん！　こりゃあええね！」

頭を左右に動かして確認する大政所様が、きゃあっと明るい声ではしゃぐ。

「頭皮が痛いことはございませんか」

「ないよ、良い具合や。これ、解けてこんの？」

「ご案じなさらずともよろしゅうございますよ。髪をかんざしでしっかり留めておりますから」

「はぁ、よう考えてあるのねえ」

「うふふ、では仕上げとまいりましょうか。飾りのかんざしはこちらでいかがでしょう？」

イチオシのコームを、大政所様にお見せする。私の手元を、大政所様と旭様が覗き込む。よく似た目元が、ますますそっくりな丸になった。

「……これは、螺鈿？」

「左様です。黒漆塗の飾り板に、花の模様を螺鈿で入れさせました」

「ついとる白い珠も綺麗やなあ」

大政所様が、三味線の撥《ばち》に似たコームを手に、うっとりとおっしゃる。

うふふ、好きだと思った。にこにこで正体を教えて差し上げる。

「こちらは真珠ですね」

「しらたま!?」

「まあ、模造品《もぞうひん》ですけど」

愕然とするお二人に、にやりと笑って説明する。

コームの装飾は、清楚なパールだ。言っておくが、本物の真珠ではない。綿でできた、コットンパールである。コスメの材料として、パール系の質感を出す素材のグアニン箔を開発した副産物だ。

グアニン箔とは魚のタチウオの体表をおおう、銀色にきらめく素材だ。タチウオの表面を擦って水に落とし、攪拌《かくはん》して濾《こ》して、消毒用アルコールで洗う。そうして乾燥させて、丁寧に挽いて粉にするとできあがる。

そうして得られるグアニン箔は、アイシャドウやフェイスパウダー、それからリップにきらきらのパール感をもたらしてくれる貴重品だ。

模造パールの塗料としても使えるので、私の工房では、コットンパールを試作してもらっている。

コットンパールの作り方は、わりと簡単。ざっくり言うと、グアニン箔を溶いて色味を調整した糊で、綿を丸く成形して塗り固める。

それだけでできる、わりにお手軽な模造真珠だ。本物の真珠とは別物ではあるけれど、本物の真珠にはない温かみと柔らかさが出て美しい。ローコストで軽い物なので、今後アクセサリーの材料としても大活躍するはずだ。

今回は一番出来の良いコットンパールを使って、大政所様用のマジェステを作らせました。

「……あなた、本当に、女童《めのわらわ》なの?」

語り終えた私に、旭様が珍獣を見る人のような目になる。

良い線突いてくるね、旭様。大正解です。体は数えで九歳のお与袮だけど、中身は四百年後に生きていた、アラサー美容オタクだよ。

「女童ですよ」

でも、そんな荒唐無稽《こうとうむけい》な真実を言えるわけがない、だから、こうお返事する。

「同時に、北政所様の御化粧係でもありますので」

不可能を可能にするのが、私のお仕事なのです。そういうことで、今は許してくださいな。

信じられない顔の旭様に、私はにっこりと微笑みかけて、大政所様の髪へコームをセットする。

夜会巻きの上の毛をちょっとほぐす。崩れないよう気をつけてふわっとさせてから、まとめてある部分の上の方へ当てる。

そして、しっかりと挿し込めば完成。和装の老貴婦人の、できあがりだ。

「結い終わりました、いかがでございましょうか」

お夏に鏡を持たせて、大政所様の後ろに回らせ、正面から私も鏡を向ける。

前後からの合わせ鏡で確認した大政所様が、ゆっくりと頷いた。

「うん、ありがとね。ええ出来栄えや」

大政所様が私の頭へ手を伸ばす。髪を乱さない程度に撫でて、お顔を嬉しげにくしゃっとさせた。

「さすがは寧々さの秘蔵っ子やなあ」

「恐れ入りましてございます」

にっと笑い返すと、大政所様はますます満足そうに口元を緩めた。

そうして、旭様の方に向いて呼びかける。

「旭、お待たせ。次はおみゃあよ」

「……あ」

胸元で両手を握る旭様の目には、戸惑いがいっぱいだ。

視線をさまよわせて、困った子犬のような表情を浮かべている。

「遠慮せんと、ほら」

「……やっぱりいいです」

「は？」

「……ワタクシの髪なんて、手入れするほどの価値はもう……」

「ああもう！　うじうじしてこの子はっ！」

決心がつかない娘に焦れたらしい。

大政所様が旭様の腕をむんずと掴んだ。ほっそりしたおばあちゃんとは思えない力で引っ張って、旭様を私の前に移動させる。

自分の座っていた敷物に座らせて、前に回って両手を握って旭様の動きを封じてしまった。

「……お、おかかさまっ」

「しのごの言わん！　さあ旭、どんな髪に結われたいか言いやあ！」

「……で、ですが」

「好きに言えばええんよ？　なんでも旭の好きにしたらええ」

「……っ、でも」

「でもやない！」

眉を跳ね上げた大政所様が、ぴしゃりと言う。

「おみゃあはな、もっとわがままを言いやあ」

息を詰めた旭様の両の肩から腕を、重ねた歳を刻む手が撫でる。

ゆっくりと、ゆっくりと。労わるように。

「藤吉郎のわがままにばっかり付き合ったんだから、次は旭がわがままを言う番」

「……そんな、わがままなんて」

「言うてええ！　なあ？」

「はいっ！」

大政所様に振られて、私も即答して頷く。

そうだとも。旭様はこの際、ちょっとくらいわがままになっていい。だって今まで、散々秀吉様の都合で振り回されてきたのだもの。

元旦那さんと強制離婚させられて、いきなり政治的に面倒な人と再婚させられてさ。知っている人も味方も一人としていない駿河で、一年以上苦痛の結婚生活を送らされた。

それでメンタルが、ズタボロになってしまったのだ。療養中は自分のしたいことを好きなだけやって、飽きるまで楽しんでも許される。

ストレスや鬱な気分の特効薬は、欲望の解放だ。旭様が望むことを全部やったら、その分早くメンタルは回復する。

そのために秀吉様のお金を使いまくって、思いっきり散財に走ったって、罰は当たらないだろう。むしろ迷惑料がてら、盛大にむしり取っちゃえ。誰が許さなくても、私と大政所様が許す。金蔵一つ空っぽにしちゃえ、と大政所様と私がそれぞれに力説する。

旭様はぽかんとして、私たちの語りに聞き入っていた。その顔から、少しだけ暗さが抜け落ちる。

「だからな、旭。髪を結うのは、わがままの手始め」

大政所様の両手が、やつれ気味の頬を包む。しっかりと目を合わせて、大政所様は旭様に語りかけた。

「旭は旭の、好きにおし」

「……ワタクシは、ワタクシの」

「そう、旭は、旭の」

ゆっくりと、はっきりと、大政所様が繰り返す。

旭様の瞬きが、ほんのわずか止まった。息を詰めて見守っていると、ほう、と気の抜けたような吐息が少し血色の悪い唇からこぼれた。

「……ねえ、あなた」

ひたりと、旭様に見据えられる。

居住まいをただす私をじっととらえたまま、旭様が唇を開いた。

「……美髪水、だったかしら。いくつか持ってきているのね？」

「はい、さようです」

「……ワタクシ、花が好きなのだけれど」

告げられたのは、初めて旭様から出てきたリクエスト。

旭様が旭様なりにがんばって口にしたそれは、緊張のせいかわずかに語尾が震えていた。

でも、彼女にとって、大きな意味を持つ行動には違いない。

「承知しました！」

勇気を出してくれたことが嬉しくて、ついお返事の声が弾んでしまう。

私の勢いに固まった旭様の前に、ヘアミストの箱から一本取り出して置く。

「お花がお好きでしたら、こちらなどいかがでしょうか？」

花の模様があしらわれた、陶器製のボトルの蓋を開ける。

花が好きなら、これが一番おすすめだ。ボトルから少しだけ取り皿に移して、旭様に香りを見てもらう。

こわごわと受け取った取り皿に、低めの鼻先が寄せられる。ふわりと、旭様の表情が変わった。

「……良い香り」

「こちらは、ノイバラの露でございます」

「……ノイバラって、野によく咲いている？」

お、旭様はノイバラをご存知だったようだ。

まあ、わりとありふれた野生のバラだものね。元庶民の旭様なら、日常生活の中でよく見かけていたのだろう。

「左様です。その花を煮て、出てきた湯気を集めたものがこちらですよ」

「……湯気を……手間がかかっているのね」

「その分だけ値は張りますが、効能はとても優れておりますのよ」

「……効能とは、どのような？」

「はい、例えばですね」

ノイバラは西洋のバラと同じく、蒸留すればローズウォーターが採れる。

バラの芳香がぎゅっと詰め込まれたローズウォーターは、シンプルなのに美容効果が高い優れものだ。

保湿効果は、もちろんバツグン。肌を引き締める収れん作用があるし、アンチエイジングを可能とする抗酸化作用もある。抗炎症作用まであるから、たいていの肌トラブルに良く効く。おまけにバラの香りは、自律神経やホルモンバランスを整える助けになってくれる。

太古の昔からあらゆる女性が愛用した、原初にして最強に近い美容液。それが、ローズウォーターなのだ。

「香りも素敵ですから、駿河御前様の御所望にぴったりかと存じます」

「……そう」

もう一度、旭様は取り皿を鼻先に寄せる。うっとりと目を閉じて、ゆっくりと呼吸を繰り返した。

バラの香りに、感じ入っているのかな。硬かった表情に、ほのかな柔らかさが灯る。

ややあって、睫毛を震わせながら、旭様の目が開かれた。

「……では、こちらを使ってちょうだい」

「承知いたしました」

いくらか穏やかなお返事に、ゆったりと頭を下げる。

ローズウォーターのヘアミストを、綿を使って旭様の髪に含ませた。スプレーボトルがないから手間だけれど、地道に潤いを与えていく。

ほんの少し乾燥気味だった髪が、しっとりとしてきた。これくらいで良さげか。手にした綿をブラシに持ち替えた。

「では、髪を梳かせていただきます」

声を掛けて、旭様の髪を一房だけ取る。

白い打掛を羽織った、薄い肩が跳ねた。一緒に体も硬くなりかけるが、大政所様に手を握られてすぐに力が抜けた。

そっと髪にブラシを当てて、ゆっくりと上から下へ動かす。するするとブラシの歯が、黒い髪を梳いてゆく。一梳きごとに、艶が増していく。

もともと絡まりがほとんどないらしい。思った以上に梳きやすくて、ちょっと驚きだ。

「駿河御前様の御髪は、良い髪ですね」

「……そうかしら」

「癖が無くてまっすぐで真っ黒で、量も硬さもちょうど良し。なによりこの見事な艶！　文句無しの美髪ですよ！」

今の時代に一番美しいとされる髪は、サラサラストレートだ。色は漆黒に近ければ近いほど良く、艶やかであればなお最高。

旭様の髪は、これらの条件をほとんど満たした、多くの人が羨む髪質だ。

「……これしか、取り柄がなくて」

「え、十分すぎませんか？　これだけで、お釣りが来るほどの美点ですよ？」

本音で褒めると、旭様が恥ずかしげに俯く。

いや、恥ずかしがるとこじゃないって。もっと自分の髪に自信を持っていいよ、旭様。

「……美点だなんて、そんな」

「そんなことありますよね、大政所様」

「もちろんや、旭の髪はなあ、ちいさい頃から綺麗だったんよお」

鼻高々な大政所様いわく、庶民時代から、旭様の髪は綺麗と評判だったそうだ。

最初の結婚も、旭様の髪が決め手に近かったらしい。なんでも縁談が出た折に、旭様を見かけたお相手が、その髪の美しさに目を奪われたそうだ。それでお相手が乗り気になって、ご縁がまとまったのだとか。

「すごいですね」

「お伽噺《とぎばなし》のようやろ？」

ブラッシングの手を止めずに感嘆の息をこぼす私に、大政所様がにやっと笑う。

髪で結婚が決まったなんて、本当にお伽噺のヒロインみたいだよ。

「……昔の話よ」

消えてしまいそうな細い声で、旭様が呟く。

「今の御髪もお美しいですよ」

「……でも、切ってしまったから」

「大事ありませんわ、結うのにちょうど良いくらいですもの」

旭様の髪は、肩にかかる程度のミディアムヘア。アレンジするにはちょうどいい長さで、髪の手入れもロングより楽な方だ。

「私の揃えたかんざしと細い髪紐があれば、どんなふうにも結えます。長い髪よりたくさん、いろんな髪を楽しめますわ」

「……長さも、わからなくなる？」

「ええ、もちろん！」

アップヘアは、そういうものだもの。いくらでも、長さを悟らせないアレンジにできる。きっちり結っても、ゆるく結ってもだ。

だからね、そんな悲しげにしなくたって、大丈夫ですよ。そんな気持ちを込めて、鏡越しに力強く頷く。

「旭様は、どんな髪にしたいですか？」

「……どうしようかしら」

「ふんわりしたお望みでも構いませんよ」

たいていのへアアレンジなら、しっかり頭に入っている。

可愛いとか、綺麗とか。ざっくりしたご希望にも、沿わせていただく所存だ。

鏡の中の旭様が、口元に手を添える。天井を見たり、畳を睨んだり。視線をさんざん迷わせてから、難しい顔のまま振り向いた。

「……きつくない結い方って、あるかしら」

「ございますよ、ゆったりと結いましょうか」

旭様が、こくりと頷く。

「……それから、髪飾りはこの銀のもので」

並べてあるマジェステの一つを、骨張った指が指《さ》す。

選ばれたのは、バレッタ部分が銀細工のものだ。細やかな透彫が施されていて、シンプルだけれど上品で美しい。旭様の黒髪に、とても似合いそうだった。

「承知いたしました。ご趣味がよろしいですね」

「……派手なのはね、好きではないの」

厚めの唇が、苦笑を形作る。

「でしたら、結い方も派手すぎずにいたします」

「……そうね、それがいいわ」

旭様が同意してくれたので、方向性は決まった。

派手すぎずふんわりだったら、ギブソンタックがいいかな。

ギブソンタックは、髪を低い位置でまとめるアレンジだ。簡単なのにこなれ感が出て垢抜けるし、夜会巻きほどきつくなく、ゆるくまとまって髪の長さもわからなくなる。マジェステにも向くアレンジだから、旭様のご希望にほぼ添えるはずだ。

さっそく、セットを開始しよう。梳き終えた髪の両サイド、こめかみあたりから房を取り、ねじりながら後へ回す。後頭部の真ん中より下あたりで二つを合わせて結び、それをくるりんぱにする。くるりんぱとは、くくった髪の尾の部分を、結び目の上の髪の間に通して、下から引き出すテクニックだ。外側から内側へ巻くようにすると、いい具合に髪がふわっとする。

ピンで髪紐を固定したら、次は結んでない後ろの髪を横三つに分ける。左右に分けた髪を、ねじりながらくるりんぱにした部分にしまってピンで固定する。

ふわっとがいいとのことなので、髪が解けない程度に緩くだ。残りの毛束もくるりんぱに押し込んで、しっかりと結び目を固定。後頭部の髪を少し緩ませて、後毛や不安な部分はピンでまとめていく。

最後に結び目を覆うようにマジェステを付ければ、完成だ。

「駿河御前様」

まとめあげた髪から、手を離す。結われた感覚が、慣れないのだろう。手をおそるおそる頭に添えて、旭様が鏡を覗き込んだ。

後頭部の様子がわかるように、後ろから合わせ鏡にしてあげる。映し出された髪を見て、旭様が息を呑んだ。

「旭、綺麗ねえ」

一緒に鏡に映った大政所様が、目を細くして言う。信じられないというお顔の旭様の肩に腕を回して、ぎゅっと抱き寄せて。

その腕の中にあってなお、旭様の瞳は鏡から逸れない。食い入るような状態の旭様に、私も肩越しに笑いかけた。

「よろしければ、なんですけど」

振り向いた旭様に、コスメボックスを差し出す。

「髪に合うお化粧も、いかがです？」

3　春はいろいろ変わる季節【天正十六年三月末】

ウグイスが鳴いている。

竜子様と初めてお会いした、竹林の茶室の方かな。聚楽第には、そこそこバラエティ豊かな鳥が生息しているが、この春はウグイスの声をよく聴く。本当にもう、あっちこっちでのどかに鳴いている。集めて放鳥でもしているのだろうか。

令和では幻になりかけのウグイスの糞、手に入らないかなあ。

あれ、超高級な美容洗顔料なんだよね。尿素やグアニン、それから美白酵素だったかな。肌に良い成分たっぷりで、肌を白くして保湿してくれる。脂肪分解酵素も含むから、ニキビにも効果抜群だ。だから日本では古代から愛用されていた超有能コスメなのだが、現代では希少な品になっていた。ウグイスの飼育に規制がかかってしまい、とんでもなく高価になってしまっていたのだ。

でも海外にまでウグイスの糞の効能が知れ渡っていて、セレブ向け超高級エステでは使用されていた。

ゲイシャ・フェイシャルっていうメニューだったっけ。とんでもない価格のメニューだったよ。

前世の私も一度、アメリカ出張の折に試したことがある。確かに、大金を積んだだけの効果はあった。

高級品だ、有能コスメだって褒めちぎっても、まあ、その、ね？　鳥の排泄物なので、臭いはお察しのものでしたが。

そんな金の卵ならぬ、金の糞を出すウグイス様だが、天正の世では飼育に関する法規制が無い。

であれば、ウグイス園みたいな施設を作れないだろうか。集めたウグイスたちの餌とか生活環境などを、専門の飼育員に徹底管理させるのだ。そうして美顔効果の高い糞の供給が安定したら、美容オタク的に最高の結果が得られるのでは？

今度、寧々様にねだってみるかな。帝の行幸が終わって落ち着いたくらいに、腰を入れてプレゼンしてみよう。

「姫様、悪い顔になっていますよ」

隣のお夏が、ため息混じりに見下ろしてきた。

まずい、また顔に出てしまった。内心慌てて、仕事用お澄ましフェイスで取り繕う。

「本日は気をつけてくださいね？」

「はいはい」

「はい、は一回。わたしがいなくても、お行儀良くですよ」

「はーい」

「はい、は伸ばさない。わたしがいないからって、侍女を撒かないでくださいね」

「ねえなんで私を信用しないの？」

「姫様だからです」

わかっていますね、と言いながら、お夏はしゃがんで両手を掴んでくる。

あらー、めちゃくちゃ疑われてるわぁ。強い力と不信感が思いっきり比例していて、乾いた笑いが出そうだ。

たまに一人で空き部屋に忍び込んで、サボっていたのバレてるな、これ。

今日は珍しいことに、私たちはこれから別行動だ。お夏はこの後、私抜きで佐助と面会する予定なのだ。内容は聞いていないけれど、たぶん家中の情報共有とかなんかだろう。

家臣たちの仕事には、ただの姫に教えられない機密があるらしい。気になるけれど、そういうのは知らんぷりをするのが、姫君のマナーだそうだ。先日、竜子様とお茶をした時に教わった。

そういうわけで、お夏の留守も、親戚の佐助と面会するってことしか、知らないでいで済ませおく。お小言を言われながら、中奥と城奥の境の扉に辿り着く。

「では、また二刻後に、扉の前で」

「佐助によろしくね」

「承知いたしました。姫様はくれぐれも、駿河御前様に失礼のなきよう」

「わかってるよ?」

信じてくれと上目遣いをしてみる。

お夏は優しげに、そっと微笑みを返してくれた。

そうして私の後ろに控える侍女たちに、彼女の猫目が向けられる。

「姫様の行動は、すべて後で報告を」

「はい、お夏様」

侍女たちが、流れるように綺麗な礼を取る。

ウグイスの糞探し、今日は無理か……。

◇◇◇◇◇

「……今日はおとなしいのね」

私に髪をいじらせながら、旭様が呟く。

「お腹でも壊したの？」

「いや、ちょっとですね」

「ちょっと、なにかしら」

鏡越しに目が合うと、一重の目元が心持ち細くなった。

その瞳に宿る光は気だるげなのに、ちょっと楽しげ。

からかってきてるな、この人。むっとしていると、旭様がくすくす笑った。

「また侍女にお小言でも言われた？」

「駿河御前様」

「……あらあら」

図星なのね、と可笑しげに旭様の喉が鳴る。

この人ったら、もう。やっと距離が縮まったと思ったら、これだよ。

近頃の旭様はご覧のとおりシニカルというか、ほんのりといじわるだ。

必要以上に人に気を使うのを、やめたらしい。周りを気にするのがあほらしくなってきた、と大政所様に言っていたそうだ。

これについては、良い傾向だと思う。人目という呪縛《じゅばく》からある程度逃れた方が、人間は生きやすい。迷惑人間にならない程度なら、図太さはメンタルを守る良い鎧になるものだからね。ほどほどの自己中さを保った生き方は、ベストな生き方だ。

でもさ、私をからかって遊ぶことまで、覚えなくてもよかったんですけどね？

気を許していると大政所様は仰っていたけれど、困ったもんだよ。さくっとからかいポイントを見つけては、不快にならない程度に触れてくる。

元々人の気持ちに敏感な人だからだろう。旭様は相手が不快にならない程度を、絶妙に見分けられるようだ。

からかった後にはちゃんとフォローを入れて、相手を自分のペースに巻き込む。そんな高等テクニックさえ、旭様は身につけ始めている。私を実験台にしてね。

さすが秀吉様の妹というか、豹変しすぎだよ。ヘアアレンジで髪の不安やストレスが無くなったからって、振れ幅がとんでもない。

まあ、元気になりつつあるのは良いことなんだけど。

「ワタクシに話してごらんなさいな」

「えー……駿河御前様にですかぁー……？」

「愚痴くらい聞いてあげるわよ」

ワタクシ、優しいのよ？　なんて旭様がうそぶく。

自分で言うなと思う反面、ちゃんと優しいから、否定できなかったりする。

旭様は、聞き上手で共感力が高いのだ。なりゆきで、私もちょくちょくお世話になっている。

「愚痴聞きの対価が怖いのでいいです」

「あら、残念」

「また今度お願いしますねー」

にや…とする旭様の髪に、ブスッと丁寧に造花をあしらったヘアコームを挿す。

ビロードでできた深紅の牡丹が、漆黒の髪に咲く。今日の旭様のヘアアレンジは、ローシニヨン。低い位置で髪をふんわりお団子っぽくまとめたカジュアルなアレンジだ。

外出用に用意した、カンカン帽っぽい麦藁帽子に合わせてある。

「お化粧はいかがしますか？」

「……濃くはしないで、目元ははっきりと」

濃くなくて目元ははっきりか。なら、アイカラーが大事になってくるね。

「承知いたしました、お目元に添えるお色はいかがしますか」

「好きにしていいけれど、赤や黄色は嫌いよ」

「では、赤や黄色以外を使いますね」

安心して、旭様。赤や黄色は選考外のカラーだ。あなたのような色黒ブルベさんには、基本暖色が合わない。似合うのはグレーや黒、ネイビーや青みパープルだ。

本人の希望に沿わせるなら、今日はナチュラルエレガントに仕上げていくのがベストかな。チークも薄めで、リップはアラフォーに向くマットにしよう。

頭の中でメイクの工程を組み立てながら、まずはベースメイクを始める。

スキンケアはすでに済んでいるので、ファンデーションの下地を仕込んでいく。使うものは、酸化亜鉛と紅粉で色を調整した、ライトピンクのベースカラーだ。

例のごとく、ただのベースカラーではない。日焼け止め効果を考えて作った新作です。

紫外線というものは、二種類の波長の長さがある。一つは肌を黒くして、シワやたるみを引き起す紫外線のA波。もう一つは、シミや色素沈着の原因になる紫外線のB波である。

今回作った日焼け止めは、A波を防ぐ酸化しにくいセサミオイルに、実はB波を吸収してA波を弾く効果持ちの酸化亜鉛を多めに配合して、ミツロウと混ぜてある。

汗には弱くて、令和の日焼け止めには効果も劣るけれど、日常の日焼け対策はまあできる。なるべく日傘や手袋、帽子で対策しておけばなんとかなる、といいなって感じだ。

今日はこの後、外で活動するのでしっかり日焼け止めベースカラーを塗る。ついでに首筋にも日焼け止めを塗り込んで、次はファンデーションだ。

薄めをご希望なので、暗めのピンクオークルのクリームファンデーションを薄く伸ばす。いつものごとく、顔の真ん中から外に向かって濃淡を付けていく。

色のチョイスは、首の肌の色に近いものを選ぶのがポイントだ。首と顔の色が合っていると、顔全体の血色感が良くなるからね。

シミやそばかすは暗め、黒クマはパール入りのベージュのコンシーラーで消去。お粉をはたいてマットに仕上げたら、ハイライトとシェーディングだ。

旭様の輪郭は、面長気味の逆三角だから、マットな質感のココアブラウンのパウダーで、顎先を削る。髪の生え際や耳のあたりにも、シェーディングで囲むようにして輪郭をやわらかな卵型に近づけていく。

ハイライトは鼻筋と頬の上。低めの鼻は光らせて高く見せ、目の少し下あたりに塗って印象を丸くする。

次は眉をパウダーアイブロウで、平行眉を描いていく。色は暗めのブラウンを薄めに、眉の長さは長めに。ブルべと逆三角なお顔に似合う色と形で整える。

「……時間がかかるのね」

「綺麗は時間がかかるものなのですよ」

特に、ご所望のナチュラルなメイクはね。

輪郭が卵ではなくて、適当メイクに耐えうる年齢じゃない旭様だ。シェーディングも、ハイライトも、ファンデーションやコンシーラーだって、考えて塗らなきゃいけない。

「野菜のようなものなのね、人って」

あいまいなため息を一つ吐いて、旭様がぼやく。例え方がちょっと元農家の人っぽくて、ユニークだ。

でも、ずばりそのとおりだね。人間も、植物も、似たようなものだ。気温や天気に影響されやすくて繊細で、手間をかけた分だけ良くなる。

そうですね、と返しながら、ローズピンクのチークを頬骨の上に、軽く乗せる。

「自分をいつくしんで育てる楽しみは、野菜を育てるのにも、似ているかもしれませんね」

「野良仕事もしたことがない子が、よく言うわね」

「まあそうですけど」

私は武家の姫ですしね、一応。一般人だった前世でも、キッチンでカイワレ大根を育てた経験しかないよ。

口を尖らせた私に、旭様がくすりと笑う。

「……なんとなく、言いたいことはわかったわ」

「だったらいいのですけれど」

本当に、伝わっているのかなあ。じとっと見上げると、旭様はうっすら微笑んだまま目を閉じた。続けろってことですね。はいはい。

薄い一重まぶたにアイシャドウベースを塗って、アイメイクへ移る。

まずはベースカラーとして、ベージュをアイホール全体へ乗せていく。次は透け感のあるパールグレー。ブルベに似合うエレガントなカラーだ。

この時の一重まぶたのお約束は、目を開けた時にアイシャドウの色が見えるように塗ること。そうしないとせっかく塗った色が隠れて、残念なことになる。だから幅を広めにして、目頭から目尻の方へ向かって濃くなるように。慎重にアイシャドウを重ねて、横へグラデーションを作っていく。

下まぶたには、目尻から黒目までの間へ細めに色を入れることで、目のフレームを強調する。旭様の目は縦幅があまり広くない。本来のフレームより少し下に塗って、縦幅も広げておく。

締め色はウルトラマリンバイオレットを使った、暗いパープルみのあるグレーだ。最近少し生産のめどが立ったから、ブルベ向けカラーの幅が広がって嬉しいかぎりです。上のまぶたの目尻三分の一から、ちょっと長めにこの色を引いて、切れ長でクールな雰囲気を与える。

アイラインは木炭とミツロウで作ったブラックで、締め色と同じ範囲に細く描く。ラインをぼかして、黒目の上にハイライトをポンと乗せて。最後に青みのある桜色のリップを、唇にさっと塗れば完成だ。

侍女に指示をして、大きめの鏡を旭様の前に据える。鏡を覗き込んだ旭様は、何も言わないけれど満足げに頷いてくれた。

「……では、おかか様の菜園へ参りましょうか」

「はい、お供いたします」

腰を上げた旭様に付いて、お部屋を出る。玄関先では、すでに旭様の女房さんたちが、出かける準備を整えていてくれた。

先に草履を履いて玄関に降りた旭様の頭に、紫外線対策のカンカン帽っぽい麦わら帽子を乗せる。それから私も麦わら帽子を被って、旭様や女房さんと一緒に屋敷を出た。

徳川家から派遣されている守衛さんの横を通って、屋敷の門の外へ踏み出す。深く守衛さんにお辞儀をされる旭様には、以前よりも気負ったふうはない。慣れてきたのだろうか。軽く顎を引いて、すたすた歩いて行ってしまう。

旭様が、ちゃんと正室っぽい振る舞いをできるようになろうとは……。

「やればできる方なのですよ」

私と並んで歩く女房さんが、こそっと唇の端を持ち上げる。

やればできるなんてもんじゃない気がしますが。元から、素質はあったんじゃないかなあ。腐ってもこの人、秀吉様の妹だもの。

旭様の回復ぶりを、心から喜んでいる女房さんに水を差すのは、ちょっと野暮だから言わないけど。

やれやれと思いながら、旭様の後ろをゆったりと歩いていく。麦わら帽子、作っておいてよかったな。菜園で土いじりをするため、カルサン袴を穿いた旭様に、とても馴染んでいる。

秀吉様の妹なのに平均身長はあるし、意外と脚が長いから、パンツスタイルがお似合いだ。自分のコーディネートの良さを、自画自賛したくなってくる。

「?」

ふと視線を感じた。守衛さんコンビの見送りかな。振り返ってみるが、彼らはお行儀よく門の前に待機している。

二人ともこっちを見向きもしていないって、どういうこと？　人通りの多い場所でもないのに、なんか気味悪いな。

「……どうしたの」

旭様が振り返って、不思議そうに首を傾けていた。

「惚けていたら、置いていくわよ」

「あっ、ただいま！」

慌てて、旭様のお側へ駆け寄る。

今は視線とか、どうでもいいや。置いてかれて一人行動になっちゃったら、お夏のお小言が増えてしまう。

私が追いつくのを待ってから、旭様がまた歩き出した。ちょっとだけ歩調を、緩くしてくれる。

「早いようなら、言いなさい」

明後日の方を見ながら、旭様がぼそっと言う。

ほんっっとに、素直じゃないアラフォー様だよ。だから私は、この人のことを嫌いになれないんだよね。

苦笑いしながら、お返事をする。

また、なんとなく視線を感じた。

◇◇◇◇◇◇

大政所様は、農作業がお好きだ。

ずっと農家さんだったからか、土をいじっていると落ち着くらしい。

だから御殿の庭を一つ除いて全部潰して、家庭菜園を作っていらっしゃる。

秀吉様は渋い顔をするのだが、どこ吹く風だ。老い先短いババアのわがままくらい聞け、と息子の異論をねじ伏せている。

秀吉様も秀吉様で、ああだこうだと言っても、黙認している。それにね、季節の初物の野菜は、必ず大政所様の菜園で採れた物を、召し上がっているのだ。

子はどこまでも子で、母はずっとその子の母。どうやら、未来も今も変わらないみたいだ。

そんな菜園は、旭様の屋敷から遠くない場所にある。子供の私の足でも、数分くらいでたどり着ける距離がありがたい。

いつも使う入り口は、塀の途中にある勝手口。直接菜園に入れる、近道だ。

「よう来たね！」

旭様に続いて勝手口をくぐると、ハリのある声が飛んできた。

綺麗に整えられた畑の側から、木綿の小袖姿の大政所様が手を振っている。

先日贈った麦わら帽子を、被っていらっしゃる。使ってくれていて嬉しいが、帽子の下に手拭いを被っているのは何故だ。

前世で見かけた、農家さんのおばあちゃんを彷彿とさせるスタイルだ。

農家さんの伝統的スタイルとかなのかな？

首の後ろをおおって日焼けを防げるので、理に適ってはいるんだけどさ。

こう、物申したくなるぅぅぅ……。

「……貴人らしくないと、言いたいようね」

大政所様に手を振り返しながら、旭様は涼しい顔で呟く。

ちらりと私を映した目の奥に、楽しそうな光がある。

「関白殿下の母君、という点で見れば、その身分らしいとは申せないかと」

「そういうところが、おかか様の良いところなのよ」

「そうですね」

確かにね。旭様とちょっと笑い合う。

身分が急上昇していながら、ずっと変わらないでいられるのはすごいことだ。

凡人であれば舞い上がって、偉そうで嫌みな成金モードになっても、不思議じゃないのにね。大政所様は普通の田舎のおばあちゃんのまま、息子や自分の立場を理解して生きている。

平凡でありながら非凡であるって、本当に賢くないとそうあれないと思う。ある意味、憧れるタイプの大人だ。

「そんなとこでどーしたの。はよう、こっち来やあ！」

日が暮れてしまうで！　と私と旭様に声をかけて、さっさと大政所様は畑に入っていく。

のっしのっしと歩く足取りには、力強さと健康さがみなぎっているかのようだ。

元気なおばあちゃんって、見ていて和むものだな。

「行きましょうか」

「はい」

私たちは、少し駆け足で大政所様の元へ向かった。

数人の女中たちが、私たちの前に浅い木箱を三つ並べていく。

木箱の中は、仕切りでマス目みたいに区切られていて、土が敷かれている。

マス目には、それぞれ春風に葉を揺らす緑の葉っぱ。小さくて可愛くて、将来有望な奴らである。

「……これは？」

木箱を覗き込んだ旭様が、怪訝そうに葉っぱに触れる。

「薬草やて」

「薬草？」

「お与祢ちゃんが種を持ってきてな。それをおらぁが預かって、苗代に育てたのや」

女中の指揮を取りながら大政所様が返した言葉に、旭様がきょとんとする。

野菜じゃないものを植えることに、驚いているようだ。説明を、引き継がせていただこうか。旭様の袖を引いて、こちらを向いてもらう。

「千宗易《せんそうえき》様にお願いして、仕入れていただいたのです」

「……堺の、あの豪商の？」

「さようです。手広く商われていらっしゃるので、明や南蛮の物を揃えていただけました」

代わりに、知識の等価交換をさせられたけどね。

「明や南蛮のものって、どれかしら」

「ご説明、いたしましょうか」

旭様が並んだ木箱を見ながら、はっきりと首を縦に振る。

お、元農家さんの血が騒いだ感じかな？　目がいつもより、明るいような気がする。興味を何かに持てるのは、メンタルが回復してきた証拠だ。

好奇心を満たしていただけるよう、しっかり語らせていただこう。

「ではまず、左端の薬草から」

旭様の手を引いて、左端の木箱の前に行く。

箱に入っている苗は、先の丸い葉っぱだ。楕円《だえん》で、ふわっとした若葉色が可愛らしい。

「こちらは、金盞花《カレンデュラ》と申します。明から仕入れたもので、もうすぐ黄色くて愛らしい花を咲かせます」

「……花見用？」

「花を見て楽しむのもありですが、肌に効く薬効を持っておりますの」

金盞花《キンセンカ》、カレンデュラは地中海産のハーブだ。現地では『貧乏人のサフラン』、『太陽のハーブ』などの別名で呼ばれることもある。

可愛い花に目を奪われがちだが、このカレンデュラの真価はスキンケア特化な薬効だ。

また、皮膚《ひふ》や粘膜《ねんまく》の修復に優れているし、消炎作用があるから肌荒れにも効く。

その上、抗菌や抗真菌作用を備えていて、抗ウイルスと抗寄生虫の作用もおまけで付く。

皮膚系のトラブルで、対応していないものは、ないのではないか？　そう思えてくる、オールマイティーなハーブなのだ。

利用方法としては、基本はオイルやエタノールに漬け込んで、外皮に塗るとか、コスメの材料にするとか。

収穫して布袋に入れて、お風呂へ入れてもいいかもね。

あとは、ハーブティーとして飲むのもおすすめ。感情を落ち着かせてくれて、口内炎にもよく効く。

「その茶、飲んでみたいわね」

「では収穫したら、たくさん作りましょう」

興味があるなら、大いに飲んでもらいたい。

カレンデュラのハーブティーは、旭様みたいな繊細さん気質の人向けだから。

「その際は、こちらの薬草と調合してみましょうか」

ハーブティーは、ブレンドするのも楽しいものだ。

カレンデュラの隣の木箱を示すと、旭様もそちらに目を向ける。カレンデュラとは打って変わって、細くたくさん枝分かれした緑の葉だ。

旭様が葉に触れてみて、その手を鼻先に近づけた。

「……良い香りね」

「カミツレと申します。こちらは南蛮のもので、心を和らげる薬効を持っています」

「それだけ？」

「いいえ、他にも、女に嬉しい薬効がたくさん」

カモミール様だぞ。それだけで終わるわけがない。

今回輸入できたカミツレ、ジャーマンカモミールは、超有名なハーブだ。ハーブティーと言ったら、これ。リラックス効果のハーブと言ったら、カモミールが代表格だ。

なぜド定番なのかといえば、作用のおだやかさゆえだ。子供からお年寄りまで安心して使えて、安定した効能があるからいつでも飲める。

寝つきを良くしてくれるから、眠りにくい人は試すといい。消化器系の調子を整える効果もあって、疲労回復にも効く。消炎作用や抗アレルギー作用があるから肌トラブルや、花粉症みたいなアレルギーにも効く。

蒸留して、化粧水にするといいかも。採れる精油は、鮮やかなブルーだから、見ても綺麗で面白いのだ。

「青い油って、奇怪《きっかい》ね」

「白い花が咲くから、可愛らしいですよ？」

「……なんで青い油が採れるのに、白い花が咲くの？」

毒じゃないの？　と旭様は、疑わしげな目をカモミールに向ける。

嫌わないでよ。この子はとても良いハーブなのだ。

「毒草じゃないですよ。冷え性や月のものの時の痛みに、よく効きますし！」

私的に、婦人系の体調不良に効果抜群であるところがカモミールの真価だ。

ＰＭＳ――月経前症候群という厄介な疾患持ちだった前世の私は、大変お世話になっていた。冬場の冷えも、カモミールに助けられていた。

本当に、あの頃はありがとうカモミール様、またお世話になるね。

愛情を込めてカモミールの苗を撫でると、旭様が「変な子ね」と呟いた。

やめてください、自覚はあるけど傷付く。

「で、右端の箱の薬草をごらんください」

誤魔化すように、最後の木箱を指し示す。

植わっているのは、カモミールとよく似た、細い枝分かれした葉の苗だ。

だが、カモミールより背が高くて、触ると厚みも違う。

「こちらは万年香《まんねんろう》。明から仕入れた薬草で、七尺《ニメートルちょっと》くらいの木になるのですよ」

「木まで植えるの」

「もちろん、だって化粧品にも、料理にも、使えますから」

マンネンロウ、はローズマリーのことだ。地中海原産で、よくイタリアンなどで、肉や魚の臭み消しに使われているハーブである。

料理用の方が有名かもしれないが、実は美容分野においても名をはせている。ヨーロッパでは、古くから若返りの薬草と謳われてきた、最強ハーブの一角なのだ。ハンガリアン・ウォーターというものを、ご存知だろうか。ローズマリーをアルコールと一緒に蒸留した、伝統的なヨーロッパの化粧水だ。

伝説によると、ある時代にハンガリーに七十歳の王妃様がいた。高齢だから体がガタガタな王妃様が、この化粧水を使ったところ、あら不思議。みるみる若返って、ポーランドの王様から求婚されるほどの美貌を取り戻したのだそうだ。

「……それ、お伽噺でしょう」

呆れたように旭様が、ローズマリーを突《つ》っつく。

「お伽噺ですよ。でも、お伽噺に近い効能は持っているそうです」

アルコールに漬けたものには、ウルソール酸という成分が含まれていてね。

これがシワに効く。深いシワにも効果があるようで、アンチエイジングには最適なのだ。

「嘘でしょ」

「少なくとも、肌には良いですよ」

前世で実体験は、しているから。まあそれは言わず、南蛮人に聞きました、と嘘を吐いて誤魔化しておく。

ローズマリーには、抗酸化や血行促進の作用もある。肌にも頭皮にも良くて、艶やかな肌と髪を育ててくれる強い味方だ。アラフォーな寧々様や旭様、もっとマダムな大政所様向けコスメを作るのに使えると思う。

綺麗に老いていく楽しみを実感していただきたい。

「旭、お与祢ちゃん、そろそろ植えよか」

大政所様が、声を掛けてくる。

植え付け作業を手伝ってくれる下女たちの、スタンバイが完了したようだ。

お返事をして、私たちも大政所様の元へ向かう。

「ひさしぶりの野良仕事ね」

「不安ですか？」

「不安なわけないでしょ」

ふ、と旭様が目を細める。

「……駿河でも、やっていたもの」

その眼差しは、東へ向けられていた。

◇◇◇◇◇◇

苗植えを始めて、かれこれどのくらいだろう。農作業の過酷さの一端を、私は絶賛体感中である。めっっっっっちゃ暑い……。首の後ろがじりじりする……。

しゃがんで作業をし続けたせいで、腰が痛い……。下を向きっぱなしで、首も痛い……。

農家さんって、すごいね。こんなこと、一年中続けていたら、そりゃ老化も早まろうというものだ。

父様に作ってもらった、長浜の農園の人たちを思い浮かべる。あそこは、私専用だ。スキンケア用品やコスメに使う植物を、たくさん育ててもらっている。椿に、クロモジ。ノイバラやダイダイ、ハトムギや薄荷なんかもたくさん。

みんなこんな過酷な作業を一年中続けて、私が存分に趣味に走れるように、がんばってくれているんだな。

一度長浜に帰って、お礼を言いに行った方が良いな……これ……。

「おーい」

長浜に想いを馳せていたら、大政所様の声が飛んできた。

苗を植える手を止めて、立ち上がる。ずっと屈んでいたせいか、ちょっとくらっときた。

畑の向こう側にある縁側で、大政所様が口元を手で囲って、叫んでいた。

「そろそろ終わりにしよーかー」

か、神の声っ……！

肩に掛けた手拭いで汗を拭いて、はい、と叫び返して、大政所様の元へ駆け出す。

さっきまでのしんみりは、あっという間に吹っ飛んだ。ちょうど畝《うね》一列分、ローズマリーを植え終えたところで、キリもばっちり良い。

休憩だー！


手と足を洗ってもらって、消毒用アルコールで拭いて、お待ちかねのお昼ご飯の時間です。

旭様と私は縁側に並んで、焼きおにぎりをいただく。味噌を付けて焼かれたおにぎりは、大政所様のお手製だ。麦や粟《あわ》が混ぜてあって食感が楽しい。お味噌の味も甘じょっぱくて、焼かれているから香ばしい。

そして、何より焼きたてなのだ。目の前で大政所様が、七輪もどきの火鉢を使って焼いてくれているの。

もう最高。すごく美味しい。聚楽第で暮らしていると、なかなかできたてのご飯を食べられないんだよね。

特に私は大名の姫であり、寧々様の女房だからかな。当然のごとく、食事ごと、おやつごとに毒見があるのだ。しかも台所自体、私の居住スペースから離れている。運んできて、毒見を済ませて、それから配膳がされる。

だから私が箸を付ける頃には、だいたいのご飯は冷めているのだ。炭団と火鉢のセットを導入してからは、ちょっとだけ改善されたけれどね。できたてアツアツは、何にも勝るご馳走と化しているのだ。

「温かいご飯、最高ぉ……！」

「そうね」

庭の木陰で休憩している侍女や女中たちと、おにぎりを配ってあげている大政所様。

和やかな農村みたいな風景を眺めて、旭様がしみじみと呟く。

「……昔は、当たり前だったのにね」

「ですよね、実家が懐かしいです」

「山内家の食事は、温かかったの？」

「はい、父様がご飯は温かくなきゃって人で」

山内家は、食にこだわるタイプだ。贅沢な食事を好むという意味ではなくて、できたてほかほかにこだわる人が多い。

たぶん、私と丿貫《へちかん》おじさんを除く全員に、食事にすら困る生活をした経験があるせいだ。

台所の真横に食堂が設置されていて、食器に食べ物がよそわれた瞬間から毒見がスタートする。

温かいご飯のために、常識など投げ捨てるスタイルなのが山内家だ。

あと、できるかぎり家族全員で食事をするという習慣もある。

他の大名家では、全員ばらばらで食べるらしい。だがうちは、基本的に父様と母様と私、康豊叔父様とお祖母《ばば》様と乃貫おじさんが揃って食卓を囲む。

まあ、当たり前に父様の席は上座だけど、ほとんど一緒のご飯を、みんなで食べている。前に聞いたけれど、家族と意見交換をする場として食事は絶好の場なんだって。

それに、一人のご飯は美味しくないからねって。

こういう理由で、山内家は庶民的な食事スタイルで通しているのである。

「珍しい家ね」

「珍しくて、良い家ですよ」

「……羨ましいわ」

そうでしょう、そうでしょうとも。

山内家は良い家だよ？　ご飯は美味しいし、みんなおおらかだし。明らかに常識からはみ出した私を、普通の子供扱いしてくれる。よそのお家よりも、ずっと風通しが良いと思う。

「旭様だって、大政所様が良い母上で、よろしいじゃないですか」

「おかか様は、そうね」

麦湯をすすって、旭様がため息をこぼす。

「……でも、出世しすぎた兄《あに》さんがいるから」

「あ……」

「あんなのがいると、良いことばかりじゃないの」

おにぎりを齧る旭様の横顔が、険しい。

憎しみなのか、ただの呆れなのか。横顔にこもっている感情は、複雑で、難しい。

「……昔は、よかった。藤吉郎の兄《あに》さんが織田家で出世して、ワタクシたちは良い暮らしができて。とても感謝していたわ」

食べながら、旭様が話を続ける。

「藤吉郎の兄さんが出世したから、ワタクシは甚兵衛《じんべえ》さんに嫁げたのよ」

知っている？　と問われて頷く。

甚兵衛さんというのは、旭様の前の旦那様である。羽柴家が岐阜に住んでいた時期に旭様と結婚して、一昨年に離婚をさせられた。今は確か、尾張に隠棲されているはずだ。

「お武家さんなのに、穏やかな人でね。元百姓のワタクシを丁重に扱ってくれたの」

「できたお方ですね」

「そうよ。子ができなくても、ワタクシがいれば良いって言ってくれる人だった」

前の旦那様を、思い出しているのだろうか。

旭様の声が優しくて、かすかな恋しさに震えている。今もまだ、前の旦那様を、好きなままなんだ。

何も言えないよ、こんなの。相槌なんて、下手に打てない。聞かなかったことにも、できない。

じっと聞くしか、できない。

「ただ毎日を、穏やかに過ごしていたの。おかか様や姉さんや義姉上と、藤吉郎の兄さんをおだてたり、浮気のお仕置きをしたりして。小一郎《こいちろう》の兄さんと甚兵衛さんになだめられて、みんなで、一緒になって笑いあって」

「駿河御前様」

「それで、それで終わっていれば――……」

よかったのに。

細い声が、消えていく。旭様は、私に一切目をくれない。その瞳はまっすぐ、畑を目に映している。

見えているのは、本当に畑なのだろうか。そう思えるほど、きつい眼差しだ。

先ほどのあまやかな思慕はもう、浮かんでいない。すべて、焼き尽くされてしまっている。

「……つまらない話を聞かせたわ」

「いえ……その……」

上手い返事が、浮かばない。こういう時って、何を言われても慰めにならないものだ。

だから、私は旭様の手に手を重ねた。黙ったまま、手のひらの温度を移す。

一人じゃないですよと、伝える代わりに。

「あなたの家族は、今のままだと良いわね」

ゆっくりと、旭様の言葉に頷く。

父様と母様は、一国一城の主を目指している。そしてそれを成し遂げることを、私は知っている。

いつか二人は、土佐という国を手に入れる。山内家の統治に抵抗する人たちをねじ伏せるため、とても血生臭いことに手を染める。

その時までに、父様たちは、変わってしまうのだろうか。今の善性を捨てて、血で国主の座を購《あがな》える人たちになってしまうのだろうか。

わからないけれど、これだけは言える。旭様は、ありえるかもしれない、私の未来の一つだ。

「……ワタクシのようにならないで、寝覚《ねざめ》が悪いから」

「はい」

そうならないことを、祈りたい。家族を憎むようには、できるかぎりなりたくない。

旭様がぎこちない手つきで、私の頭を撫でる。切なくなりながら、私は手鏡を懐から取り出した。

「どうかした？」

「あ、いえ、ちょっと」

雲一つない空を見上げて、太陽の位置を確認する。中天にあと少しで届く太陽は、ちょうど私の手元に陽射しを放っていた。

うん、ちょうど良い塩梅だ。手鏡の角度を調整して、陽光を反射させてみる。私たちの正面にある塀の下の方に、弾かれた陽光が白く映った。

寧々様にもらった、スペイン製の鏡だけはあるね。良い反射具合だ、白さが眩しい。

「急に、何を遊び出しているの」

「遊んでなんていませんよぉ」

不審げな旭様に笑いかけて、私は手鏡の角度を変える。

白い反射光が塀を駆け上がって、青葉の茂る庭木の陰に当たった。

「ぐぁっ！」

「と、殿ぉぉぉぉぉ⁉」

「出合え！　出合え！　曲者ぞっ‼」

庭木の葉陰から上がる野太い悲鳴と墜落音に、負けないくらいの大声を被せる。

男性の従者や護衛の侍たちが、弾かれるように塀を乗り越えていく。曲者というワードに侍女や女中が悲鳴を上げ、塀の向こうから、護衛や従者の声が飛び交う。

うららかな家庭菜園が、一瞬で騒然となった。

「……あ、あなた」

「覗き見野郎に慈悲はありませんよ」

呆然とした旭様に、親指を立ててサムズアップをしてみせる。鏡の反射を利用した目潰しは危険な行為だけど、犯罪者に慈悲はない。

だが、旭様の顔が強張ったままだ。どうしたの、驚きすぎたの？

「お、大政所様っ、大政所様っっ」

塀の向こうから、護衛の侍が戻ってくる。泡を食うと呼ぶに相応しい勢いで、着地に失敗しながら、転がるように大政所様の元へ駆け寄った。

「どないした」

「あ、あの、急ぎ塀の向こうへ、どうかっ」

「なんやの、もう」

慌てすぎて、護衛は口を喘がせるばかり。説明すら、不能の状態だ。

どっこらせ、と呆れ顔の大政所様が腰を上げた。すたすた勝手口へと歩いていくその後ろを、旭様が弾かれたように追う。

私も行った方がいいかな？　走って追いかけて、一緒に勝手口へ向かう。

開かれた扉を潜ると、庭木の側に人集《だか》りがあった。

木陰に尻餅をついた知らないおじさんが、一人。その側で怒り狂っている青年が、一人。護衛や従者がおろおろしたり、青年に謝り倒したりしている。

なんだなんだ。どうして、暫定・不審者コンビを捕まえないの？

「あっ、あの子、井伊《いい》殿でにゃーか？」

大政所様が、口元を手で覆って、青年をガン見する。

その側から、真っ青な旭様が不審者コンビ——その、おじさんの方へ走り出した。

「殿っ！　大事ございませぬか⁉」

えっ？　殿……？　旭様の殿って……？

えっと、今は……あ。あ、あああああああっっっ！

まずい、やらかしたぁぁぁぁああああっ‼

◇◇◇◇◇◇

閉め切られた座敷の下座で、私は震え上がっていた。

上座にいるのは、一人のおじさん。歳はたぶん、父様と同い年くらい。固太《かたぶと》りっていうのかな。

ちょっとふくよかな体型も、よく似ている。

お顔もそんなに怖い感じじゃないから、親近感が湧く。困った感じに眉を下げて苦笑しているし、
右隣に控える大政所様や旭様も苦笑している。

あ、これ怒ってなさそうって三人の顔だけ見れば思えるのだけれどね。

左隣に、刀に手をかけた赤鬼が控えていて、ぜんぜん安心できないのよ。

わぁ、顔真っ赤ぁ……。お兄さん、せっかくのイケメンが台無しですよ?

引きぎみの愛想笑いを、向けてみる。鯉口を切る音が、返ってきた。

ははっ、とっっってても怒ってらっしゃる。待って、お願いだから。物騒なことはやめよう。

大政所様たちの前で刃傷沙汰はやめとこ? ね? 謝るから! 早急に! 可及的速やかに!

「まことにっ」

赤鬼さんが爆発する前に、畳へおでこを擦り付ける。

土だったらめり込んでいるくらい、ぐいぐいと。そして、息を吸い込む。

「申し訳ございませんでしたぁぁぁぁぁ――――っっ!」

だから許してえええええ! 斬り捨て御免だけはやめてええええええ!!

やらかしました。不審者だと思って鏡で攻撃した相手が、徳川家康様でした。

なんで覗きなんかやっていたのだ、大大名。正室を覗き見なんて、のちの征夷大将軍がやること

か。想定できない事態ですよ、これは。

まあ、だからだろうね。私の攻撃を食らって墜落した徳川様ご自身は、怒ってはいらっしゃらなかった。

イレギュラーかつ、バレるとまずいことをしていた自覚が、あったのだろう。発見した時にその場ですぐさま謝ったら、バツが悪そうによいよいと言ってくれた。痛かったし驚いたけれど、旭様を守ろうとしたのなら構わないって。

でも、側にいた赤鬼イケメンこと、井伊殿の方は、問屋を下ろしてくれなかった。刀を抜いて、斬りかかってこられましたわよ。殿に無礼を働いた不届き者めって。

徳川様や護衛の皆さんが必死で止めてくれたけど、とんでもない殺気で私は漏らした。腰も思いっきり抜けて、ついでに泣いた。気持ちはわかるが怖すぎた、本当に。死ぬかと思いました。

そんなこんなで、状況の収拾がつかなくなったのは言うまでもないよね。

大政所様が、野次馬の集まらないうちにと、全員を畑の側の座敷に押し込んでくれなければどうなったことか。

その後、私は旭様や侍女によって、すぐお風呂に突っ込まれて洗われた。よしよしされて、着替えさせられて、飲み物を与えて落ち着かせられた。

至れり尽くせりだけど、子供扱いされまくりだ。いや、今の私、九歳だったな。子供扱いは当たり前か。

その後、やっと落ち着いてから改めて座敷に連れて行かれて今に至るわけである。

「落ち着け、万千代《まんちよ》。女童のやったことだろう」

「ですが！　この娘は、殿に!!」

「だから落ち着け。この娘も悪気があったわけではなかろう？」

な？　と徳川様に振られて、がくがく頷く。

完全に、相手を不審者としか、思ってなかったよ。徳川様だとわかっていたら、あんなことはしなかった。

だって、徳川家康だよ。絶対に、恨みを買いたくない相手だもの。山内家のためにも、私自身のためにも、最後の天下人に嫌われるなんて悪夢だ。

「本当にごめんなさい……」

涙で鼻を鳴らして、もう一回謝る声が震える。

井伊殿は収まりがつかないのか、ぎろりと私を睨んだ。視線に攻撃力があったら、私は何回死んだのかな。そのくらいの殺気が隠しもせず込められている。

座敷から出た途端、すぱっと斬られても不思議じゃないな……。まだ死にたくないんですけどぉ……。

震え上がる私に、旭様が大きなため息を吐いた。

「……兵部《ひょうぶ》殿、ワタクシからも謝ります」

興奮気味の井伊殿の方へ膝を向け、すっと指を畳に突く。

そして旭様は、ひょいっと井伊殿に頭を下げた。

「ワタクシがこの娘の、手綱を握り損ねたせいです」

「え、ご、御前様⁉」

「許してやってちょうだい」

さすがに興奮していても、殿様の正室に頭を下げられたら焦るか。井伊殿の顔から、少しだけ赤みが引く。

「御前様！　頭を上げてください！」

「……悪い子ではないのよ。少し、迂闊な子だけど」

迂闊は余計だと言いたいが、迂闊に攻撃に走ったから否定できないのが悲しい。

胸を掻きむしって走り出したい気持ちを堪えて、もう一度徳川様に謝る。軽いとはいえ怪我をさせてしまったし、いくら謝罪しても足りないからね。

それに、許すって言質をしっかり取っておかなきゃ、今後安心できない。関ヶ原の時に蒸し返されたら、最悪だもの。

「井伊殿、許してやってちょーよ。おらぁからも頼むよ」

見兼ねたのか、ついに大政所様も加勢してくれた。

「大政所様まで、そのようなっ」

「第一なあ、おみゃあさんらも悪いのよ？」

「……殿の何が悪いと」

「おいでと言ったのはおらぁやけどね、そんなかっこで来るのはどぉなの？」

言い募ろうとする井伊殿に、大政所様がぴしりと指を突き付ける。

「殿様らしゅうないかっこで、庭の木の陰からこそこそ覗くんやもの、ねえ？」

「……来るなら来るで、ちゃんとしてらっしゃると思っておりましたわ」

旭様も、井伊殿と徳川様を、まじまじと見る。

二人の格好は、無地の薄茶の小袖に、藍染の袴。旭様の滞在している屋敷に控える、門番さんたちのお仕着せだ。この格好で手拭いなんかで顔を隠してしまえば、一見して大大名とその近習とは思われないはずだ。

きっと本人たちも、それを目的として門番の装いをしているのだと思う。旭様に見つめられた徳川様が、恥ずかしそうに頭を掻いているのが証拠だ。

「いやあ、おかか様のご指摘の通りです」

「やろう？　お与祢ちゃんが勘違いするのも、しかたにゃあよなあ」

「ははは、まことに左様で」

徳川様が、井伊殿の肩を叩く。

「我らにも非があったのだから、そこまでにしておけ」

「ですが……」

「お前の忠心はようわかった。だから、なあ？」

「……」

パチン、と井伊殿の刀が、収められる。ほっとした顔で、徳川様がそんな井伊殿の背中を叩く。

それが恥ずかしかったのかもしれない。井伊殿は拗ねたような表情で、わざとらしくどかっと敷物の上に座り直した。やる気ありすぎる大型犬と飼い主みたいだな、この人たち。

殺気もあらかた消え失せて、場の空気が緩んだ。たぶん、もう斬られる心配はないかな？　緊張が解けて、私も敷物にぺたんと座り直した。

「しかし、果敢な娘だなあ」

そんな私をしげしげと見ながら、徳川様が面白そうにおっしゃる。

「曲者を見つけても怯えず、一矢喰らわせるとは。なかなか幼い娘にできることではない」

「……殿、ただの無謀ですよ」

感心する徳川様に、呆れたように旭様が訂正を入れる。

「考える前にすぐ動いただけです、この子は」

「しかしだなあ」

「先走って失敗してからの巻き返しが、妙に上手いだけなのですよ」

困った子、と旭様が、からかうような目配せをしてくる。

当たらずとも遠からじですけど、酷くない？

上げて落としているんだか、落としたついでに落としているんだか。

抗議を含めて目を眇《すが》めると、鼻で笑われた。またそういうことする――！

「旭殿」

私たちのやりとりを見ていた徳川様が、旭様に呼びかける。

穏やかな面持ちが、振り向いた旭様を迎えた。

「少し、変わられたな」

「……そう、見えますか」

「ああ、ずいぶん溌剌《はつらつ》となさっている」

だるだるな旭様の、どこが溌剌だって？　この人、目が曇っているのだろうか。

怪訝そうな顔になる私をよそに、徳川夫妻は二人の世界から出てこない。

「その髪、いかがなされた」

「そこのお与祢に、結わせました。おかしいですか」

「ワシは好もしいと思いますぞ」

「……ありがとう、存じます」

照れた！　旭様が照れてる！　素直にお礼言った！　すごい!!

現旦那の徳川様のことも、嫌いではないってことなのかな。気心が少しは知れている、という雰囲気がある。

にやにや見守っていると、旭様に横目で睨まれた。

おおこわ。でも悪くない表情になっていますよ、旭様。

「旭殿」

そんな妻に気づいていてか、気づいていなくてか。

徳川様が旭様の名を、また呼ぶ。

「なんでしょうか」

「駿河へ、お戻りになれそうか」

「……それは」

切り込まれた旭様が、言葉に詰まる。

駿河へ戻れるか否か、か。徳川様としては、早く戻ってきてほしいのだろうか。

一応聞いている、というふうには聞こえなかった。徳川様の言い方には、かなりの気遣いが見え隠れしている。

旭様も旭様で、悩んでいる様子だ。

戻りたいけれど、踏ん切りがつかない。そんな気持ちが滲んでいるようなお顔だ。

「……殿」

「はい、なんでござろう」

「今しばらく、お待ちいただけますか」

徳川様は、にこりと笑う。

「もちろん」

「ありがとうござ」

「しかし」

深い緑の袴の膝を握る旭様の手に、ごつごつとした手が重なる。

怯えたような旭様の顔を覗き込んで、徳川様は続けた。

「しばらく、一緒に畑をしてもよろしいか」

「……え？」

「何やらおかか様と、面白い薬草を植えられたようで。ワシも混ぜてくださらんか」

「ですが殿、行幸での供奉《ぐぶ》の支度でお忙しいのでは」

「ご安心召されよ、暇は作ってきておる」

噛んで含めるような徳川様の言葉に、私は唖然とした。

は？　もう行幸直前だけど、準備とかいいの？

私が聞いている予定だと、徳川様は秀吉様の側近くで、帝の随行《ずいこう》をするはずだ。その後の式典とか、催しとかも、色々メンバーに入っていたよね。

リハーサルや打ち合わせ、ないの？　大丈夫？　トチると、秀吉様がキレるよ？

心配になって、井伊殿に視線を送る。渋い顔の彼が、軽く頷いた。

なんとまあ、本当にちゃんと、まとまった時間を作ってきたのか。何やっているんだ、徳川様。

帝の行幸より、旭様との畑仕事に時間を割くって、どういう判断なの。

「よろしいかな」

「……わかりました」

徳川様のお願いというか説得に、とうとう旭様が折れた。

「ですが、お勤めに障らぬようにお願いします」

「ええ、そのようにいたそうとも」

にこにこの徳川様に、旭様は困ったよう肩を落とした。

ため息を吐いて、こめかみに指を当てて。でもその表情は、どことなく嬉しそうだった。

4　仕事と愚痴と、徳川夫妻【天正十六年四月九日】

今年は四月に近づくにつれ、本業が激務化してきている。

旭様に付きっきりで、のほほんとしているわけじゃないんだよ。

寧々様や竜子様の御化粧係の仕事を含め、通常業務は毎日がっつりやっている。

これに加えて、行幸の際の城奥女性陣のメイクの総責任者としての仕事が、たっぷりと発生しているのだ。

具体的に言うと、行幸の催しに駆り出される、秀吉様の御側室たちへの対応。その絡みで、てんやわんやしている真っ最中だ。

今回の行幸中には、寧々様や竜子様、大政所様のほか、上位から中位の御側室も参加する。

イベントを華やかに彩るコンパニオン、といった役どころだろうか。御側室の皆様は、寧々様たちのアシスタントだったり、催し物の出演者だったりを担当するそうだ。

そんな彼女たちのメイクも、私が担当することとなっているのだ。

せっかく人前に、秀吉様が抱える美姫《びき》たちを出すのだ。私のメイクで飾り立てて、たくさん目立たせようと、いう作戦らしい。

秀吉様から軽い調子で依頼されたのだが、御側室の人数は多い。繰り返すが、とっても多いのだ。

しかたなく寧々様や孝蔵主様と相談して、分刻みレベルでギチギチにスケジュールを固め、念入りに調整を重ねた。

御側室たちへの説明も、年明けの段階から東様同伴で、直接出向いておこなったよ。

順番は、城奥での序列が下の人から、スタートとなること。

行幸二ヶ月前から当日まで、毎日私の侍女からスキンケアと、美容カウンセリングを受けること。

当日のメイクに希望があれば、担当侍女を通して、私へ要相談。

自己都合での順番変更、不可。どうしても変更を希望する場合、私ではなく侍女がメイクを行うことになる。

そんな、ずいぶん一方的なお願いをしたのだけれど、わりとあっさり、ほぼ全員に呑んでもらえた。

拍子抜けするほど彼女たちの聞き分けが良かったのは、寧々様の一筆の効果だけじゃない。御側室たちが、意外なほど私に好意的だったおかげだ。

自分で言うのもなんだけれど、近頃の城奥において、私のメイクは羨望の的だ。

私のメイクを受けられる人は、城奥ヒエラルキーの最上層にいる寧々様と竜子様のみ。二人に施されているメイクは、従来通りの白赤黒で構成されたメイクではない。

素顔と変わらないほど白粉が薄いのに、白塗りよりも肌はなめらかで、自然な陰影がある。眉は引き眉にせず、まぶたや唇に赤以外の色を塗っているのに、奇抜どころか、何とも言えない優美さを漂わせている。

使っているコスメは、すべて巷《ちまた》で大流行している最新のものばかり。それもとと屋の最高級ラインのもので、店頭には並ばない寧々様専用ブランドだ。

そんな豪華で不思議なメイクで、日を追うごとに寧々様たちの美貌は目に見えて磨かれていく。秀吉様の寵愛も以前にも増して深くなり、ほとんど二人で独占状態になりつつある。

御側室たちが、秀吉様を魅了する私のメイクに興味津々になってしまうのも、当然の結果だった。彼女たちのほとんどは、一度でいいから私にメイクをされたいって、熱望していたらしい。みんな絶好のチャンスを逃すもの、という勢いだった。大丈夫かと思うほど素直に、何でもかんでもほぼ受け入れてもらえたからありがたかった。

スキンケアを侍女に、という提案は、残念そうにされたけれどね。私が教育した侍女の中でも、よりすぐりのメンバーを派遣したから、残念そうにされる以上のことはなかった。

侍女たちのがんばりのおかげもあるが、今のところ不満は出ていない。むしろ、派遣した侍女をすごく気に入って、引き抜かせてもらえないか、という打診まで出始めている始末だ。

現段階で抜かれると困るから、保留にしているけど、私的には嬉しい誤算である。予想を超えて、侍女たちのスキルが高まっているってことだもの。今後もこの調子で、育てていきたいと思う。

そんな感じで、忙しくはあるものの、おおむね順調ではあるのだけれど――。


「そちらを行かれるのは、与祢殿かしら？」

わざとらしい猫撫で声が、飛んでくる。

聞き覚えが嫌なくらいにあるそれに、私は足を止めた。

「……ごきげんよう、袖《そで》殿」

重たい首を、ゆっくりと巡らせる。

はたしてそこには、最近見知った城奥の女房、袖殿がいた。

「中奥でお会いするなんて、奇遇でございますね」

嬉しいわ、なんて言いながら、するすると袖殿が近づいてくる。

「どちらに参られますの？　奥へお戻りの途中かしら？」

満面の笑みを浮かべる彼女は、目に沁みるような緋色の打掛姿だ。従えている侍女たちの小袖もまた、それぞれに赤い。

廊下の真ん中が、燃えている。そんな錯覚すら覚えるド派手な集団に、視覚から圧倒されてしまう。

思わず立ちすくんだ隙に、行く手を塞がれてしまった。

「よろしければ、ご一緒いたしません？　お話ししながら参りましょ」

「いえ、これから人と会いますので」

「まぁ！　与祢殿お一人で？　わたくしが付き添いましょうか？」

「あ、結構です」

付き添いなんて要らないよ。よく知った人と、仕事で会うのだから。

誰かの立ち合いが必要になるにしても、東様か孝蔵主様に頼む。袖殿みたいな部外者は、お呼びではない。

「遠慮なさらずともよくてよ？」

「いえいえ、お気遣いなく。袖殿こそご用がお済みなら、お帰りになられませ」

あなたの帰りが遅くなったら、ご主人様も困るでしょ。

そう言うと、すぐさま袖殿に笑い飛ばされた。

「少しくらいなら、障りなんてないわ」

「だとしても、奥の女房が用もなく中奥をうろつくのは、あまりよろしくは……」

「あらぁ、大丈夫よ」

袖殿の赤い唇が、にんまりと弧を描く。

「我が姫様は、先右府《さきのうふ》様ゆかりの姫君にして、殿下のご寵愛も深い御方――茶々様なのですもの！」

またこれか。甲高い笑い声を上げる袖殿に、こっそりとため息を吐く。

行幸の日が近づくにつれて、私に声を掛けてくる人は増えてきている。仕事上、必要な場合も多いけれど、中には不必要に絡まれることも少なくない。

袖殿は、その最たるものだ。彼女は浅井の一の姫様こと、茶々姫様の乳母で、かなり態度の大きい。織田というネームバリューに、かなりの自信があるのだろう。その態度はいつも図々しくて強引で、慇懃《いんぎん》無礼《ぶれい》と呼ぶにふさわしい。

元からそういう人だったそうだが、このところは特に酷くなっているようだ。

理由は、単純。主人の茶々姫様が、秀吉様の側室入りをしたからだよ。

たぶん、欲が出てきたのだろう。秀吉様は茶々姫様を気遣い、よく可愛がっている。上を狙える、と袖殿たちが思うには、十分なくらいにね。

だから私にも、積極的に絡んでくるのだと思う。狙いとしては、茶々姫様を特別にしたい、といったところかな。寧々様と竜子様が独占する私を引っ張って、直接茶々姫様の世話をさせる。それが無理なら、特別な計らいを引き出す。

そうすることで他の御側室たちを出し抜き、秀吉様の寵愛を手繰り寄せようと目論んでいるのだろう。

行幸に向けての説明をした時から、袖殿たちはずっとこの調子だ。口を開けば、茶々姫様を気遣えとうるさく、侍女ではなく私が来れないのか、としつこく言ってくる。

今日もまた、同じことの繰り返しになるはずだ。

勘弁してほしいよ。お夏以外で一番人当たりと腕の良い侍女を、ほぼ貼り付けで派遣する、という譲歩までしたのにさあ。

「先を急ぐので、通していただけませんか」

とりあえず、お願いしてみる。

「では、ご一緒しましょうね。その後で、我が姫様のもとへ参りましょ」

「お断りですと申し上げましたよね？　私のお勤めの用事なのです。関わりのない方には、ご遠慮いただきたいですわ」

「やだ、関わりがないだなんてつれないこと。わたくしと与祢殿の仲ではないですか」

ああ言えばこう言うなぁ！　もう！

私と袖殿は、同じ会社の別部署の社員程度の関係でしょ⁉

腹が立って、つい睨みつける。けれど袖殿はくすくす笑って、絶句する私の前にしゃがんだ。

「ほんに、いじっぱりでらっしゃるわね。いいからわたくしの申す、よう……に……っ？」

不意に、目の前の横柄な口が止まる。

何事かと思ったその時、能天気な声が私の背中にぶつかってきた。

「お与祢ちゃーん、ここにおったんかぁ！」

はっとして、振り返る。本日の面会相手である与四郎おじさんが、大股で近づいてくるところだった。

「与四郎おじさん？」

「なかなか来ぉへんから探しにきたでぇ」

目を丸くする私を抱き上げて、おじさんはからからと笑いながら言う。

「ほんで、こないなとこで何してんの」

「何ってわけじゃないんだけどね……」

おじさんから袖殿へと、視線を移す。

与四郎おじさんもつられて、袖殿を見た。身構えた彼女を、その眼光も鋭い目で見下ろす。頑丈そうな形の顎に手を当てて、じろじろと、頭の先からつま先まで。

「そこのお局《つぼね》はん」

やおら、与四郎おじさんが袖殿に声をかけた。

「悪うおますけど、与祢姫様はもう連れてきますえ」

「は？」

「これからねえ、大事《だあいじ》な用がありますのや。あんたに構《かも》てる暇はあらへんの、わかりますぅ？」

「ぶ、無礼な！」

袖殿の顔が、さっと赤くなる。

武家とは思えない風体の老人に命令されたのが、癇に障ったらしい。怒りを煮えたぎらせた目を吊り上げ、手にした扇子を与四郎おじさんへ突きつけてきた。

「そなた、急に出てきてなんですのっ⁉　名を名乗りな――」

「千」

ヒステリックな誰何《すいか》を、明朗なのに重々しい声音が遮る。

息を詰まらせた周囲を気に留めず、与四郎おじさんはさらに重ねた。

「千、宗易におざりますが」

何か、と。

簡潔なその名乗りに、たちまち袖殿が凍りつく。

おじさんは、笑みを崩さない。にこにことしたままで、わななく袖殿に一歩迫る。

「さっさと引っ込んでくれますかいな。商売の邪魔するんやったら、わてにも考えはあるんやで」

商人らしくない骨ばった手が、さざなみ立つ袖殿の肩に掛けられる。

「……なぁ、清洲内府《きよすだいぶ》様んとこの、お局はん？」

低い問いかけに、返事はなかった。顔色を赤から青へと変えた袖殿は、黙り込んで動かない。

与四郎おじさんの目が、ゆっくりと動いた。感情のこもらない瞳が、袖殿をしっかと捕まえる。

途端、袖殿は、弾かれたように逃げ出した。同じく青い顔をした侍女たちも、その後を追う。

「お見事ぉー……」

彼女らを見送りつつ、心の声をぼろりとこぼす。

「褒めすぎやで、あんなん赤子の手ぇ捻るより容易いやろ」

「いやいや、私、とっても手を焼いてたんだからね？」

「それはお与祢ちゃんの精進不足やなぁ」

おっしゃる通りでございます。自覚はあるけれど、はっきり言われたらそれはそれで傷つくわ。

抱えられたままがっくり項垂れると、バシンっと背中を叩かれた。

「イッ⁉」

「おきばりやっしゃ！」

そないやと女の園は生きてかれへんで、とカラカラ笑い、与四郎おじさんは歩き出したのだった。

◇◇◇◇◇◇

「ねぇ、おじさん」

面会の場として用意された、座敷にて。私はふと気になっていたことを、与四郎おじさんに尋ねた。

「一つ訊いてもいいかしら」

「はいはい、なんなっとどぉぞ」

「どうして袖殿のこと、知ってたの？」

すっごく不思議なんだよね。

袖殿は、城奥の人間。それも外部との接触が少ない、御側室の乳母だ。いくら羽柴家に深く根を下ろしている与四郎おじさんとはいえ、そうそう顔を見る機会はないはずである。

どこか、袖殿が城奥に入る前に、会っていたのだろうか。

「あのお局はんなあ」

納品書を広げる手を止めて、おじさんが顔を上げた。

「だいぶ前にお呼ばれした屋敷で、ちらーっと顔を見た覚えがあったんやわ」

「屋敷って、清洲の内府様って方の？」

「せやで、清洲内府の織田様」

なるほど、清洲内府様って織田の人なんだ。それなら納得だわ。

確か茶々姫様は、城奥へ入るまでは、織田家にいたと聞く。めぼしい身寄りは、母の実家しかない人だからね。乳母である袖殿も、おそらく一緒に織田家で暮らしていたのだろう。

織田の屋敷へ招かれたおじさんが、そんな袖殿を見かけることがあってもおかしくないか。

「今は奥勤めなんやなあ、お局はん。あの時はなーんとも思わんかったけど、ずいぶんけったいなお人柄のようやな？」

「まあ、うん」

正直に申し上げて、けったいで済ませられる人ではないよ。今日みたいに私に付きまとうし、私の侍女をいびって泣かせるし。ここまでろくなことを何一つしない女房も珍しい。

力無く微笑み返すと、与四郎おじさんの太い眉が、怪訝そうに寄せられた。

「お局はんのお姫《ひぃ》さん、ええと、誰やったかな？　そのお方はどないしたん」

「浅井の一の姫様ね、あの方もちょっと」

「……もしや、同類なんかいな」

「そういうわけじゃないのだけれど、なんと言いますか」

茶々姫様も、茶々姫様で厄介だ。

恥ずかしがりだか、人見知りだかで、人前に出たがらない。会話だって、袖殿を通してしかしない状態だ。

訪問の時もそう。本人は隣室で控えていたらしいけど、一切姿を見せなかった。袖殿を介した会話も、一つ質問して返事が返るまでが本当に手間。襖越しでいいから、直で返事してくれたらいいのにと、何度思ったことか。

担当侍女の件も、かなり渋られた。よく知らない侍女は緊張しちゃうとか、なんとか。受け入れてもらうまで、他の人より手間がかかったことも記憶に新しい。

この茶々姫様の内向的な性格が、取り巻きの暴走の一因であると、私は思っている。

かわいそうなお姫様に仕える自分に酔い、ついでに身の程知らずな野心をたぎらせている、という感じ？

さんざん困らせてくるけれども、茶々姫様本人は、乳母たちの暴走をすまなく思っていらっしゃるようだ。

先日、「迷惑をかけてごめんなさい、いつも気遣ってくれてありがとう」と言っていた、らしい。らしいというのは、派遣中の侍女ごしの伝言だからだ。真偽のほどはわからない。

「なんやそれ……」

やや呆然とした感じで、与四郎おじさんが呟く。

ほんとにね。なんやそれだよね。内向的な性格なのはしかたないとしても、側仕えの手綱くらい、きちんと握ってほしいものだ。

「近いうちに、寧々様に相談するよ……」

そうぼやきながら小さな袋を開けて、中を覗き込んだ瞬間だった。

息が、止まった。つやつやとした油紙の袋の中へ、視線が吸い込まれる。

紫色、だった。

鮮やかな青みがかった紫の粉が、その袋には詰まっていた。

嘘、待って。直前まであった憂鬱が、吹き飛ぶ。信じられない気持ちに追い立てられて、震える人差し指で粉に触れた。

粉の付いた指先をすり合わせ、鼻先へ近づけてみる。粉はさらりとしていて、匂いはほとんどない。

間違いない。間違いなくあれだ！

「これっ、紫の今群青だよね⁉」

驚愕と喜びにまかせて、勢いよく振り向く。

すると与四郎おじさんは、にやりと唇を片方持ち上げた。

「使いもんになるやつ、ありったけ持ってきたったで」

「おじさん最高！　大好きっ!!」

紫の今群青こと、ウルトラマリン・バイオレットがこんなに手に入るなんて、嬉しいサプライズだよ！

私を歓喜させる、ウルトラマリン・バイオレット。

名前から察していただけるだろうが、合成ウルトラマリンの紫バージョンである。基本のレシピに塩化アンモニウム――化学肥料によく使われていた物質、を追加するとでき、元となっている合成ウルトラマリンと同じく、基本的に人体に無害な顔料だ。

合成自体は、私が城奥へ入る前に成功していたのだけれど、大量生産には至ってなかった。

理由は、単純。必要な塩化アンモニウムが、わりと入手困難なものだったからである。

この塩化アンモニウム、天正の世では鹵砂《ろしゃ》と呼ばれていて、亜鉛と同じく、ほぼ輸入頼みの品なのだ。しかも日本での産出は無いとされ、漢方薬の材料として、ごくわずかに取引されているばかりの希少さだ。

それだけでも困るのに、とても湿気に弱い性質まである。高温多湿な日本では、保管するのも一苦労。溶けないように、消えないように、除湿剤をたっぷり使わねばならない。

おかげで、まとまった量の入手の難しさに拍車がかかっていて、さすがの与四郎おじさんも仕入れに苦戦していた。

でも、作り出せるとわかっているのだ。ならば売りたいし、使いたいのが人の心というものである。

おじさんと私は話し合いを重ね、ウルトラマリン・バイオレット量産の道を探しまくった。

量産には、とにもかくにも、塩化アンモニウムが必要だ。安定しない輸入に頼るよりも、国内で用意できれば一番良い。

最初はね、人工合成ができないかとも考えたよ。すぐに難易度の高さに気づいて、諦めたけどね。だって、濃塩酸とアンモニアが必要なのだ。天正の世の科学力でそれらを作ること自体、不可能に近い。

作れないなら、どうするか。地道に天然物を探す以外、道は無かった。

意外なことだけれど、塩化アンモニウムは、自然界でも発生する物質だ。炭鉱で自然発火した石炭層や、火山の噴火口などで見つかるらしい。

そう、火山。火山である。未来で火山大国と呼ばれるほど、日本は火山だらけの国だ。どこかの火山に、塩化アンモニウムがあっても、不思議ではない。探す価値は、十分にある。

なので我々は、火山へ人を派遣して探すことにした。

闇雲にやってもお金と時間の無駄だから、場所は活火山が多い九州に限定した。ちょうど与四郎おじさんが、九州征伐に付いていく予定があったからね。現地で調査の指揮を取るには、もってこいだってことで、おじさんは調査員を引き連れて行った。

そして金の力で怒涛の調査が行われ、とうとう塩化アンモニウムの産地が見つかったのですよ。

島津《しまづ》家の本拠地、薩摩国《さつまのくに》は桜島で！

あまりにも有名な桜島で見つかったと聞いた時は、心の底から驚いた。けれども、考えてみれば、あり得る結果なんだよね。桜島は令和に至っても現役で、噴煙を吐き続けていた火山だ。塩化アンモニウムがあったって、ちっともおかしくはなかったのだ。

「ちゃんと鹵砂《ろしゃ》が採れているみたいで、よかった……」

美しい紫を眺めながら、思わず呟いてしまう。

はたして使えるだけの量が採れるか、そこだけは心配だった。採算が取れるほどの量はありませんじゃ、見つけた意味がまったくないもの。ずっとどきどきして、結果待ちをしていた。

だが今ここに、これだけのウルトラマリン・バイオレットがあるってことは、それなりの産出量があるのだろう。

「ほんまにな、島津様のお力添えのおかげやわ」

「亀寿《かめじゅ》様々よね」

ほんと、感謝しないとなあ。与四郎おじさんと頷き合いながら、心底そう思う。

島津家が塩化アンモニウム採取事業に協力的なのは、亀寿様の口添えのおかげだ。

私と亀寿様が仲良くなったすぐ後だったのよ、産地の発見。例の歌会の直後に知らせを受け取れたから、すぐ亀寿様とお話しすることができた。

そこで島津家にもメリットがある事業だとプレゼンしたら、亀寿様がお父様に話を繋いでくれてさ。島津家へスムーズに話がつけられて、一気に事業が進んだのである。

「せやけど、だいぶ値は張ってもうたわ」

小袋をひとつ摘み、与四郎おじさんが深いため息を吐く。

「島津家への利益の配当に、色を付けたから？」

そう聞くと、ため息まじりで肯定された。

「もうちょい、お渡しする謝礼は、下げてもよかったんとちゃうか」

「かもしれないけど、低い利益じゃ申し訳ないよ」

危ない火山での採掘に協力してもらうのだし、なにより亀寿様のお家だ。お金はしっかりと渡して、気持ちよく協力してもらえる関係を維持したい。金銭トラブルで塩化アンモニウムの供給が絶えたら、元も子もないもん。

このお友達への便宜によって、ウルトラマリン・バイオレットのお値段が上がるとしても、私としては許容の範囲だ。

「ま、買うのはほとんどお金持ちだよ。多少高くたって、構わないでしょ」

「おおいに構うわっ、この馬鹿娘！」

罵声とともに、真横の障子戸が勢いよく開く。途端に午前の明るさと、春らしい暖かな風が吹き込んできた。

風つよっ！　慌てて、袋を抱き込んで守る。ウルトラマリン・バイオレットが舞い散ったら、もったいないどころの騒ぎじゃない！

「石田様っ、急に戸を開けないでください！」

しっかり袋の口を閉じてから、戸口に仁王立ちの石田様に文句をつける。

「急に開けられて、困ることがあるのか？　密談でもしておったのか？」

「してませんけどねえ！　風で飛ばされると困るものを、広げていたんですよねえ！」

入室前に、声くらいかけてよ。室内の人への気遣いは、マナーでしょ、マナー。

イラっとしながら睨むと、不機嫌そうに睨み返された。何をしに来たのだ、この人は。突然現れて、罵声を浴びせてきて、うがった疑いをむけてくるとか。いつもむかつく人だけれど、ほんとにむかつくなあ！

「こらこら、佐吉殿」

睨み合いになりかけたその時、石田様の横から手が伸びてきた。

「何をしているんだい、そこまでになさい」

戸口から石田様を引き離す男性の姿に、はっとする。

「まあ、片桐様」

「与祢姫、ご機嫌いかがかな」

思わず呼びかけると、男性――片桐東市正《かたぎりいちのかみ》様は、にこっと笑って挨拶をしてくれた。

なるほど。今日の石田様のお守《も》りは、片桐様だったのね。

「助作殿、なぜここに」

きょとんとした石田様に、片桐様は呆れたように眉を下げた。

「与祢姫に会うなら、わしもともに行くと言っておいただろう」

忘れたのかい、と言いながら、片桐様は石田様の前に滑り込む。

そうして石田様を見下ろすと、とつとつと諭し始めた。

「まったく、話をしに来たのに、喧嘩を売ってどうするんだい。とても失礼だし、相手を怒らせるよ」

「む、しかしこの娘が……」

「気になることがあっても、喧嘩腰は良くない。いつも言っているだろう？」

片桐様にたしなめられて、石田様はやっと黙った。

一応、自分が悪いことに気づけたか。口を尖らせているあたり、納得はしていないようだが。

石田様さぁ、叱られて拗ねた猫みたいな態度は、どうかと思うなぁ。

「急に悪いね、佐吉殿が」

大人しくなった石田様にため息を吐いてから、片桐様が私たちの方へ向き直った。

とてもすまなそうに謝罪するそのお顔は、いつ見てもどことなく、幸薄い風情がある。いろいろ、苦労なさっているのだろうなあ……。

「お気になさらず。ところで、お話って何ですか？」

いたわって差し上げたいところだか、まずは確認させてもらおっと。

奉行衆が私をアポなしで訪ねてくるなんて、かなりイレギュラーだ。行幸関連で、何か起きたのかな。

そう訊くと、片桐様は、困ったように頭を掻いた。

「少しね、与祢姫に聞きたいことがあって」

「お前、また蜂蜜と砂糖を買い入れたな⁉」

片桐様の声に被さるように、石田様が怒鳴ってくる。

蜂蜜と砂糖？　あれかな。行幸用の在庫にと買い足した分か、個人的に欲しがった御側室用に代理購入した分。その納品書が表に回ったのかな。

思い当たる節を思い浮かべていると、石田様の癇癪がさく裂した。

「もう買うなと申し付けただろうが！　勝手をするな！」

「えー」

「えーではないっ！」

首まで真っ赤にして、石田様が怒鳴ってくる。うるさい。いつものことだけど！

耳を塞いで、体を遠ざける。その拍子に、私の膝から、納品書が畳の上に落ちた。

「……待て、これは何だ？」

目ざとくそれを見つけた石田様が、じろりと睨んでくる。

「なにって、追加で買ったお化粧品の目録ですけど」

私の返事に、サッと石田様の顔色が青く変わった。顔色もせわしないな、この人。

「まだ買うのか!?　あれだけ買い込んでおいて！」

「だって、まだ不足があるのですもの」

美容に絡むものは、けちけち使うものではない。適切な量をしっかりと使ってこそ意味がある。

化粧水は安くても良いから全身に浴びろ、と言われる理由はそういうことなのだが。

「不足のわけが、ちっともわからんわ。すべて同じ粉や蜜ではないか。何がどう足らんのだ、何

が！」

石田様の眉間の皺が、ますます深くなった。

こんな感じで美容に詳しくない人には、今一つ理解してもらいにくいんだよなあ。

現に私は目の前の石田様をはじめとした、城表の奉行衆と正面を切って戦っている真っ最中だ。

実の無いものにお金を使いすぎだと、ケチをつけてくるんだよね、石田様たち。

本当に必要な物や人員なのか。過剰な請求をしていないか？

なぜ必要なのかわからん。子供が適当を言っているのではないか？

そもそも、化粧品ごときがこんなに必要なのか？

出るわ出るわ、前世で戦った財務部や経理部を彷彿とさせる、ご意見の数々。石田様が味方になってくれるかと思ったが、そんなことはなかった。むしろ今みたいに、率先して突っ込んでくる。気心が知れた仲だから、気軽に私をぼこぼこにしてくる。

だから、私はやったよ。予算配分やその予算が必要な理由、予算の使用状況、ちゃんと無駄なく使っている証明などの資料の用意をね。

侍女たちと手分けして、おこや様や萩乃様にも手伝ってもらって、全部書面にまとめた。時にはわざわざ面倒な手続きをして奉行衆との面会に出向いて、直接の説明もじっくりやった。

ここまでやって、一応納得はしてもらえたと思っていたんだが、まだまだダメだったみたいだ。

でも、だからといって、引き下がるわけにもいかない。私はため息を呑み込んで、石田様の前に立った。

「では、石田様にもわかりやすく言い換えましょう。こたびの行幸は、戦です」

嘘ではない。私は今回の行幸を、戦だと認識している。

それはなぜか。行幸の目的が、政治と外交にあるからだ。

帝――天皇に認められるということは、天正の日本において特別な意味を持つ。俗世の最高権力者、すなわち、天下人としての権威を公式に認められたということになるのだ。

帝はすでに、天下人として秀吉様のことをお認めだ。関白太政大臣に任じられているんだから、当たり前だよね。

聚楽第への行幸は、その事実を世間へ広くアピールするためのイベントなわけだ。

帝は公家衆を随行させて聚楽第を訪れ、秀吉様は大名衆を家臣として従えてお迎えする。朝廷と羽柴の親密さを示すと同時に、天下人の力も示せるって寸法である。

外交的な効力はすさまじい。現時点で従っていない東北や関東の大名たちに、朝敵にされるかも、というプレッシャーを与えられるのだから。

上手くすれば、戦をせずに彼らを従えられる可能性が高いがゆえに、今回の行幸は失敗が許されない。

羽柴もたいしたことはない、と世間から見られたら終わりだ。秀吉様の天下人としての地位も、あっという間に水の泡である。

「戦への備えは重要です。こたびの表《おもて》の諸事は石田様たちが念入りに支度を整えて、惜しみなく費用をかけていらっしゃいますよね？　それは奥だって同じことですのよ」

外交戦争の準備は石田様たちが整えて、秀吉様が総指揮をとって戦う。

一方で寧々様は、宮中の女性を相手に、社交という名の華やかな戦をやる。

「美しさは女の剣《つるぎ》であり、装いは女の鎧《よろい》。それを研ぎ澄まし、磨き抜くために私は一切の妥協をいたしません」

羽柴の権力と財力を、美しさで示すためにね。表の外交戦争同様、少しも手を抜けない。

今が貯め込んだお金の使いどころ。ここで使わずいつ使うのだ！

「……だとしても、貴様の買う物は、値が尋常ではないのだぞ」

良い気分でぶち上げた私に、石田様の冷めた視線が突き刺さる。

足元にあった納品書を拾い上げ、見てみろ、とばかりに突きつけられた。

「白粉一斤《約六百g》で金一両《約五十万円》、どう考えてもおかしかろうが」

「この、今群青の色違いかい？　これもねえ……たった二十匁《約七十五g》で金二両三分《約百三十二万円》は凄まじいね……」

石田様も、片桐様も、わかりやすくドン引きのお顔だ。

そんなにおかしな額かなあ？　適正価格だと思うのだけれど。

与四郎おじさんと、顔を見合わせる。おじさんも、きょとんとしていた。

石田様は、そんな私たちを、思いっきり睨んできた。

「そない睨まんといてもらえますぅ？」

視線に気づいたおじさんが、不満げに口を尖らせる。

「倭鉛《わえん》の白粉も、今群青も、質のええ希少な品やもん。これでもだいぶ、勉強させてもろてますのやで」

なあ、と振られて、私も頷いてみせる。

「明国から取り寄せた希少な薬材を、たくさん使って作るものですからねー」

この時代の海外貿易は、冗談抜きで命がけだ。使える運搬手段は、帆船のみ。航海術の精度も現代とは比べるべくもなく、沈没や遭難の危険は恐ろしいほど高い。

それゆえに、輸入品は、とんでもなく高価なのだ。おじさんと私の仲で値引きがされていても、高くつくのはしかたがない。

「まことにか？　中抜きなど、しておるのではあるまいな？」

まだ疑わしげな石田様に、与四郎おじさんは、失敬な！　と叫んだ。

「わてはな、そない不義理な商売しまへんで。そんなんせんでも、よぉけ儲けてますよって」

「よくもぬけぬけと、前科ばかりの者の言は信用ならぬわ。山崎の戦の折に米の値を釣り上げたこと、某《それがし》は忘れておらんからな」

「昔のことを、いつまでも根に持たんといてほしいですわぁ。しかも米の値を釣り上げたん、わてだけとちゃいますやん。京坂の商人は、みんなやっとったわ！」

それは、胸を張って言っていいことなのか、おじさん。

赤信号みんなで渡れば怖くない、を地でいく論理に、さすがの私も言葉が無いよ。

「開き直るな！　このごうつくばりが！」

「ははははは、ごうつくばりやない商人なんぞおらへんやろ」

「ふざけるなあああああああっっっ！」

とうとうキレた石田様が、与四郎おじさんに飛びかかった。

「いつもいつもいつもいつもいつも！　貴様ら商人はぁぁぁあああああッッッ！」

「きゃー治部様がご乱心やー」

「黙れ貴様のせいだろうがぁぁあああ！」

「さ、佐吉殿っ、いかんよそれは！」

目を血走らせて拳を振り上げた石田様を、慌てて片桐様が抑えようとする。

しかし、怒れる石田様は止まらない。羽交い締めにされても足をばたつかせ、噛みつく勢いで怒鳴り散らす。

おじさんはというと、怯えているのは口先だけ。石田様を指差して、のんきにげらげら笑っている。

うーん、カオス。仲が悪いのは相変わらずだけれど、せめて喧嘩は他所でしてくれないかな。

「与祢姫っ、どこへ行くのかね⁉」

コスメを抱えて部屋から出ようとしたら、片桐様に呼び止められた。

暴れる石田様に揉みくちゃにされて、かなり悲惨なご様子だ。ちょっと痛む心を隠して、にっこり笑いかける。

「次の予定があるので、私はここで失礼します」

「そんな！」

絶望に満ちた顔をされても、残念ながら残れないです。

この後は、旭様のお世話をする予定なのよ。遅れると面倒だし、私は急いで帰りたいのだ。

だからここは頼みます、片桐様。帰る途中で誰かへ、救援を頼んでおくくらいはしますから。

「では、ごめんあそばせ」

踵を返して、さくっと座敷を出る。助けを求める悲痛な片桐様の声は、聞こえなかったことにした。

◇◇◇◇◇

「そんな感じで、さっきも酷い目に遭わされたのですよ」

「そういう頭硬いクソ、なぜ存在するのであろうな」

誰を思い出したのか、井伊殿が露骨に嫌な顔をした。

いるのか、徳川家にも奉行衆の細かい奴らの同類が。

「ほんとあいつら、禿げればいいのに」

「戦場《いくさば》で流れ矢に当たればいいのに」

のどかな春の縁側に、二人分の呪詛が溢れる。


ここは大政所様の家庭菜園の側。小さい屋敷の縁側で、我々は待機中だ。

世話をすべき徳川様と旭様が、畑で仲良くふたりで野良仕事である。

本来なら手伝うべきなのだけど、手出しせず待っとけと言われている。

こうなると、私も井伊殿も待つしかできない。帰って他の仕事をしたいところだが、そっちの許可も出されてない。

じっと座って、無駄に時間を潰させられる者同士、世間話くらいはするようになってしまった。

だって、徳川様が畑仕事をしにくるようになった当初から、ずっとこうなのだ。

お互い仮想敵の家に仕える者同士だって、ある程度親しくはなる。まあ話すのは、御家の機密に差し障りない程度の内容ばかりだけどね。

今交わしているような愚痴は、その最たる例だ。

話してみて知ったが、どうも井伊殿は徳川家では新参者らしい。私と比べるのもなんだが、家中で下に見られがちなのだそうだ。

戦働きを人一倍がんばって、命に従って旭様や大政所様の護衛や世話を真面目にやって。徳川様に認められ、て深い信頼を受けてもなお、古参家臣には軽く扱われやすい。

ゆえに同じく羽柴の城奥の新参者の私と、人間関係のむかつくポイントが重なっていた。

だから、斬る斬られるの物騒な出会いを経験しても、愚痴仲間くらいにはなったわけで。

主筋があんなにほのぼのやっているのに、従者の我々はやさぐれていて笑えるよね。

「しかし、いつまで殿はこれを続けるおつもりか」

「知りませんよ」

餅菓子を摘む井伊殿に、そっけなく返す。徳川夫妻のお忍び畑デートの終わりなんて、こっちが知りたい。

お二人がこそこそ畑で会うようになって、もう十日か。宣言通り、徳川様は毎朝、大政所様の畑に通っている。門番さんに化けて、井伊殿一人を護衛にしてだ。

城外の徳川屋敷から聚楽第へ、毎日どういう方法で侵入しているのだろうか。と、思ったら、忍び込みはしてなかった。旭様の屋敷の門番さんたちが寝泊まりする長屋に、こっそり住み着いていた。

忍び込むよりも危うい行為に、及んでいたとは……。

さすがに旭様の知るところになってからは、屋敷の方へ移動なさったが、危ういことには変わりない。

帝の行幸まで、あと四日か五日なのだ。

人の出入りも、だんだん増えてきている。万が一、外部の人に、徳川様の不法滞在が知られたら事だ。

正直、早く帰ってほしい。井伊殿も、帰りたがっている。

でも、いまだに徳川様が帰る気配がない。旭様も、帰るように促す素振りを見せない。

夫婦で仲良く、崖っぷちで踊るんじゃない。

「……駆け落ちでもする気かな」

「は？　縁起でもないことを申すな」

「だって、お二人とも、野良仕事に熱心すぎません？」

農家さんとして生きる、予行練習かもしれないじゃないか。そう言ってみたら、井伊殿が顔を赤くして睨んできた。

照れとかじゃなく、苛立ちですぐ真っ赤になれるとは。無駄に色白かつ、血の巡りが良い人だな。

「殿は無責任な方ではない。家を捨てるなど、絶対なさらぬ」

「真面目な人のおいらくの恋って、すごーく厄介なのですって」

「こっ……ふしだらだぞ。女童のくせに、どこでそんなことを覚えた」

「殿下にお聞きしました」

「関白殿下、とんだ助平爺だな？」

そこは、同意する。子供の前で余計な恋愛知識を披露する秀吉様は、教育に悪い助平爺だ。

へっと鼻で笑う私に、井伊殿が頭痛を堪えるような表情になった。

「うちの殿は殿下と違う。色恋には、惑われぬ」

「どうですかねえ」

「惑われぬと言ったら、惑われぬ！　御前様と野良仕事をするのも、珍しくはない！」

「へえ、駿河や三河でも、なさっていたのですか」

「左様だ、御前様の御殿でなさっていた」

おっと、意外な事実発覚。旭様が一人で、手慰みに畑をしていたわけじゃなかったのか。

二人揃って畑なんて、どうして始めたのだろう。

「おらぁが誘ったんよ」

「大政所様！」

ひょこっと屋敷の奥から、大政所様が顔を出した。

お昼ご飯に、おにぎりを握ってきてくれたらしい。菜葉ご飯のおにぎりがいっぱい乗ったお盆を抱えて、にこにこ私たちの側にやってきた。

「井伊殿、覚えとる？」

「な、なんでございましょう」

「ほら、おらぁが、三河で暇しとった時よぉ。お城の庭を一つ潰して、畑にしたでしょお」

「ああ……」

思い出したのか、井伊殿が遠い目になる。

というか、大政所様ったらなんてことをなさったのですか。

よそのおうちの御殿の庭を潰して畑にするって、大胆がすぎる。

「あの畑のこと、井伊殿が婿殿に許しをもらってくれたでしょお」

「井伊殿が、徳川様にですか？」

大政所様の三河滞在中って、徳川様は大坂に行っていたんじゃなかったっけ？

どういうこと、と視線で訊ねると、井伊殿が遠い目のまま口を開いた。

「……早馬を飛ばしたのだ」

「え？　畑のために？」

「畑のためにだ」

「懐かしいねえ、ええ茄子が採れたね」

きゃっきゃと大政所様が笑う。

「でも本多……なんとか殿やったかね？　なんか、えろう怒っとったけど」

「え、怒られたのですか」

「そぉよぉ、屋敷の周りに薪を積んでな、おらぁを燃やすとか、物騒なことという御仁で困ったわぁ」

本多ナントカさん、過激だな!?

人質に城の中で好き勝手されて、怒るところまではわかるよ?

でも、即座に焼き討ちコマンドを選択しようとするなんて、思考が蛮族すぎる。井伊殿も慌てて早馬を飛ばして、徳川様に連絡するわけだ。徳川家家臣団、とんでもない人材を抱えているんですね……怖すぎる……。

隣でますます目が遠くなる井伊殿が、ちょっと哀れに思えてきた。

「そ、その畑を、旭様もなさっていたのですね」

「うん、そうや。御殿にこもって、泣き暮らしとったから。野良仕事で気を紛らわせえって、連れ出してたよ」

「はあ……」

「そんで一緒に畑しとる間に、婿殿も戻ってござってな」

大坂から帰ってきた徳川様を、畑に誘ったわけか。そして徳川様もそれに乗った、と。

このおばあちゃん、とんでもなく神経が太いな。遠慮が良い意味でないし、押しが強い。乗った徳川様も徳川様で、おおらかすぎるのだが。

唖然とする私をよそに、大政所様が懐かしい目で続ける。

「楽しかったねえ、旭も婿殿も仲良うなったし」

「あのように？」

家庭菜園のお二人を見る。そろって背中を丸めて、雑草を抜いていた。

何か、ぼそぼそと話しながらのようだ。時々、麦わら帽子の下に笑みすら浮かべている。

おだやかなその様子に、大政所様は深く頷く。井伊殿もだ。眉間のシワを伸ばしていて、顔色も赤くしていない。

なるほど、あれが通常のおふたりだったわけね。無理矢理な政略結婚の結果としては、かなり良い夫婦関係になっていたんだな。

「やから安心して、大坂に帰ったんやけどなあ」

大政所様のシワ深い目元が、ふと暗くなる。

「井伊殿、何があったん」

「それは……」

歯切れの悪い井伊殿に、大政所様が膝を向ける。

「藤吉郎には、言わんよ」

「……まことですか」

「ああ、あのたわけは何を知っても、いらんことしかせんやろしな」

相変わらず、秀吉様の信用は紙切れ以下だなあ。信用のなさにちょっと驚くが、まあそれもそうか。はっきり言って、秀吉様は異常なほど抜け目がない。こと政治に関しては、利用できるものはなんでも利用する。石ころ一つから朝廷の帝まで、余すことなく価値があれば使い切る。徳川様と旭様の夫婦仲に問題が起きたなら、必ず利用して徳川家に嘴《くちばし》を差し込むだろう。

井伊殿の警戒は当然だよ。下手したら弱みを握られかねないのだもの。

「お与祢ちゃん、寧々さに話したらあかんよ」

迷う井伊殿が言う前に、大政所様が先手を打ってきた。

言わないよ。後の将軍家の恨みは、絶対に買いたくないから。黙って頷いて、私は敷物の上で座り直した。気配を殺して、いるけどいないモードに入る。

「これでどうやろか」

「……承知いたしました」

井伊殿の、低められた声が返事をする。

衣擦れの音がした。隣の井伊殿の気配が動く。大政所様の側へ、寄ったのだろう。

「拙者の知るかぎりではございますが、よろしゅうございますね」

大政所様の返事は、聞こえない。

ややあって、井伊殿が、さらに低めた声で話し始めた。

「事の始まりは、昨年秋。御前様の前夫、副田甚兵衛殿《そえだ》に関する知らせがありました」

「甚兵衛さの？」

「はい、副田殿が……その……」

一瞬、井伊殿が言い淀んだ。

「隠棲《いんせい》先で、自害なされたのです」

「甚兵衛さがっ？」

立ち上がりかけた大政所様の袖を、私はとっさに掴んだ。

「大政所様」

人差し指を口元に当てて、畑の方へ顔を向けてみせる。

ぐ、と細い大政所様の喉が鳴った。この話、刺激が強すぎるかもしれない。

そっと井伊殿へ、目配せをする。井伊殿はわかっていると言うように目を伏せた。

「やめましょうか」

「かまわん」

苦しげに顔を歪めながらも、大政所様は首を横に振った。

「続けてちょお」

「大政所様、ですが」

「ええの、井伊殿。早う話しやあ」

「は……」

大政所様が、井伊殿をうながす。青い顔色で、食い入るように、井伊殿の口元を睨んでいる。

鬼気迫るさまに、さすがの井伊殿も引き下がった。

倒れやしないか心配だが、本人が望むならしかたないか……。万が一の時は支えられるよう、私はそっと、大政所様のお側に寄り添った。

「では、続けます。そも、なぜ副田殿が、自死を選ばれたか」

「藤吉郎が余計なことをしたんか」

「いえ、そうではありませぬ」

「ならばなんで、あの人は死んだの」

唇を震わせて、大政所様が問う。井伊殿は、ぐ、と唇を噛んだ。涼しい切れ長のまぶたの間、目だけが畑の方へと動いた。

晴れやかな空の下には、徳川様と旭様が寄り添っている。

「殿と御前様が、仲睦まじくなられた。それを、知ってしまわれたがため」

「……それだけ」

「はい、ただ」

井伊殿の顔から、声から、感情が殺される。

「副田殿に御前様のご様子を伝えた者が、悪意ある形で伝えたようです」

「悪意?」

「……御前様は、もう副田殿をお忘れになった。忘れるように仕向けたのは、大政所様、と」

大政所様の体が、ふらりと傾ぐ。支えた肩がさざなみのように震えている。枯れた両の手が、必死で口を塞いでいる。

まだ長くない腕を回して大政所様を支えながら、私も唇を噛んだ。

旭様の元旦那さん……副田様は、本当は旭様を連れて逃げる気だったと、旭様から聞いている。

だが、逃げたらどんな目に遭うかわからない、と旭様が止めた。秀吉様という人は、思い通りにならない者にはわりと冷酷だ。逆らえば副田様が酷い目に遭いかねない、それは嫌だと説得した。どんなことになってもいいから、とにかく無事に生きていて。離れても、もう会えなくなっても、死ぬまで心は貴方のものと。

そう約束したのだと、旭様は少し寂しそうに、でも幸せそうに言っていた。

結局、副田様は旭様と離婚する対価を受け取らずに隠棲なさった。旭様が、生きてと望んだから屈辱に耐えて生き延びたのだ。

抗う力は無くても、誰にも奪わせられないものが自分たちにはある。それだけを心の支えに、なんとか生きていらした。

だからこそ、悪意の毒は副田様に効きすぎた。

「誰が、甚兵衛さに、教えた？」

掠れ果てた声で、大政所様が問う。

「当家が御前様のお側に付けた、女房の一人にございます」

「……どうして」

「御前様が、疎ましかったと」

怨恨、だったそうだ。

その女房は元々、徳川様の御側室に仕えていたらしい。彼女は御側室本人に、旭様を助けに行くよう言われて送り出された。急に駿河に来た旭様がお困りだろうから、ってね。

御側室本人は、とても良い人だそうだ。目が不自由な人を自費で支援するなど、福祉系に力を入れている人らしい。そういう人だから、心からの善意で困っている旭様を助けようとした。

だが、女房の方は、御側室とは違った。敬愛する御側室に哀れまれる身の上の人の面倒を、優しい私が見てあげている。ちょっと失礼な心構えで、彼女は旭様に仕えていたのだそうだ。

そんな見下している旭様に、大政所様の仲介で、徳川様の寵愛が向いた。

御側室より美しくなくて、垢抜けない田舎者。歳だっておばさんなのに、旭様は徳川様に手を取られて大事にされ始めた。徳川様の足が、旭様のせいで、御側室からほんの少し遠のいた。

女房にとって、その瞬間から旭様は変わった。

憐れむ対象から、最悪の邪魔者に。

しかし、邪魔に思っても、旭様を排除することは、不可能に近い。

旭様は、徳川と羽柴を繋ぐ役割を担っている。直接危害を加えれば、徳川家にいらぬ被害が及びかねない。

狙うならば、旭様以外。それに害が及ぶと、旭様が悲しんだり苦しんだりするもの。できるならば、心身を損ねるほどのショックを与えるものが良い。

それを探るために、女房は旭様を懐柔《かいじゅう》した。親身に接して、一番の味方のように振る舞って。旭様に心を許させるまでに至り、副田様の存在を知ったのだ。

「かの女は、御前様に囁いたそうです。副田殿に、文を書いてみないかと」

「駿河御前様は、それに乗ってしまったのですね」

「気が緩んでおられたようだ。こっそりと自分が渡す、安心しろという言葉に乗ってしまわれた」

徳川様との仲が落ち着き、新しい生活も軌道に乗り始めていた。少しくらいなら、という気持ちが旭様の心に芽生えていた。

手紙でもいいから、愛する人に心配ないと伝えたい。微笑ましいほどささやかな望みを、女房に利用されてしまったのだ。

その結果が、副田様の死。

妻の前夫の訃報を受けた徳川様は、旭様に知らせないよう指示を出したそうだ。旭様の心が耐えられないだろうから、と。

今はまだ、知るべきではない事実だというのは誰の目にも明らかだった。お側仕えの者たちも、警護の任に当たっていた井伊殿も、誰もが副田様の死に口を噤んだ。

そんな最中に女房は、満を持して旭様に囁いた。

『副田様は、自害されました』

『御前様が殿と睦まじくなったことを恨んで、呪って、亡くなられたのですよ』

あとは、もう、転がるように。旭様は心も体も壊して、弱っていったのだそうだ。

「酷すぎ……」

それ以外に、表現のしようがない。恋人を奪われた、メンヘラガンギマリ女レベルだ。

嫌った相手に直接ではなくて、相手の大事な人への加害に及ぶってさあ。狡猾すぎて、えぐい。

背筋が寒くなってきた。

その女房、捕まったのだよね？　野放しになってないよね？

「拙者が斬ったぞ」

「井伊殿が？」

「殿が御前様より、事実を聞き出されてな。すぐさま御殿より引きずり出して、斬った」

井伊殿、それは平然と言ってのけることか。

いや、その女房は罰せられてしかるべきだけれど。サクッと斬刑ってあたりに、戦国時代を感じる。

「ようやってくれたね、井伊殿」

「いえ、こちらこそ御前様に害が及ぶまで気付けず」

「ええんよ、旭も甚兵衛さも、少しは救われたでしょお」

「ならばようございますが……」

「欲を言えば鋸曳《のこびき》か、火炙りにでもしてくれたらよかったんやけどな」

「ああ、左様でございましたな。短慮で申し訳ございませぬ」

待って、大政所様。そこ、褒めるところなのですか。

しかも斬刑より過激な刑罰を希望するのですか。秀吉様に連なる血を感じる発言だな、おい。

井伊殿も井伊殿で同意しちゃうのか。会話の物騒がすぎて、私そろそろ震えちゃいそうだよ。

怖い、拷問や酷刑談義に行かないで。早く話を進めて。二人の意識を逸らすため、私はひきつり気味な声を上げた。

「そ、それで、駿河御前様が、心身を病まれたのですね」

「ああ、副田殿のこともだが、女房のことも気に病まれたのだ」

「女房のことまでって、どうしてです？　加害者ですよね？」

「女の心情に気づかなんだことや、殿に事実を漏らしたことで、死に至らしめたことを気にされたようだ」

元の旭様なら、ありえそうなことだ。人の気持ちをはかり過ぎるという性格が、良くないスパイスとして効いたのだろう。

それに、根が凡人だものね。自分の影響力に、恐くなったのだろう。自分が人の人生を狂わせたのだ、というふうに歪んだ認知をしてしまったというところか。

つくづく、旭様は大名の正室には向いていない。

「徳川様も、困られたでしょうね」

「どうやっても御前様の気鬱が晴れなんだからな」

徳川様はちゃんと旭様の気持ちに気づいたらしい。非はすべて女房にあって、旭様には一切無いことを説かれたそうだ。

加えて、副田殿は不幸だったが、ちゃんと菩提《ぼだい》を弔うようにしよう、と提案もなされた。

最終的には、旭様とうっすら仲良くなっていた御側室数名も加わって慰めにかかった。旭様は羽柴から受け入れた正室だから、立て直してもらわなければまずい。そういう政治判断もあったけど、ちゃんと情もあって、全力で旭様をケアなさった。

けれど、ダメだった。慰めるほどに、どんどん旭様は病んでいく。

それでにっちもさっちもいかなくて、密かに引いてあったホットラインで、大政所様にSOSを出して今に至る、なのだって。

「駿河御前様が、そんなに苦しんでおられたとは……」

それは衝動的に、髪を切ってしまいたくもなる。

私は今の今まで、旭様のことを勘違いしていたみたいだ。新しい夫との関係や、慣れない土地での生活が上手くいかなくて、現れてしまった抑うつ症状。いわゆる適応障害みたいなもの、とばかり思っていた。

だから環境を変えて、お洒落をして気分転換したら、ちょっとずつ良くなっていくのではないかな、と考えていた。

深刻にとらえていなさすぎて、なんだか申し訳なくなってくる。

「仕方なかろう、御前様も、申されにくい話だったろうから」

「そぉよぉ、お与祢ちゃんに言って、解決するでもなし」

ねえ、と井伊殿と大政所様が顔を見合わせる。

仲良しかな……。ちょっと肩の力が抜けた。

「しかし、ようござった」

私をほったらかして、井伊殿が畑へ視線を移す。

「御前様は、ずいぶんと落ち着かれたようですな」

「そやな」

大政所様も、深く頷く。

「なんとか乗り越えてくれたようで、ようござったわ」

それはどうだろうか。胸を撫で下ろしている二人を見て、少し疑問に思う。

起きたことが起きたことだ。実家に帰って少し休んで、簡単にけりをつけられる問題だとは思えない。

表面的には元気でも、徳川様と元通りに見えていても、旭様の心の中は、どうなっていることか。

こればかりは、本人が口にしてくれない限り、わからないよ。大政所様も、井伊殿も、私も、旭様ではないのだから。

安心するには、まだ早いのじゃないかな。

「お茶の用意をしてまいります」

「あら、侍女に頼んだらええやないの」

「いえ、少し痺れた足を動かしたくて」

へらっと大政所様に笑いかけて、私は腰を上げた。

まだまだ私は、顔に表情が出やすい方だ。旭様や徳川様に勘付かせて、薄氷を踏み抜く真似はしたくない。いったん、奥に引っ込んで、切り替えてこなくちゃ。

何か言われる前に、さっさと台所の方へ歩き出す。目の端に、畑から戻ってくる徳川様と旭様が映った。

二人の間には、穏やかな空気がある。ちゃんと上手く行っている、夫婦に見える。

その温かさに裏がなければ、良いのだけれどな。

◇◇◇◇◇◇

「……どこへ行っていたの」

帰ってきたら開口一番、旭様に軽く睨まれた。

ほっといてよ、もー。大政所様の許可を得て、離席していたのですよ。

まあ言い訳しても仕方ないから、頭を下げておく。

「申し訳ございません、お茶の用意をしておりました」

「茶なんて、侍女に頼みなさい」

「自分でやりたい性分なのですよー」

「変な子だこと」

おっしゃる通りで。笑って流して、お夏からお盆を受け取る。

縁側に下ろしたお盆には、土瓶一本と湯呑みが人数分。手伝ってもらいながら、てきぱき準備する。

湯呑みを満たす淡い琥珀色のお茶を、ちらりと旭様が覗き込んだ。

「……今日は何の茶?」

「ただの煎茶です」

「普通のものを出すなんて、珍しいことね」

「ですけれど、井戸で冷やしてございますよ？」

冷えた飲み物は、それだけで贅沢だ。煎茶だって、今の時代はおいそれと飲めるものではない。

ちゃんと大大名とその御正室へお出しするのに、ふさわしいものをチョイスしてきたつもりだ。

ふぅん、という感じで旭様が湯呑みに口を付けた。一口飲んで、息を吐く。

「……そちらの湯呑みに私の分を」

「はい、ただいま」

「殿、どうぞ」

「ああ、かたじけない」

用意を始める私の横で、旭様は、口を付けた湯呑みを徳川様に渡す。

二人ともにこにこしているが、いちゃついて回し飲みしているのではない。

毒見である。ここで徳川様の口に入る物は、必ず旭様は先に口を付ける。そうすれば、簡単に毒を仕込めなくなるからだ。

さすがの秀吉様も、妹殺しは躊躇《ちゅうちょ》なさる。家臣が勝手にやったら、実行犯は八つ裂き確定だ。

ゆえに、旭様の毒見は、徳川様の強力な護りになっている。

「握り飯も、ようございますよ」

「旭殿、おかか様の握り飯まで、毒見せずとも」

「だめですか？」

旭様が、齧ったおにぎりと、徳川様を見比べた。

しょんぼりとした妻に、徳川様が、眉を下げて、おろおろとする。

大政所様がからからと口を開けて笑った。

「ええやないのぉ、婿殿」

「ですがなあ」

「おみゃあさんのこと、大事にしたいんよぉ」

させておやり、と大政所様が、徳川様の肩をばしばし叩く。

今度は、井伊殿がおろおろし始めた。さすがに気安すぎる、と思っているのだろう。

止めるか止めないか、迷っている様子だ。

「……殿」

旭様が、じっと徳川様を見つめる。

押し負けた徳川様が、苦笑いでおにぎりを受け取った。

「たんと召し上がってね」

旭様は嬉しそうに笑って、また一つおにぎりに口をつける。

なんだか、すごいなあ。毒見を済ませたおにぎりを、徳川様の皿に積むその姿に、私はこっそり胸の内で感嘆した。

こんなふうに、旭様が積極的に動くようになるなんて、夢にも思わなかった。

もう夫を失いたくないから、自分を変えたんだろうか。良い変化、と言っていいのかな。

徳川様は変わった旭様に、何も言わない。自然に、受け入れている。

妻の変化に、何を思っているのか。にこやかなお顔からは、まったく読めない。そもそも、徳川様がどういう方なのかも、いまいちよくわからないな。

羽柴家中で言われるように、腹が黒いという印象は受けない。がっしりしていて強そうだし、実際鍬を振るわれる様子を見るに、筋力は凄そう。

頭の回転が速い方だというのは、話していてなんとなくわかる。旭様と大政所様には優しく気遣って接している。

私にもそうだ。結構気安く接してくれるし、ハーブの話とかも、よく聞いてくれる。

個人的に、秀吉様より安心できる方だ。なにせ私へ、下ネタを振ってこない。話しかけられても警戒しなくていいので、すごく気が楽だ。

良い方であることは間違いない。でも、それだけなのだろうか。

天下を取る人が、良い人で始終するわけがないと思う。秀吉様がそうだもの。あの人は、良い人ではあるが悪い人でもある。

寧々様や竜子様を愛して、とても大切にしている。一方で、旭様を無理矢理愛する夫と離婚させて、徳川様へ送りつけた。

戦場や外交では、華々しく爽快な戦い方をする。一方で、ゾッとするほど残酷な手段にも及んでいる。

徳川様も、きっと秀吉様と同じだ。そうでなければ、戦国最後の勝者になれるはずがない。

「女房殿、いかがしたかな？」

おにぎりを食べながら、徳川様がきょとんと私を見下ろす。

まずい、お行儀悪く見つめすぎた。旭様と井伊殿の視線が痛い。慌てて床に指を突いて、謝罪のために口を開きかける。

同時に、お腹が思いっきり鳴った。ぐぅぅぅぅぅぅぅっ、と。ついでにぎゅるぎゅると、胃が動く音まで追加で。

私の胃腸、空気読んでほしいな⁉

焦る本体を無視して、お腹は元気にごよごよと鳴る。四人分の視線が、私のお腹に集まる。

「はははは！　腹が減っていたのか！」

徳川様の笑い声が、沈黙を破る。

少しだけ出たお腹を揺すって、子供のように徳川様は笑う。

わらっ、笑わなくてもいいでしょ⁉　子供のささやかなお腹の音で、そんなにウケる必要ある⁉

ますます熱くなる顔を手で覆って、うずくまる。

世界を受け入れたくないぃぃ……はずかしいぃぃぃ……。

「っふふ、女房殿、顔を上げられよ」

「お待ちいただけますか。今、恥ずかしいので」

「くくっ、そうか、それもそうだな」

ぽんぽんと頭を撫でられる。手の厚みが父様に近くて、安心してしまうのが悔しい。

純度の高い羞恥に震えていると、目の前へおにぎりを置かれた。

ちらっと見上げる。私に食べ物を与える時の父様と、まったく同じ顔の徳川様がいた。

「ほら、お食べ」

「えっと、お気持ちだけ……」

「遠慮などせんで良いから、ほらほら」

断ろうとする私に、徳川様はおにぎりを追加してくる。何やら、盛大な勘違いをされているようだ。

いや、お腹が減ってなくもないけれどね？　ここで食べたら、私はお腹を減らして徳川様をガン見したお子様です、と宣言するのと一緒になる。

本来なら思春期の前振りがスタートする、センシティブなお年頃ですよ、私。

もうちょっと、こう、気遣って、慎重に扱ってもらえません……？

「殿」

私たちを眺めていた旭様が、ふいに口を開いた。

「ともに過ごしてくださって、ありがとうございます」

ゆっくりと、旭様の丁寧に結われた頭が下がる。髪を飾る螺鈿のコームが、きらきらと陽を弾いた。

「なんの、したくてしておるゆえ」

徳川様の大きくてくりくりした目の横に、朗らかという言葉にぴったりな皺が刻まれる。

柔らかに似たような皺を浮かべる旭様の手を、大きな両の手が包むようにして握った。

「ワシとともにあっても、辛うはござらぬか」

「はい、ちっとも」

分厚い手の上に、薄くて小さな手が重ねられる。

「ならば、ここらで終いにいたしましょうか」

「殿の仰せのままに」

頷く旭様の肩を、徳川様が満足そうに撫でた。

徳川様が、すくりと立ち上がる。井伊殿が、顔の隠れる編み笠を差し出した。

笠を受け取って被りながら、徳川様は旭様へ目を戻す。

「では、ワシは屋敷へ帰ります」

「承知いたしました、お気をつけて」

「旭殿はいかがなされる？」

沈黙は、ほんの数秒。旭様は、ゆっくりと首を横に揺らした。

「……ワタクシは、今しばらくこちらに」

うそ、帰らないの？

意外な返事に、私と大政所様は、顔を見合わせる。

かんっっっぜんに今、帰る流れだったよね。タイミング逃してもいいの？　大丈夫？

おそるおそるうかがうと、旭様が袖で口許を隠した。

「お与祢」

ひたり、とグレージュで彩った目で、見据えられる。静かな声が、やけに重い。常に無い様子に、背筋を正して向き直る。

旭様と、目が合った。感情の読めない黒い瞳に、力がこもっている。

肩に、そっと手が乗せられた。木綿の小袖越しに、ひんやりとした体温が伝わる。

「義姉上に、お願いしてくれるかしら」

「何を、でございましょう」

旭様の唇が、吊り上がっていく。片方だけ。ゆっくり、ゆっくりと。

まずい。妙なお願いをされる予感しかしない。

引きつりかける頬を必死で抑える私に、一重のまぶたがさらに細まった。

「ワタクシも、義姉上のお手伝いをさせていただけるかしら」

「はあ、何のでしょうか」

「行幸のよ」

「え？」

つい、間抜けた声が零れる。

私も、大政所様も。井伊殿すらも、目を限界まで見開く中。

嬉しそうな徳川様と頷き合って、旭様が微笑む。

控えめに。けれども、はっきりと。

「……関白の妹にして徳川の妻として、ワタクシも行幸に供奉いたします」

5　聚楽第行幸《ぎょうこう》【天正十六年四月】

夜明けの直前。

薄暗い城奥に、ガンガン灯りが点けられていく。蝋燭や火打ち石を抱えて、侍女や女中たちが走り回る。昼かと思うほどの明るさに満ちた城奥を、私は走る寸前の速度で歩いていた。

でも、人にぶつかることはない。私の侍女が、私が通ると叫ぶような先触れをして、歩き去った後だ。そこらの侍女や女中たちは、私を見た瞬間に一斉に避けてくれる。

大勢の人を割って歩く快感を楽しむ暇もなく、歩きながらお夏にスケジュールの進捗を確認させる。

「お夏、次の予約」

「加賀《かが》の方様と、駿河御前様でございます」

「洗顔とお肌の下拵えは？」

「姫路《ひめじ》の方様のお化粧の間に、お楽を向かわせました」

と、いうことは既に、スキンケアは終了しているか。

肌を落ち着かせるためのインターバルを計算しても、ちょっと急いだ方がいいな。

遅すぎると加賀の方様のお肌が、乾燥してしまうかもしれない。

「織田の五の姫様の担当は？」

「お鈴です。洗顔を待たせますか」

「ううん、五の姫様はむくみがちでいらっしゃるわ。念入りに、按摩《あんま》をしてさしあげる必要がある」

「頭皮から、首元まで？」

「そう、しっかりむくみをお取りしてさしあげて。油は唐胡麻《とうごま》、化粧水はハマナス」

「承知しました、女中に伝言させます」

誰ぞ！　とお夏が、後方の女中を呼ぶ。

最後尾の女中が、走ってきた。


今上帝の行幸、当日。

私――いや、私率いる御化粧係の戦は、真夜中から開始した。

だって今日メイクするべき人は、寧々様だけではない。

大政所様と竜子様。竜子様よりは寵愛が劣るけれど、気を遣うべき身分の側室方数人。

片手で足りない人数の女性陣に、今日は手の込んだパーティーメイクを施さなくてはならない。

今回の行幸は、式典や宴、観劇やレクリエーションが目白押し。息を吐く暇すらない、過密スケジュールが組まれている。

化粧直しをする時間は少ないと予想されるので、できるかぎり長くメイクが崩れないよう、丁寧に仕上げなければならない。

スキンケアとベースメイクを念入りにやって、多少崩れてもパパッと直せるよう計算して、しっかりと顔を作り上げる必要がある。

必然的に一人あたりの所要時間は長くなるが、ここで手抜きなんて論外だ。

だって、日本一高貴な人々の前に出るんだよ？

私が下手を打てば、寧々様の名誉に傷が付く。御化粧係の名が泣くどころの騒ぎじゃない。羽柴の看板を汚したが最後、私のキャリアが人生ごと終了する。

ぜっっっっっったいに、それだけは避けなきゃならない！

「姫様」

伝令の女中を送り出したお夏が、話しかけてくる。

「浅井の一の姫様のことですが」

「なに、問題でも起きた？」

メイク予定時間に、本人の支度が間に合わなかった以上のことでも起きたか。

すまなそうアピールをしておきながら、寝坊をかましてきたというだけで、かなりイラッと来ているのに。

つい剣呑な目をお夏に向けると、安心してください、と言われた。

「さすがにもうお化粧が終わった頃合いと思いますから、阿古《あこ》を引き上げさせようかと」

「いいわよ、女中に様子見させてきて」

「承知しました。終わっていたら、京極の方様のところへうかがわせても？」

「そうね」

それが最善だと思う。側室としては新参者で、末席である茶々姫様の側で、お夏に次ぐ技量を持つ阿古に暇をさせるのはもったいない。

撤収させて竜子様の洗顔とスキンケア、それからヘアアレンジを任せたほうが効率的だ。

「京極の方様の髪に使う簪一式も持っていって、阿古に渡して」

「承知しました」

「髪の結い方は、御方様のご意見をうかがいながらやるように伝えなさい」

「はい、ではそのように」

新しい女中が、お夏のもとに呼び寄せられる。

その姿に、ちょっと安心した。有能な側近がいると、とっても助かる。お夏だけでなく、ほかの侍女たちもだけど、みんなのおかげで、今のところおおむね順調だ。

直前で急な参加表明をした旭様のこともあったが、移動が常に競歩になったくらいで済んでいる。このまま最後の寧々様まで、何事もなく終わってほしいものだね。

ぼやぼや私が考えている間にも、隣のお夏はフル回転で働いている。女中を伴走させながら、足を止めずにメモ帳に私の指示を書きつけていく。筆をぶれさせないし、足ももつれさせないなんてすごいな。

「姫様！　姫様、大変です！」

横目で感心していると、前方から女中が走ってきた。

加賀の方様――前田のまつ様の娘である摩阿《まあ》姫様の元につかわせた侍女、お楽《らく》の女中だ。青い顔で、息を切らしている。

あかん。何かトラブルが起きたな。一瞬嫌気で足が緩みかけるが、意地で加速する。

「どうしたの」

出会い頭に問うと、女中が泣きそうな声で叫んだ。

「か、加賀の方様のお部屋の前にっ」

「加賀の方様の部屋の前に何？」

「浅井の一の姫様の乳母様が、押しかけていますっっ」

はぁぁぁぁぁあああ!?

◇◇◇◇◇◇

言い争いが、だんだん近くなってくる。

摩阿姫様の女房殿と、茶々姫様のところの袖殿の声だ。

静かなのにヒステリックな言い合いの合間に、半泣きのお楽の制止が挟まる。

あら、修羅場。キャットファイトなんて、可愛いものじゃない。ライオンか虎のデスマッチ、と言った方が近いやつだ。

混ざりたくない気持ちで、いっぱいになってくるぅ！

でも、小袖を絡《から》げてダッシュする足は止めない。ここで逃げたら、全体のスケジュールが崩壊する。部下を見捨てることも、なるべくしたくない。

曲がればすぐ摩阿姫様のお部屋という角で、一旦停止。小袖の裾を直して、息切れしそうな呼吸を整える。

目を瞑って、拳を握って気合を入れて。

「何事ですか！」

精一杯の虚勢を張った声を上げて、私は修羅場へと躍り出た。

槍みたいに剣呑な視線が、一斉に集まる。

（うひぃぃぃ！　嫌な感じぃぃぃぃ!!）

内心気圧されかけながら、必死でガンを飛ばし返す。

もちろん摩阿姫様の女房さんへでも、お楽へでもない。この場の異分子である、袖殿の方へだ。

「道を開けてくださいませ」

出したい悲鳴を飲み込んで、必死で落ち着いた声を出す。

ちょっとは、怖い場面にも私も慣れたみたいだ。足も震えず、心臓もあまり跳ねていない。

つんとおすまし状態を維持して、すたすたと修羅場に飛び込めた。

まずは、まっすぐお楽の側へ。目に涙をいっぱいにした彼女の手を握って、頭二つ上にあるお楽の顔を覗き込む。

すっかり怯えきっている彼女に、私は安心させるように笑いかけた。

「こちらへおいでなさい」

「姫様……っ」

「良い子ね、お楽。がんばってくれてありがとう」

可愛い顔をくしゃっとさせたお楽へ手を伸ばして、頭を撫でたら後ろのお夏へパス。

心得たもののお夏は、お楽の肩を抱いて即座に撤退した。

部下の救出は完了っと。次は袖殿の撃退だ。さりげなく、摩阿姫様の女房殿に寄り添う。別に袖殿が怖いわけじゃないよ？　悪質クレーマーへの対応は、一対複数が基本。一人で立ち向かうのは愚策だ。

うちの母様と同い年くらいの女房さんと、それとなく視線を交わす。すっかり、うんざりしきった目だ。長時間とは言わなくても、それなりに居座っているらしい。

「さて、袖殿」

わざとらしくため息を吐いて、袖殿に視線をくれてやる。

「これはいかなることでございますか」

火の粉が散るように、激しく視線がぶつかった。

先に動いたのはあちら。形だけは整った袖殿の顔に、笑みが浮かぶ。

「ごきげんよう、与祢殿。そなたをお待ち申していたのですよ」

「私をですか」

「ええ、そう。一緒においでになってね」

「は？　どちらへ？」

「どこって、うふふ、我が姫様の元へですわ」

何を言っているのかな、このおばさん。

おたくの茶々姫様の順番は、とっくに終わっているのだが。そっちの都合には合わせないよって、真っ先に説明したのに忘れたのだろうか。

今は関係がさほどないが、本名も気安く呼ばないでほしいな。前から思っていたけれどさ。

城奥の中での私の呼び名は、『山内の姫君』だ。寧々様たち目上の方や親しい人ならいざ知らず、親しくもない側室の乳母に本名を呼ばれると、イラッとくる。

うわべだけがんばって取り繕っていた笑みすら、だんだん無になっていく。

「お断りします、今とても急いでおりますので」

「我が姫様が、そなたをお待ちなのよ？　お化粧をして差し上げて」

待たれても無駄だよ。無理を通そうとする前に、最初から寝坊せずスケジュールの通りに動いてよ。

さっさと引き下がって、派遣している阿古にメイクしてもらってほしい。つまんないわがままは却下ですよ、却下。

「袖殿」

心持ち語気を強くして、目をすがめる。

クレーマーはさっさと切り捨てて、仕事に移らなきゃ。

「できません」

「まあ、どうして？」

「次のお化粧の順番は、こちらの加賀の方様だからです」

「後に回せばいいでしょう」

えっ、こわっ。どうしてあっさり割り込み宣言ができるの、このおばさん。

摩阿姫様は、秀吉様の大親友たる前田利家《まえだとしいえ》様の娘かつ、城奥の金庫番を務める城奥の重役だ。寵愛ランクだって、明らかに茶々姫さまより上だよ。

謎の強気に唖然としていたら、隣の女房殿が憮然と口をはさんできた。

「袖殿、控えなさいまし」

「あら、なぜ？」

「摩阿姫様に無礼ですと、何度言わせるの？　空桶みたいな頭じゃ、わからないのかしら」

「家臣の娘が主家の姫を差し置く方が、よほどの無礼ではなくて？」

女房殿の嫌味たっぷりな注意を、袖殿が鼻で笑う。

茶々姫様は織田一族の姫で、摩阿姫様は織田家に仕えていた前田家の姫。家臣筋の娘と言えばまあ、そうなのだけれど。

「ハッ、何を言っているのかしら」

女房殿が、とうとうキレたようだ。はっきりと鼻で笑い返した。

「傍系《ぼうけい》の姫に尽くす礼は持ち合わせてなくてよ？」

袖殿の顔が、みるみる怒りに染まっていく。

売り言葉に買い言葉、とはちょっと違うが、まあこうなるよね。

前田家にとってこの城奥で主家の姫と呼べる方は、信長公の娘である織田の五の姫様——詔《あき》姫様のみだ。信長公の妹の娘にすぎない茶々姫様は、前田家に主家の姫と認定してもらえなくて、当然である。

そういう茶々姫様のお立場をわかってはいるのだろう。袖殿は唇を噛んで、睨み返す以上のことができなくなっている。

大事な姫様が、ここでは大した存在じゃない。認めたくない事実だろうけど、現実は厳しいよなね。

「袖殿、お帰りを」

ちょっとだけかわいそうに思いながら、咳ばらいをして告げる。

「これ以上私の仕事が遅れると、行幸の予定が狂うもとになりますゆえ」

早く帰った方がいいよ？　秀吉様と寧々様のご不興を買いたいの？

そんな副音声を心で流しながら、ちょっと強めに睨み返す。袖殿の顔が、少し青くなった。やっと状況を理解したらしい。

あと一押し、背中を押してあげようかな。私がふたたび口を開くよりも先に、女房殿の笑い声が廊下にこぼれた。

「ふふ、山内の姫君の言うとおりね。お帰りはあちらよ、袖殿」

「……くっ」

「ほら、早くなさいな。なけなしの殿下のお情けを無くしたいの？」

「きさまっっっ！」

青から、赤へ。袖殿の顔色が、即座に変わる。

油断しきっていた女房殿の襟を、素早く伸びた手が荒々しく掴んだ。

やばっ！　乱闘はまずいって！

慌てて袖殿の腕に飛びつく。どうにか引き離そうとしてみるけど、大人に子供が敵うはずがない。

あっさり私は振り払われて、廊下に尻餅をつく羽目になる。

ほとんど同時に、女房殿の鼻先で、袖殿のヒステリーが爆発した。

「このっ！　犬の娘の女中風情が！」

「はぁっ⁉　うちの殿様と姫様を愚弄するなっ！」

一拍遅れて、女房殿が怒鳴り返した。

袖殿の襟を掴み返して、頭突きするように顔を寄せる。

両者の第二ラウンドが開始してしまった。

「ちょっ！　と、止まってっ、落ち着いてくださいっっ！」

止めろと声を張り上げても、まったくだめだった。発情期の猫じみた声による威嚇合戦の前では、簡単にかき消される。

あああ！　なんでこうなる⁉　理性を素早く放棄するのはやめてよ！

戦国で生き始めて二年ちょっと経つけど、やっぱりサクッとキレる人が多い。

すぐケンカのバーゲンセールを開始するし、ケンカの高価買取だって常時開催だ。

ちょうどこの二人みたいにね！

困ったもんだよ！　誰か助けてぇっっっ！

「……夜明け時から、うるさいこと」

頭を抱える私の後ろで、ゆっくりと襖が開いた。

眠気をほんのり宿した、気怠げな声音に振り返る。白い小袖にロイヤルブルーの打掛を羽織った、旭様がいた。

髪をお気に入りのギブソンタックに結い、両脇に女房を従えて、腕を組んで立っている。

ものすごく、強そうなマダムに見えた。メイク前の素朴なすっぴんなのに、やたらと存在感を放っている。

あんなに薄かった影、なんでそんなに濃くなっているの。うっかり二度見する私を、旭様は面倒そうに見下ろしてくる。

怒ってらっしゃるなーと思いながら、おすましに切り替えて頭を下げた。

「駿河御前様、お騒がせして申し訳ございません」

「どういうことなの、お与祢」

そこの二人を見たらわかるでしょ、旭様ぁ。

あなたの登場で黙ったけれども、元気にガン飛ばし合っているでしょ？

言葉にはせず、目配せしてみせる。旭様が、袖殿と女房さんを見比べた。

「……早くお化粧をしてちょうだい」

あからさまに大きなため息が、薄い色の唇から溢れる。

雌虎のデスマッチは、無視することにしたんですね。なるほど、賢い選択だ。ありがたく乗っからせていただこう。

「はい、ただいま」

「お待ちなさいっ！」

すたこらしようとする私に、袖殿の声が追い縋る。

「与祢殿、我が姫様のお化粧はどうするのっ」

まだ言うのか。うんざり顔だけで振り向くと、ギラリとした目に射抜かれた。

めげない人だ。その図太さに、いっそ尊敬しちゃいそう。

どう追っ払おうかな、と思ったら旭様にまたため息を吐かれた。

「振り向いてやらないの」

細い手が私の顎を掴んで、元の位置に戻す。手付きは優しいけれど、結構強引にだ。

逆らわなかったから痛くはなかったけど、何するんですか。抗議の意思を顔に出すと、きゅっとタコの口にさせられた。

「……そこのあなた」

思い出したように、旭様が袖殿に声を掛ける。

「下がりなさい」

「っ、しかしながら、我が姫様のお支度が」

私をタコにしていた手が、離れる。

腕をたどって旭様を見上げると、表情を消した頬がほんのわずかな緊張を漂わせていた。

でも、それは一瞬のこと。すぐにそれは消え失せて、柔らかに口元が緩められる。

気づかず言いつのる袖殿に、旭様が一歩踏み出した。

「お黙り」

「⁉」

袖殿の口を、旭様の手が塞ぐ。突然のことに袖殿が抵抗するけれど、口をおおった手は離れない。ぴったりと、吸い付いたかのようだ。焦りに丸く開かれた目を覗き込み、言い聞かせるように旭様は続けた。

「お与祢は、これから、ワタクシと摩阿姫のお化粧をするの」

「んっ、むっ、」

「前田筑前《ちくぜん》殿とうちの人に、このこと言ってしまおうかしら?」

「ぅうっ、っ」

「それとも、うちの兄さんに直接がいい?」

ゆっくりと、小さな子に言い含めるような口ぶりだ。並べている内容はかなり凶悪な脅しなのに、とても優しく聞こえてくる。

酸欠か、恐怖か。白くなりつつある袖殿の顔から、ぴったり張り付いていた手が離れる。

「かはっ、こほっ」

「……ここで引くなら、ワタクシの胸にしまってさしあげるわ」

どうかしら? と呟き込む袖殿の背中をさすってあげながら、旭様がささやく。

ややあって、袖殿が頷いた。唇を噛んで、口惜しげに。満足ついでにほっとしたのか、旭様が細い息を吐く。

頃合いかな。そっと旭様の後ろから、袖殿に声を掛ける。

「お引き取りを。一の姫様のお化粧は、遣わした侍女に」

「もうよい！　結構よっ！」

袖殿の甲高い声が私の言葉をさえぎる。

「姫様を軽く扱う者の手など、要らないわ！」

「えっ、でもお化粧しないと」

「我々でして差し上げますっ！」

私と旭様を、袖殿がギッと睨んでくる。燃えたぎる重油のような、暗くて粘ついた恨みのこもった目だ。

私たちがびっくりして黙り込むと、袖殿は打掛を翻《ひるがえ》して行ってしまった。

嵐の去った後のような、静けさがやってくる。その場の誰もが、何も言えない。すごかった……もう……いろいろと……。

「……お化粧、してしまいましょう」

旭様が、仕切り直そう、とでも言うように手を叩いた。

慌てて頷いて、廊下の隅で震え上がっていた侍女たちを呼ぶ。

騒々しさが、戻ってくる。摩阿姫様の女房さんたちも、慌ただしく動き出した。

「あの、ありがとうございました」

バタつく最中、お部屋に戻る旭様にお礼を言う。

「礼は必要ないわ」

肩をすくめて、旭様はくすくす笑った。

摩阿姫様があんまりにも怖がるから、見てられなかったらしい。

自分が収めるしかないか、と踏み切れたなんてすごいよ。以前の旭様からは、考えられない行動だ。

「お化粧は、摩阿姫からしてあげて」

気持ちが落ち着くでしょうから、と旭様が私の背中を押す。

お部屋に入ると、隅っこで摩阿姫様がぷるぷる震えていた。

たしかにこれは、お化粧して気持ちを切り替えさせて差し上げなきゃ。

「加賀の方様、お待たせしました。お化粧いたしましょう！」

意識して柔らかい声をかけて、摩阿姫様の元へ向かう。

そんな私の背に触れる旭様の眼差しも、とても柔らかかった。

◇◇◇◇◇◇

「ご苦労だったわねえ」

ラベンダーのカラーベースを首まで塗られながら、寧々様がくすりと笑う。

押しに押されたスケジュールの理由に、呆れを通り越して愉快になっておられる様子だ。

笑い事じゃありませんよ。大真面目に報告した私が、馬鹿みたいじゃないですか。

口を尖らせると、ごめんね、と笑い含みで謝られた。

「茶々姫の乳母だったかしら？　困ったものね」

「まったくでございますわ」

指を使っておでこや頬にベースを馴染ませながら、わざとらしく言ってみせる。

旭様のおかげで追い払えたけれど、間違いなく袖殿は私に恨みを持ったと思う。

お化粧に関しても、自分たちでやると、阿古を追い返してきた。どさくさに紛れて、コスメだけ取り上げているあたり、こすいというか。ちゃっかりしているというか。

いくらでもストックはあるから、返してもらわなくても問題はない。でも、借りパクは酷いよね。

「いかがなさいますか？」

お側に控える孝蔵主様が、寧々様に指示を仰ぐ。

先に私の侍女からメイクを施されたお顔が、いつにも増して冷たい。

スケジュールを乱されたことで、お怒りのようだ。

「そうねえ」

寧々様が思案している間に、次のカラーベースを塗る。崩れないメイクの基本は、ベースで肌を作り上げることだ。

小鼻や鼻横から頬にかけての三角ゾーンに、赤み消しのグリーンのカラーベースを仕込んでいく。

赤みの気になるところにだけ、トントンと指の腹で、薄く伸ばすのがコツだ。

あらかた塗り終えた頃合いで、寧々様が口を開いた。

「准后《じゅんこう》様と女御《にょうご》様のお出迎えが済んだら、茶々姫は下がらせましょうか」

「承知いたしました」

「席も一番後ろに変更よ」

あの子だけお化粧が違うと目立つから、とため息まじりにおっしゃる。

適切な判断だ。令和メイクの中で一人だけ白塗り天正メイクだと、絶対おかしな目立ち方をする。

茶々姫様も恥ずかしい思いをするだろうし、一番目立たないところにいた方がいい。

一礼して、孝蔵主様が席を立つ。茶々姫様のもとへ、命令を伝えに行くのだろう。袖殿あたりが、またヒステリーを起こして、大変なことになりそうだ。

孝蔵主様も苦労するなあ、と同情しながら寧々様のまぶたに、ピンクのカラーベースを塗る。

ほんのちょっとだけ、薄く乗せるだけで、目元のくすみが吹っ飛んで明るくなる。

うん。良い感じに仕上がってきた。

次は、雲母《マイカ》とグアニン箔をまぜた、パールホワイト。これはハイライト効果を持つので、目立たせたい場所に塗る。

具体的に言うと、眉間から鼻柱にかけてのTゾーンと、頬骨の上。それから鼻先の頭と、唇の山の上に、顎の先だ。

ここにハイライトを入れると、お顔の立体感がグッと増す。

「旭殿も変わられたわね」

あちこち私にベースを塗られながら、寧々様が独りごちる。

「昔であれば、喧嘩なんかに出くわしたら、怖がるばかりだったのに」

「さようでしたか」

「そうよ、あたくしや……副田殿の後ろに、隠れていた」

切れ長のまぶたが、わずかに伏せられる。

副田様の顛末は、すでに寧々様もご存じだ。感傷、いや、後ろめたさを感じるのだろう。

寧々様は、旭様の離縁を止めなかった。徳川との駆け引きには、旭様という生贄が有効だと判断したからである。

秀吉様の指示で、旭様を大坂城で軟禁する手伝いまでやったそうだ。土壇場で逃げ出さないように、輿入れの当日までずっと。旭様に泣いて助けを乞われても、耳を塞いで、城の奥に閉じ込めた。

後悔はしなくとも、心は痛む。そんな胸中なのだろうか。

「寧々様」

メイクする手を止めて、お名前を呼ぶ。

私に向けられるのは、苦しげなお顔。寧々様に一番、似合わないお顔だ。

「もう、旭様は前に進まれました」

「前に？」

「はい、徳川様と、ともに」

家庭菜園の二人を思い返す。真意はどうあれ、徳川様は傷付いた旭様を気遣って、隣に寄り添った。

旭様も、寄り添ってくれる徳川様の優しさを受け止めて、その手を取った。

徳川夫妻は、政略結婚であっても、手を携えた。どこへ行くかはわからないけれども、ともに前へ向かって進もうとしている。

だから、大丈夫だ。寧々様が今以上に気を病む必要はない。

「晴れの日ですから、笑いましょう！」

とびっきり綺麗にして差し上げるから、寧々様には笑ってほしい。

お手を取って、微笑みかける。寧々様の目尻が、嫋《たお》やかに下がった。

「……うん、そうね」

戻ってきた笑みは、温かい。これでよし。寧々様にはやっぱり、笑顔が似合う。

気を取り直してくれた寧々様に満足して、私もはりきってメイクを再開する。

ベースが完成したから、次はファンデだ。今日はいつもより、美白に仕上げる。白塗りメイクのインスパイア、といえばいいかな。美白を突き詰めれば、朝廷の人たちにも受け入れられやすそうだという判断だ。

いつもよりワントーン明るい色合いのファンデを、ポイント使いで塗っていく。頬の上と、鼻の横から顎のあたり。薄く、おでこにも。首にも薄く塗って、肌の色味を統一する。

コンシーラーも使って、クマなどを覆っていく。指で伸ばして馴染ませて、最近やっと完成したコットンパフで、余分な油分を吸わせる。

この時のパフは、軽く湿らせておく。当て方も、押し付けるのではなく、優しく触れるように。

擦るとファンデやベースがよれるから、十分に気を付ける。

それが済んだら、今日は上地を塗る。使うのは、ベースカラーでも塗ったピンクと、パールホワイトだ。下の色を重ねることで、強調したい部分が、しっかり強調されるのだ。

しかも崩れにくくなるおまけ付き。今日みたいな日に向いているテクである。

パールホワイトを、Tゾーンと目の横から頬骨の上、それから唇の山に。ピンクはチークを乗せる頬の三角ゾーンへ。

上地の仕込みが終わったら、フェイスパウダーをはたく。

ふんわり仕上げたいので、使うのはふわふわのパウダー用ブラシだ。顔の中央から、輪郭へ。濃淡をつけるように刷いていく。

シェーディングも、忘れてはいけない。おでこの際、耳の脇からフェイスライン。顎の下にもしっかりと淡いブラウンベージュを塗って、ブラシで境目を自然にぼかす。

フェイスラインを仕上げたら、ブラシを持ち替える。細くて斜めにふわふわの毛を植えた、シェーディングブラシだ。

フェイスラインと同系統だけれど、より淡めのベージュを使って目鼻立ちをはっきりさせる。

まずは眉の真ん中から少し付け根よりの部分から、鼻柱の始まりにかけての三角。眼窩《がんか》の骨の形に沿わせて、細めにシェーディングすることで鼻が高く見える。

小鼻の脇から鼻の下の際、鼻の頭の膨らみの脇。ここにも薄く、薄く輪郭を描く。下唇の窪みも大切だ。リップラインを、はっきりさせる。

これで、ベースメイクは完了だ。お待ちかねのポイントメイクへ、移りましょう。

顔の印象をはっきりさせるため、眉メイクから手を付ける。

ダークなブラウンのアイブロウペンシルで、フレームを引いていく。今日はハンサムに、でも優美に仕上げるか。下のラインは平行ではなく少し上げ気味に。眉山をしっかり作って、上のラインは半分だけ描く。

完成したフレームの中は、パウダーアイブロウで埋める。

これも同色のダークブラウンだ。眉は黒髪でもブラウン系を使った方が、顔に馴染むんだよね。今回のアイブロウは、椎の実を焦がして作った、焦げ茶の顔料を主材としたものだ。本当はアーモンドを灰にしたものがよかったのだが、まあこれでもどうにか代用できている。

眉頭も濃いめに塗って、黒目の上あたりの色は、もう一つ濃い色を混ぜておく。目元がすっきりと、かっこよく強調された。

「眼彩《アイシャドウ》ですが、いかがしましょう？」

眉を作り上げてから、寧々様の希望をお聞きする。

どんな時でも、アイカラーは寧々様好みに。それが、私たちのお約束だ。

瞼の上を彩るアイシャドウは、好きな色を乗せると楽しい。パッと見た時に目に付くところだからね。気分を盛り上げるには、もってこいのポイントだ。

「五衣《いつつぎぬ》の襲《かさね》が花橘《はなたちばな》だから、それに合わせて」

「承知しました」

衣桁に掛けられたお衣装を、確認する。今日は公家としての正装、五衣が用意されている。

その名の通り五枚の衣の襲色目《かさねのいろめ》は、オレンジと白、緑を組み合わせた花橘。今にもシトラスの香りが漂うような、爽やかな色合いのカラーリングだ。

一番上の衣の文様は、亀甲花菱の文様。花びらを中にあしらった六角形が、金糸で細やかに織り込まれている。

溌剌としていながら、けれども高貴に。寧々様にぴったりと似合う、素晴らしいお衣装だ。

これと合わせるなら、アイメイクはゴージャスなゴールド系にしよう。

とっておきの金粉シャドウを使いますか。シャドウボックスをざっと見て、三色引っ張り出す。

ゴールドベージュのクリームシャドウと、ラメ感がある朱色みのあるオレンジのパウダーシャドウ。締め色シャドウはパウダーで、濃いコッパーブラウンだ。

ちなみに今回のシャドウのラメは、金粉だ。偽物じゃなくって本物の金ですよ、金!

パール感はグアニン箔や雲母《マイカ》で出せるけど、ゴールドなラメ感は出せない。

だから、ストレートに、本物のゴールドを使いました。金粉を使ったシャドウは令和にもあったので、与四郎おじさんにお願いしていたのだよね。コスメに使える、金粉パウダー作ってくれって。

完成がギリギリ行幸に間に合ったから、金粉シャドウを使うのは、寧々様が初めてだ。これだけでも、特別感が爆上がりだと思う。

手始めにゴールドベージュを、アイホール全体に乗せる。上まぶたの真ん中から、指をワイパーのようにしてトップが煌めくように、だ。下まぶたも忘れない。涙袋のラインを意識して、小指で細くアイラインをなぞる。

次に朱色みのオレンジ。これは目尻に重点を置く。寧々様は奥二重だ。目尻に色を乗せると目が華やぐ。

上まぶたの目頭よりも真ん中寄りから、ブラシを使ってシャドウを乗せる。二重ラインを少しはみ出させて、目尻に向かって濃く色を差す。

下まぶたも似た感じに。黒目の目尻の方の端あたりから、目尻へ。端っこは丸めに塗ってぼかす。こうすると色が綺麗に映える。

最後はアイラインをコッパーブラウンのパウダーシャドウで強調する。

細めの筆で細く、ぼかしながら。目尻をくの字に縁取って、下まぶたの目尻にポイントを置く。ほんのり赤みが強く、目元が華やいだ。

素で十分に長いまつ毛は、金属製のコームでよく梳かして差し上げる。マスカラがないから、せめてふさふささらりにしないとね。アイシャドウを崩さないように注意を払いながら、ビューラーで根元からしっかり上げる。

それから、アイライン。ブラウンレッドの、モクロウアイライナーを使う。ウォータープルーフではないから少し落ちやすいけど、ぼかして使うから許容範囲だ。

まぶたを指で固定しながら、細い棒タイプのライナーで、まつ毛のキワに点々と。線を描くのではなく、点で点を繋ぐイメージだ。

一重でも奥二重でも、アイラインは大切だよ。目の印象がくっきりして、素敵な目元に仕上がるから。

アイメイクが終わったら、チークを添える。

使うチークは、淡いサーモンピンクがかったベージュのパウダーだ。塗る場所は、髪の生え際に指を二本当てたところから、斜めに頬骨の真ん中まで。心持ちそら豆みたいな感じに刷いて、指で色の境目を馴染ませ、ムラのないように仕上げる。

最後はリップ。カラーはもちろん、ヌーディーなピンクベージュをチョイスする。

アラフォーの寧々様には、真っ赤なリップは似合わない。塗るならば、ベージュ系やマットカラーだ。

リップクリームで保湿して、縦シワ対策はきちんと。それからリップをブラシに取って、リップラインを口角から中央へなぞっていく。内側を埋める時は、横にではなく縦に塗る。これで縦シワが目立ちにくくできるのだ。

「お化粧、整いましてございます」

リップブラシを、ブラシスタンドに戻す。

侍女に鏡を、寧々様の前に据えさせる。あでやかな微笑みが、寧々様のお顔に咲き誇る。

それを認めてから、私は恭しく額《ぬか》ずいた。

「大義でした」

「恐れ多いことにございます」

ふわっと喜びが私の中でふくらむ。

寧々様に、お褒めいただけた。ただそれだけで、今日までの苦労が流れ去っていく。後に残るのは、頭の先から足先までを温かく、満たす充足感。最高の報酬に、伏せた顔がゆるゆる緩む。

はにかむように笑い返してくれて、寧々様が立ち上がった。

おこや様たちが、細い肩に豪奢な袿《うちぎ》をかけて、着付け始める。瞬く間に、寧々様の正装が整っていく。


関白秀吉の正妻たる、麗しき北政所様の完成だ。


ため息が出るほどに気高く、優美な女王の風格が漂っている。

ああ、もう、さいっっっっっこうだよ。寧々様が美しくて、ただ生きているだけで、幸せに思えてくる。

周りのみんなも、同じ気持ちらしい。うっとりと寧々様を見つめて、あちこちで艶めくため息の花が咲く。

「それでは、参りましょうか」

寧々様が、歩き出す。東様やおこや様たちを従えて、颯爽と。

私はここで待機なので、深く頭を下げてお見送りする。まだ一応、未成人だからね。基本は表に出られないのだ。

よって、これからいったん休憩。ほとんど夜の早朝から駆けずり回ったから、もうくたくただ。ご飯を食べてよく寝て、体力回復をさせないと、明日も働けない。

今回の行幸は、今日かぎりのものじゃない。帝とそのお付きの皆様が、二泊三日で聚楽第を満喫するツアーだ。つまり明日も明後日も、早朝からの激務が確定。昼間に休んでおかなきゃ、私の体力が絶対もたない。

もう今だって、限界いっぱいだ。

「姫様、お食事の支度が整いましたよ」

平伏したままへたっている私を、お夏が抱え起こしてくれる。

起こされても、体に力が入らない。へとへとだ。ストレートに、へとへとだ。

体勢を保てない体を、正面から別の侍女が支えてくれる。

「大事は、ございますね」

「わ、悪いけど運んで……」

「はいはい」

いっせーのーで！　、でお夏たちに両脇を支えられた。

ずるずると引きずられるようにして、ご飯が用意されている私室へと戻る。

食べたら、寝よう。すぐに寝よう。寧々様たちの化粧直しは、お夏たち侍女に任せて大丈夫。

少なくとも、夕方あたりまでは、休めるはずだ。

あ――――、疲れた！　寝る！

◇◇◇◇◇◇

「……さま！　姫様、姫様ぁっ!!」

悲鳴まじりの声が、複数。襖の向こうから、私の名前を、爆音のアラームのように繰り返す。

疲れ切った脳みそに刺さるようなそれに、強制的に目を覚まさせられる。

頭が、重い。耳も、痛い。全然疲れが、取れてないや。気だるさに満たされた体を、のろのろ起こして布団から這い出す。

「う……な、に……」

襖を開ける。差し込んでくる日差しが、眩しい。まだ、太陽が高いじゃん。もう少し寝かせてよ。

むくみ気味の顔を覗かせると、お夏の手が伸びてきた。あっという間に、隣の居間として使っている座敷に、引っ張り出される。

「えっ、ちょ、何ほんと!?」

「姫様、疾《と》くお支度を」

「はぁ？」

お楽や阿古が、小袖や帯を持って、飛びかかってくる。

寝間小袖をひっぺがされて、下着の白小袖一枚にされた。叫んでも喚いても、止めてもらえない。

力づくで振り切ろうとしかけて、侍女たちの顔色に気付く。何故だかみんな青くて、ただならぬ緊張感に溢れているのだ。

「ね、ねえ、どうかしたの?」

帯を結ぶお夏に、おそるおそる尋ねる。

無表情、いや、表情を抜け落ちさせたお夏が、私を見上げた。

「お召しです」

「誰の?」

「准后様が、与祢姫様のお化粧に興味を持たれたよし」

お夏が普段の冷静さをかなぐり捨てて、叫ぶ。

「すぐさま参じよとの! 北政所様のご命令でございますっっっ!」

◇◇◇◇◇

城表の、小さな座敷。控室とも言うべき場所に、私はいた。

着せられた汗衫《かざみ》が慣れなくて、何度も裾をいじってしまう。

公家風の童女用フォーマルなんて、初めて着せられた。ずるずる引きずる上に厚着で、とっても重い。

寧々様チョイスの花山吹《はなやまぶき》の襲《かさね》が、素敵なんだけどなあ。赤みの強いピンクとオレンジがかったイエローを重ねた衣が、歩くと花びらのように揺れて、とても可愛い。

顔も特別な日だからと、薄くメイクをして、ちょっぴり大人びさせた。寧々様をはじめとしたみんなに絶賛されるくらい、最高の私に仕上がっている自信がある。

それでも、気分は微妙な浮き方しかしてくれないから、困ったものだ。

ため息まじりで、遅れて座敷へ入ってきた人に頭を下げる。

「父様、お久しぶりです」

やってきたのは、にこにこの父様。真っ黒な衣冠束帯《いかんそくたい》で身を固めた、公家風のフォーマルスタイルだ。

約半年ぶりに顔を合わせたが、変わりはないようでよかった。

「大きくなったなあ、与祢」

目の横の皺を深くして、父様が私の方へ膝をいざらせてきた。

頭を撫でて、肩を撫でて。成長ぶりを確かめるように触れて、うんうん、と頷く。

あまりにも変わらない父様に、ほんのり肩の力が抜けた。

「家のみんなは、息災？」

「もちろんだとも。来月には皆の顔を見に、帰っておいで」

「そうね……今すぐにでも、帰っちゃだめかな……」

「うーん、無理だなあ」

困ったように、父様の太めの眉が八の字を描く。

「さすがにな、宣旨《せんじ》からは逃げられんよ」

行幸初日の、昨日のこと。

突然、とんでもない事態が発生したのだ。

私が力尽きて寝ている間に、今上帝とその随行の皆様が、聚楽第に入られた。

御所から帝に付き従って、派手なパレードをして。この日のために設えられた御殿で、華やかな宴を催す。

秀吉様をはじめとする男性陣は、そうして現在進行形で帝を歓待している。このかたわらで寧々様たち女衆も、准后様――厳密には准三后《じゅんさんこう》にして国母たる帝のお母様や、帝の正妃である女御様をおもてなししている。

准后様が寧々様のメイクに興味を惹かれたのは、宴が始まってすぐだったそうだ。

管絃の催しの最中、お側に侍った寧々様をご覧になって、不思議な化粧だとおっしゃった。ゴールド系の目元の輝きが、陽の光を受けて、きらきら美しかったらしい。

お褒めにあずかって上機嫌になった寧々様は、問われるままにメイクの話をした。

これは羽柴の家中でのみ楽しめる、最新のお化粧であること。

最新の化粧に熟達した、腕利きの御化粧係を側に置いていること。

今日の女衆のお化粧は、その御化粧係の手、なるものということ。

上品なオブラートでくるんで、寧々様はたっぷりと自慢した。竜子様や旭様も、この寧々様の自慢に乗っかった。

ヘアアレンジやスキンケア、マッサージなどなど。様々な自分のお気に入りを、寧々様に話しかけるという形で言い添えた。

ここまでやられて、准后様が、気に留めないはずがなかった。

准后様は、寧々様とそう変わらないお歳だ。お悩みになられるポイントも似通っている。寧々様たちが褒めそやす、最新のお化粧とやらは、それらの悩みを解決してくれるらしい。もし、寧々様たちと同じメイクやケアを受けられたら、自分もまた美しくあれるのでは？

そうお思いになった准后様は、寧々様に前のめりで頼み込んできた。自分にもお化粧をしておくれ、とね。

待っていましたとばかりだったそうだよ。寧々様ったら、満面の笑みで私を呼ぶように命じたそうだ。

自慢してアピールしたかったんだな、メイク。急なお召しで、良い迷惑……いや、驚いたよ。

そうして呼ばれて、私は准后様たちの御前に出た。

これがまた、ほんっっっとに面倒だった。私は寧々様の女房であっても、無位無官《むいむかん》の小娘だ。准后様や女御様への直答が不可で、質問に答えるだけで、かなりの手間がかかった。

面倒さにうんざりしたが、それは准后様側も同じだったようだ。

私に官位を与えてしまえ、という話になった。皇族とまともに顔を合わせて、会話可能な女官にすれば、万事解決でしょうという論理だね。

言われた時は、もうびっくりした。図書館の利用カードを作ってあげようか、みたいなノリなのだもの。官位ってそんな軽いものではないはずだ。やりすぎでは、と腰が引けたよ。

でも、寧々様はノリノリで秀吉様に遣いを飛ばした。怯えて慌てる私をよそに、良い機会ね、とにこにこでだ。

すぐさま帰ってきた返事も、なかなかすごかった。

『面白そうだから、帝に奏上したよ！　ＯＫだってよ！』

いいのか、朝廷。自重してくださいよ、秀吉様。

唯一の救いは、心の準備の時間が与えられたことくらいだ。どんなに急いでも、本日中の手続きが難しいので、翌日に改めて行おうって段取りになったのだ。

官位を決めて、事務処理やって、帝の宣旨を出す。簡単な流れのスケジュールが組まれたが、一つ問題が発生した。

それは、官位だった。准后様や女御様のお側に侍り、肌に触れて化粧をする。それが可能となる身分は、中臈《ちゅうろう》女房以上。宮中における官職に合わせると、掌侍《ないしのじょう》以上でなくてはならない。

この掌侍に就くために必要な官位は、従五位下《じゅごいげ》。

従五位下、従五位下である。

うちの父様の官位は、従五位下。私が掌侍になったら、従五位下。

后妃《こうひ》になったわけでもない娘が、父親と同ランクになる。

さすがにまずくはないか、という話になった。叙位関係担当のお公家さんたちや、実務担当の石田様たちが頭を悩ませかけた。

が、速攻で秀吉様が、解決策を提示したそうだ。

うちの父様の官位を上げてやればいいのでは？　と。

要は父様が、従五位より少しでも上の官位を得れば、私が従五位を得ても問題ないのだ。

だから上げてしまえということで、父様の昇位も急遽決まった。従五位下から二つ上げて、正五《しょうご》位下《いげ》。官職は、対馬守《つしまのかみ》で据え置きだそうだ。

いいのか、それで。物議を醸したりしませんか。心配になったけれど、案外異論は出なかったようだ。

准后様たちの熱烈な要望の前には、時間が本当に無かったのだろうね。構っちゃいられないとばかりのハイスピードで、父娘のための宣旨の準備が整えられた。

そして、とうとう今に至るわけです。が。

「襖の向こうに行くの、怖いなあ」

そわそわと、何度も座敷の奥にある襖を見てしまう。

私たち父子が待機しているこの座敷の向こうでは、本日の大イベント開催中だ。徳川様をはじめとした大名衆が、帝に起請文《きしょうもん》を提出しているらしい。

起請文というのは、誓約書みたいなものだ。今回の内容は、秀吉様へ忠誠を誓います、というもの。諸大名衆は皆すべて、秀吉様の臣下になったので絶対服従します、という意思表明である。

裏を返せば、秀吉様による戦国乱世を制したという完全勝利宣言。とんでもない大イベントのおまけが、私たちへの叙位と昇位の宣旨なのである。

大大名たちが居並ぶ中で、小大名とその姫が辞令をもらう。どう考えても、前代未聞の事態だ。恐ろしすぎる。

「怯えることはないよ」

落ち着かない私とは正反対に、父様はのほほんとお茶を啜っている。

「宣旨を読み上げる公卿と殿下以外、誰も話しかけてこぬからな」

「でもたくさんの人に見られるのは、さすがに怖いよ……」

「はは、与祢は怖がりだなあ」

ではこうしよう、と父様が手を打った。

「大名も公卿も、みーんな雛人形と思えばよい」

「雛人形って」

「可愛らしゅうない雛人形で悪いがな」

「んぐ、ぶふっ」

押し殺そうとした笑いが、半端に潰れて、おかしな形で吹き出てくる。

だめだ、想像しちゃった。ゴリゴリのマッチョや、リアルなおじさんのフィギュアが並ぶ、ひな祭り。

お雛様や三人官女は不在で、お内裏様と左右大臣と五人囃子オンリーか。

シュールすぎる。怖いを通り越して、愉快だ。

「気は抜けたか？」

湧き上がる笑いに耐える私の背中を撫でて、父様が聞いてくる。

「んんっ、ぬ、抜けた」

もうばっちりだよ。緊張感は吹っ飛んだ。

会場入りした時に、笑いが込み上げてこないか、という別の心配が出てきているけど。

「位記をいただく時に笑っちゃったら、父様のせいだからね」

「その時は一緒に笑ってやるので案ずるな」

「なにそれぇ」

父子揃って、口を押さえて笑い合う。

安定しているなあ、父様。おかげで私も、なんとかなりそうだ。

「山内対馬様、姫君様」

廊下側の障子戸が、静かに開く。秀吉様の、若い馬廻の方だ。

「まもなく叙位の宣旨が下されます、お支度を」

「承知いたした」

父様の表情が引き締まる。私の体にも、緊張が走る。

顔を見合わせて、頷き合う。ここまで来たのだ。腹を括るっきゃない。

揃って奥の襖へと、体の向きを変える。合わせたように私たちは深呼吸をして、姿勢を正した。

するすると、襖が開く。明るい陽光に満ちた、広大な座敷。居並ぶのは国持以上の大大名に、宮中でも高位の公卿たち。

正面の御簾のお側には、正装の秀吉様と寧々様が侍り、私たちを待ち構えている。

あまりにも、壮観な光景。

私は息を呑みながら、ゆっくりと頭を垂れた。

「山内対馬守殿、ならびに姫君、前へ」

議事進行の公卿さんの指示に従って、腰を上げた父様の後に続く。

お作法は、突貫で孝蔵主様に仕込まれた。昨日から城奥を出る直前まで、必要最低限だけだけどね。

扇を両の手に持って、しずしずと歩いていく。基本は喋らずおすましして、父様の後ろについて頭を下げていれば良いらしい。

喋っていいのは秀吉様や、万が一帝にお声をかけられた時に、お返事するくらい。身に余る光栄です、もしくは聖恩《せいおん》感謝いたします、と一言だけ言えば良いそうだ。

決められた席に着くまでは、誘導係さんが導いてくれるので従う。すごく視線を集めていて居心地が悪いが、足元の畳の縁をガン見してやり過ごす。大大名の顔なんて見たところで、ろくでもない気しかしないもん。終わったらみんな、私のこと記憶から消してね！

誘導係が、父様に席を指示する。腰を下ろした父様に続いて、私にも。二人横並びではなくて、私は少しだけ後ろだ。

孝蔵主様の教えの通り、扇を畳の上に置いて、指を突いて平伏する。

議事進行係さんが、いろいろと帝に言上し始めた。まったく意味がわからない。用語が難解というか、独特だ。宣旨を出してＯＫ？　と確認しているんだろうか。

今朝も夜明け前から仕事をしてきたから、ちょっと眠くなってきた……。欠伸を噛み殺していたら、やっと父様の名前が呼ばれた。

まずは父様の昇位からだ。衣擦れがして、父様が動いた気配がした。前に一歩くらいの距離を膝立ちで進んで、止まる。

「正五位下、藤原一豊……」

授与係さんが、宣旨を読み上げ始めた。とうとうと、小難しくて古めかしい言葉が連なっていく。

ややあって、父様がまた動く。宣旨を受け取ったようだ。しゃらしゃらと、束帯の擦れる音が元の位置に下がってくる。

そうして、今度は滑るように右脇へ退いていった。

「それでは姫君、こなたへ」

呼ばれた！　父様が居なくなった場所へ進み出る。

顔はずっと伏せたまま。黙ったまま。お上品に、お上品に、と自分に言い聞かせて動く。規定の位置までできたら、いったん顔を上げる。

周りは見ない。前だけ見ておく。授与係の人は、しわっとしたおじいちゃんだった。厳しい感じはしないから、心の中でほっとする。補助役らしき人が、漆塗りの大きくて四角いお盆を抱えてきた。

授与係さんにお盆が捧げられ、老いた手がそこからA三サイズくらいの大きな紙を一枚取り上げる。

それに合わせて、しとやかに私は頭を下げた。

「従五位下、豊臣豊子」

父様の時と、似たような内容の宣旨が、読み上げられていく。

自分の番だと、さすがに眠気は来なかった。息をひそめて耳を傾けているうちに、宣旨が結ばれる。

頭を下げたまま、少し前にいざり出る。宣旨の書かれた紙を、できるかぎり恭しく受け取った。

今もらったこれは、位記というものだ。平たくいうと、辞令である。私に従五位の位を与えて、掌侍に任じます、と書いてあるそうだ。

名前の部分は、『山内与祢』ではなく、『豊臣豊子《とよとみとよこ》』とされている。私の本姓と諱《いみな》と呼ばれる本名だ。豊臣姓をですね、もらっちゃったんですよ。ご祝儀に、と羽柴の名字と一緒に、秀吉様が私にくれたのだ。

でも、本当にもらってしまってよかったのだろうか。確か羽柴の名字も、豊臣姓も、現段階では一握りの大名などにしか配布されていない、レアなプレゼントみたいだ。私のような小娘に渡したら、ブランド価値が下がったりしないか心配だよ。

諱は、父様からの偏諱《へんき》だ。女性に諱を付ける際は、父親や夫の諱の一字をもらうのが通例なんだって。

だから、父様の諱の『一豊』から『豊』の一文字をいただいて、『豊子』。

豊臣豊子か。語呂が良いのだか、悪いのだか。

そんなことを考えつつおすましして、膝立ちのまま、バックで最初の位置に戻った。父様も元の位置に帰ってきて、揃って深く平伏する。

御簾の奥から、人が動く気配が微かにした。帝が退席なされていくようだ。静まりかえった座敷に、帝とお供の公卿方数人分の衣が、畳を滑る音がする。ゆっくりと、でも確かに遠くなっていく。

終わった……か？　終わったよねえ!?　よっしゃ！　私の叙位完了だね！

もう帰って良いよね？　回れ右していいですかーっ！

終了の気配を感じ取った気持ちが、一気にそわそわしてくる。

周りの空気もちょっと緩んできた。詰めていた息を吐いて、少し体の力を抜く。

「面をあげよ」

ちぇ、このまま下げてはくれないのか。逆らうわけにはいかないので、秀吉様の声に従って顔を上げる。

大名の皆さん、退席してなかったんですね。ずらりと並ぶ正装のお偉方が視界に収まってしまって、げんなりとした気分になった。

「ご苦労だったのぉ！　伊右衛門《いえもん》、お与祢ちゃん！」

「はっ」

普段通りのフランクな秀吉様のねぎらいに、父様とともに頭を下げる。

あとはもう父様にお任せだ。私はにこにこしているだけの、父様のオプションに徹しよう。

「父娘ともに今後も励んでくれよ、期待しとるでな」

「はっ、某も娘も豊家の御為《おんため》、微力を尽くして参りたく存じまする」

「うははは！　なんだ伊右衛門、謙遜するのぉ！」

父様の定規を当てたような真面目な返答に、秀吉様が膝を叩いて笑い出した。

笑ってあげないでよぉ。父様は素朴さと親しみやすさが取り柄だ。秀吉様みたいに、ウィットに富んだお喋りが得意なタイプではないのだ。

ほら、困ったみたいに笑うしかできてないじゃん。押しの強い上司の振りを上手くさばけないあたり、父様もそこそこ不器用さんなんだよなあ。

将来安泰だって知ってはいるけれど、ちょっと心配な人の良さだ。

「お前さんらにはどえりゃー世話なっとると思っとるんだが、なあ？」

「ええ、そうですわね。伊右衛門殿、与祢姫はよう勤めてくれておりますのよ」

ねえ、と寧々様が話しかけてきた。

本当だよ。毎日フル回転で働いているよ。寧々様のメイク以外の仕事も、ガンガン増えている。子供なのに大人並みに働いているから、もっと褒めてほしい。そんな気持ちを隠して口元を軽く綻ばせ、ゆるりと優雅に頭を下げる。

ほほほ、と寧々様が、扇で口元を覆って笑った。楽しそうで何よりですけど、早く帰りません？私、城奥、帰りたい。今すぐ連れて帰って、寧々様。

「しかしまあ、対馬守はできた娘御を得たものですな」

心で帰宅コールをしていたら、横から声が割って入ってきた。

私から見て、右側。徳川様の左隣に座る、若い大名と目が合った。ほどほどには整った、どこかで見たことがあるような風貌だ。

そんな大名に、まじまじと見つめられる。髪、顔、汗衫《かざみ》に包んだ体。品定めするような視線が、ねっとり絡んでくるようだ。

「これは内府様」

「対馬守、一瞥以来だな」

内府様とやらは、私から視線を外さない。

見世物じゃないのですけど、私。痴漢に遭遇した気分になってきて、扇で顔を隠すと、父様がさりげなくくっついてくれた。

父様に庇われる私に、内府様が小馬鹿にしたように鼻を鳴らす。

「其の方の娘はまだ女童であるのに、大したものだ。父親の官位を押し上げるばかりか、自らも叙位の機会を掴むとは」

「は、はあ……」

「いったいいつ、どこで殿下におねだりをさせたのやら?」

突然殴られたみたいな衝撃で、頭が真っ白になる。

父様の横顔にも、ただならない緊張が走る。

(せ、セクハラだ。セクハラだぁ――――!)

秀吉様におねだりって、この人、私が閨に侍っているとでも思ったの⁉

私、九歳よ? 九歳で側室入りしたと本気で言っているわけ?

父様が秀吉様を篭絡するため、私を城奥に送り込んで、成功したって解釈をしたわけか。

うーん、発想がゲスの極み。ついでに失礼極まりない。私たち父娘を貶めたついでに、秀吉様にロリコン疑惑をかけるってさあ。このセクハラ内府様、どんな神経をしているのだ。

右隣に座っている徳川様と、左隣に座る近江中納言こと、秀次様を今すぐ見ろ。二人そろって、わかりやすくドン引きしているから。徳川様はほぼ限界まで目をかっぴらいているし、秀次様は無理やり反対隣に詰めて、距離を取っているよ。

他の大名衆も、似たようなものだ。引くか、半笑いか、冷めた目かの三択状態。秀吉様と寧々様は表情を変えていないけど、目から感情が消えている。

座敷の空気が、恐ろしい勢いで凍っていく。内府様だけがにやにやと、私たち父娘にからかうような視線を寄越している。

「のう対馬守、よう娘を育てたものよなあ」

この人大丈夫？　まだ追加で失言するの？　空気が読めないにもほどがあるでしょ？

まぎれもなく、アウトな雰囲気だ。背筋が寒くなってきた。

なんで私がひやひやしなきゃならないの⁉　セクハラに晒された当事者は、私なのに！

「いやあ！　まことそのとおりにございますな！」

父様が突如、明るい声で返した。

そして呆気に取られた内府様に、にっと笑いかける。

「才があって、妻に似て器量も良し！　いやはや、某にはもったいないほどの娘に育ちました。出《しゅっ》藍《らん》の誉れとはまさにこのこと」

「おや、えらく自慢することだ」

思った反応と違ったせいだろう。

内府様が、鼻白んだ様子を隠そうともせず口を開いた。

「才色兼備の娘など、珍しくもなかろうに」

「いやいや、世に才色兼備の姫は数あれど、当家自慢の鸞《らん》は与祢一人にて！　出藍の藍《らん》だけに！」

座敷に父様の豪快な笑い声が響く。

待って、待って。父様、鸞ってなんだ。鳳凰《ほうおう》の雛とかいうアレのこと？　私が？　それはちょっとどころでなく、言い過ぎでしょ。

というか、こんな場で親父ギャグなんてやめてよ。

秀吉様や徳川様たち、すごい目で父様を見ているよ。かなり滑ってるよ⁉

「伊右衛門よ、鸞とはまた大きく出たがどういう意味だ？」

アクセル全開で炸裂する、軽快な親馬鹿トークが面白かったのか。

秀吉様が可笑しげに曲げた口を挟むと、父様は嬉しそうに頭を掻いた。

「実は以前、さる御仁に娘を褒められまして」

「ほお、なんと？」

「はい、与祢は鴛鴦《えんおう》のもとに生まれた鸞。あでやかで美しき瑞兆である、と」

「なるほどのぉ！」

秀吉様がポンッと膝を打つ。

ぱっと明るくなったお顔には納得と、心からの愉快さが映し出された。

隣の寧々様も、自分のことのように私を見る目が嬉しげになる。

「そりゃあ言い得て妙だな！　お与祢は確かに、きれーで華やかなもんばっかり思いつく子だ。その上、まっっっこと可愛らしい！」

「さようにございますね、お前様。あたくしたちのもとへ、数多の福を運んでまいりましたもの」

関白夫妻は顔を見合わせ、うんうんと頷きあう。

満足げにそれを見ながら、父様が続けた。

「殿下の治世に鸞ありとは、実にめでたいことでありますなあ」

「おぉ、伊右衛門もええこと言うのぉ！」

秀吉様と寧々様と父様。三人がそろって、大げさなくらい朗らかに笑い出す。

つられるようにして徳川様が愉快そうに笑い、それが座敷に広がっていく。

空気が瞬く間に、妙になごやかなムードへ切り替わる。内府様はフリーズしてしまった。顔色がちょっと青い。やっと自分が外しまくったことに気づいたか。

やっぱりさ、人に意地悪は、するものじゃないね。反省するだけで済むといいね、セクハラ内府様。

厳罰まではいかなくても、この人が痛い目でも見てくれたらいいな。

「さて、では奥へ戻りましょうか」

ひとしきり笑った寧々様が、腰を上げる。

すたすたと私のもとへやってきて、袖で隠すように私を抱えて立たせた。

「ご苦労様、ようきばったわね」

私だけに聞こえる声で、寧々様がねぎらってくれる。

ほっとして手を握ると、笑みを深くして握り返された。

「伊右衛門殿も、ご苦労でした」

「いえなんの、娘のためでございますれば」

「この礼はいずれ」

寧々様は父様と軽く目礼を交わしてから、私を連れて座敷を抜けた。

見送ってくれる父様に、ひっそり手を振る。

振り返してくれたのを目に収めて、私は寧々様に隠れるように場を後にした。

（はあ、えらい目にあった）

城奥への道を進みながら、花の盛りの庭の風景で、ちょっと疲れた頭を休める。

いったん休憩したいけれど、無理だろうな。准后様は私のメイクを待ち焦がれていらっしゃるそうだ。

さてさて、どんなメイクにしようかなあ。

そうして、仕事モードに頭を切り替えて、私は城奥へと戻る。

初めて私の名が世に出た日が、ようやく半分過ぎようとしていた。

◇◇◇◇◇

城奥に戻って、小袖に着替える。

襟や肩から裾へ向かって、朱色から鶯色《うぐいす》へと、グラデーションのように色が変わる絹の小袖だ。

全体に入るのは、桜花のモチーフを繋いだ白いラインによる、大胆な格子柄。胸元から裾にかけては、大ぶりな白い牡丹の花の刺繍が施されている。

裾を引きずるお姫様仕様のそれは、豪華絢爛《ごうかけんらん》な盛装だ。普段のお仕事用とは比べ物にならない上物で、汚してしまわないかひやひやする。

だが、国母の君たる准后様に奉仕するのだから、しかたない。お洒落も義務。義務なのだ。

袖を汚さないように襷を掛けて、中奥に設置された彼女らのためだけの座敷へ入る。

すでに座敷には、人だらけ。准后様と女御様が、側仕えの上臈衆と、寧々様たち羽柴の女性陣を従えて待ち構えていた。

侍女たちとともに、入室する。女性ばかりだからか、先ほど叙位を受けた城表の座敷よりは怖くない。

少し緊張はしても、それだけだった。

「先ほど掌侍の職を賜りました、与祢にございます」

上座に垂らされた御簾の近くで、平伏する。

従五位下の身分を得たから、直答可能だ。誰に止められることなく、いつも寧々様にするようにご挨拶申し上げる。

「大変お待たせいたしました、お化粧をさせていただきまする」

メイクボックスを捧げ持ち、私は御簾奥のお二方へにっこりと微笑みかけた。

准后様のメイクは、思ったよりすんなりできた。

寧々様が事前に、カウンセリングしてくれていたのだ。実に手際がいいな、寧々様。さすが天下人の妻だ。

准三后、国母の君たる勧修寺晴子《かじゅうじはるこ》様。御歳は三十五歳。母様と寧々様の間くらいの年齢だ。切れ長の一重にうりざね顔の、典型的な天正美人さんである。

そんな高貴な方のお悩みは、シワとたるみだった。シワは深いシワというより、小ジワね。年齢的にどうしてもできがちな、乾燥によるものだ。たるみの方も似たようなもの。加齢によるもので、ある程度は仕方がない現象である。

でも、だからこそ、対応は難しくない。徹底的な保湿とマッサージが、准后様への最適解だ。

まずはあんずオイルのバームでクレンジングして、フェイシャルマッサージだ。

おでこの真ん中、眉間のあたりからくるくると引き上げるように、揃えた指で左右にらせんを描く。指がこめかみに辿り着いたら、そこでプッシュ。力を入れすぎず、ゆっくりと数回行うと、おでこの小ジワによく効く。

次に鼻筋。眉間の両脇から、鼻の骨に沿って、小鼻の手前までを撫で下ろす。撫で下ろしたら、指を離して元の位置に戻って、もう一度。二度。三度。

それから、小鼻の横のくぼみ。人差し指を曲げて、その第二関節を当て、二十秒ほどぐりぐり強めに押し込む。

小鼻の横のところには、リガメントという組織がある。表情筋と皮膚をつないでいる場所で、ここをほぐせば頬が上がって、ほうれい線が目立たなくなるのだ。

すぐに効くから、微妙なお年頃の人にも、若い人にもおすすめだ。鼻のあたりがスッキリして、気持ちいいよ。

頬のあたりは、引っ張り上げるマッサージを施す。

顎の先から三列に分けて、外側に向かって左右にくるくるうずを巻くようになぞり、こめかみに上がってプッシュ。

口元も、しっかりと。両手でピースサインを作って、立てた人差し指と中指を唇の脇に添える。当てた指にはほんのちょっぴりだけ力を入れて、こめかみに向かってさすり上げる。

眼筋のマッサージは、皮膚が繊細なので。本当に撫でるだけだ。

上まぶたの目頭からスタートして、ぐるりと目尻へ指を滑らせ、下まぶたの縁に沿って目頭へ戻る。目尻は口元と同じように、ピースサインで引っ張るようにこめかみまでなぞる。

これを毎日やれば、口元も目元も、すっきりと引き締めることができるのだ。

「いかがでございましょうか」

クレンジングを落として、鏡でお顔を確認していただく。

「……顔が」

准后様が声を失う。眉一つ動かされないけれど、表情はぱっと華やいだ。

側近くにいた上臈さんたちの目も、驚きに満ちてまんまる。一目でわかるくらい、リフトアップしているんだもの。まあ驚くよね。

「今の按摩を、毎日いたしますと、更にお顔が引き締まりまする」

「さよか」

「のちほど日々のお化粧を受け持たれている上臈の方に、ご教授させていただきましょう」

まとめて何人かに教えますよ。結婚退職などされても、大丈夫なようにね。

さて、お次は角質ケアだ。もう一度横になっていただいて、とっておきのスクラブを塗らせていただく。

材料はお砂糖とハチミツだ。お砂糖は美味しいだけじゃない。低刺激で肌の保湿を助けて痒みを抑えてくれる優れもの。

ハチミツも保湿に効果抜群だし、殺菌効果も高いのでスキンケアにもってこい。肌への浸透もすごく良いから、ソルトスクラブよりフェイスケア向きである。

簡単にお手軽にできて効果の高いスクラブだから、令和の頃はよく使ったものだ。

天正の世では、セレブの極みなケアになっちゃったんですけどね。だって、お砂糖もハチミツも、超希少な材料なんだもの。

でも、高貴なお方のお肌のためだもんね。背に腹は変えられないってことで、奉行衆が見たら卒倒する量を一気に使います。

おでこや頬にたっぷり塗って、優しくくるくる撫で撫で。古い角質を浮かせて剥がして、むきたまごのようなつるつるお肌に仕上げる。

スクラブを洗い流したらシートパックだ。

使うのは、木綿で作らせたフェイスシート。ダブルガーゼのように重ねて厚くしたものに、美容液をたっぷり含ませる。

今回は、ビタミン爆弾かつ、美白効果抜群の柚子の種で作った美容液をチョイスした。焼酎に漬けて作ったとろとろなやつで、少し精製水で薄めて使う。

パック中に頭皮マッサージと、デコルテマッサージを施す。老廃物は、しっかり流す。これ、基本だからね。

ひととおり終わったら、起き上がってもらって、パックを外して保湿ケア。

化粧水は緑茶と焼酎で作った、アンチエイジング仕様のものだ。緑茶はいいよ。飲んでよし、肌に塗ってよし。ビタミンCと抗酸化作用で、若さを保つ助けをしてくれる。

令和の頃にはありふれていた、蒸して揉んだ緑茶がもっとも効果を持つのだけれど、天正の世にはなかった。

そういうわけで、作りましたとも。与四郎おじさんのコネで作ってもらった、私専用の茶園でね。

去年から試行錯誤して、やっと完成させたのが、こちらの緑茶である。

今では寧々様に、常用していただいている。カフェインも取れて、仕事中に飲むのに適してもいるからね。

そんな緑茶の化粧水を、国母の君様のお顔と首までにしっかりと吸わせる。コットンを使って、じっくりとだ。触れて水気が付かないほどになれば、次は保湿クリームを兼ねた下地を塗る。

ちょうどいいから、カラーベースタイプにするか。准后様のお顔は、少しくすんでらっしゃる。

淡い白に近いブルーを薄く塗って、飛ばしちゃおっと。見たところ典型的なイエベさんだから、ブルーを使うと肌の黄みを調整できて、透明感も出てくるはずだ。

赤みもあるから、部分的にグリーンも入れる。小鼻のあたりとかね。それからTゾーンや頰、唇の上にはパールホワイト。寧々様のメイクにも使っている、ハイライト効果を狙ったテクニックである。

コンシーラーで目元のクマを消去したら、ファンデーションだ。

「白粉でございますが、濃さにお好みはありますか」

いったんここで、ご希望を聞く。

下地の時点で、鏡を覗く准后様が十分だわって言っているように見えた。

もしかしたら、薄めのメイクがお好みかもしれない。

「よろしければ、薄くいたしましょうか」

「薄くできるん？」

やっぱりね。食いつき方が、わかりやすい。

アラを消そうと厚塗りメイクをしてきたけど、圧迫感などで辟易していた感じだったもんな。メイクを落とした時のリラックス具合が、半端なかったもの。

静かに見つめてくる准后様に、笑って頷く。

「できます。薄くとも、艶やかに仕上げてご覧に入れましょう」

クリームファンデじゃなくて、パウダーファンデでお望みを叶えるよ。

下地で肌のアラはだいたい消してあるし、それがいい。上質な雲母でパール感を足した、ツヤ肌仕様のパウダーを使おうね。

光の効果で、毛穴と小ジワを吹き飛ばしましょ。お肌の色味に合わせて、明るめのオークルのパウダーをメイクブラシに取る。

手の甲で余分な粉を落としてから、丁寧に軽くお肌にはたく。変な色ムラが出ないように、丁寧に。顔の内側から外へ、濃淡をつけて。

それからシェーディングもするけれど、輪郭の調整以外はしない。

准后様は、もともとお顔立ちがしっかりしている。普通に鼻筋やらにシェーディングしたら、天正受けしないお顔になりかねない。

このままのお顔立ちを、生かさせていただこう。

ベースが整ったら、眉だ。寧々様と同系統のうりざね顔タイプだから、直線の平行眉が似合いそうだ。

色は濃くしすぎず、ふわっと仕上げたら薄めというご希望に合うかも。ダークブラウンのパウダーアイブロウで、慎重にアウトラインを引く。

骨格が綺麗な人だな。眉が引きやすい。これなら幅は太いより、細め寄りがよさそうだ。品良く、綺麗めに仕上がる。

調整しながら眉を描き終えて、筆を置く。

「眉とお肌のお化粧、整いましてございます」

確認のために、鏡を見ていただく。

しずしずと上臈のお一人が、准后様の前にふたたび鏡を持ってきた。

「いかがでございましょう」

返事はない。じっと鏡を見入ってらっしゃる。

マッサージでフェイスラインがはっきりした横顔が、嬉しそうにゆるみ始めた。

思わず、といったふうだ。これはすごい。宮中の公家の女性は、鉄壁ポーカーフェイスを崩さない。それがしきたりだそうで、准后様はお会いしてからずっと、無表情だった。

そんな仮面が、私のメイクで外れた。自分のスキルの高さを確認できて、気持ちだけ舞い上がるようだよ。

「お気に召しましたか？」

「……そぉやねえ」

振り向いたお顔が、眩しいほどに柔らかだ。

本当に元が良くてらっしゃるなあ。天正美人だけど、ポイントメイク無しでも顔立ちが薄くない。鼻筋が通っていて、高いってすごいな。絶妙なバランスの凹凸感がある。

それにこの方、まぶたの脂肪が少なくて、薄いすっきり一重だ。横幅がしっかりあるものだから、二重に負けない目力がある。

竜子様と同じ、クールビューティーな目元だ。ちょっときつめだけど、これはこれであり。

ありがたき幸せ、と首を垂れると、即座に面を上げろと命じられた。

「おおきにねえ」

頬に片手を添えて、准后様が呟く。

「かように我を、若返らせる術があるとはねえ。聞きしに勝る、妙技やわ」

「身にあまる光栄にございます」

お行儀良くお返事すると、頬に触れられた。嫋やかな手がフェイスラインをするりと滑って、顎を捉える。

上を向かせられた。唖然と見上げる私を見下ろして、准后様は悪戯っぽく目を細める。

「ふふふ、可愛《かい》らしいなあ、御所に連れて帰ろかなあ」

御簾のすぐ側から派手な衣擦れと、滑って転ぶ痛そうな音がした。

「寧々様っ⁉」

孝蔵主様の悲鳴に弾かれて、御簾内の全員が一斉に外へ顔を向ける。

寧々様が、畳に這いつくばっていた。

急に立ち上がった拍子に、袴を踏んづけたようだ。前のめりに手をついて、顔をしかめている。

(待って！　なにしてるんですか⁉)

慌てて准后様に断って、御簾の外に飛び出す。寧々様のお側へ駆け寄ると、思いっきり腕を掴んで抱きしめられた。

「准后様っ、その儀はご容赦をっ」

私をぎゅうぎゅう抱いたまま、寧々様が叫ぶ。腕の力つよっ！　内臓がはみ出そうなんですがっ‼

ぽかんとする御簾内の皆様なんて、関係ない。そんな勢いで、寧々様が平伏する。私ごと。

「お与祢はあたくしの宝にて。いくらお望みでも、この子ばかりは差し上げられませぬ」

ちょっと焦り気味に言いつのる寧々様のお顔は、真っ青だ。

私のことを准后様がほしいなーと言ったのが、それほどショックだったのか。

大事にされるのは嬉しいけれど、オーバーすぎて戸惑っちゃうよ。

「准后様の思し召しであっても、この儀のみはお許しくださいましっ」

最後に思い切り、寧々様が畳に頭を擦り付けた。

座敷が、しんと静まり返った。冷静で余裕たっぷりな寧々様の動転っぷりに、みんな唖然としている。

孝蔵主様はふらっと倒れているし、竜子様や旭様もフリーズしてしまった。

ど、どうするのこれぇ……！

「ほ、ほほっ、ほほほほほ！」

軽やかな笑い声が、気まずいというか、おかしな沈黙を破る。

御簾奥の准后様が、口元を覆って笑っていた。ぎょっとした上臈方や女御様など意にも介さず、実に愉しいというように笑われている。

「心配せんといて、北政所さん。その子を取ったりせぇへんよぉ」

「は、え」

「言葉の綾やって、綾《あぁや》」

目元に浮かんだ涙を指で払い、准后様がおっしゃる。

「しかし、面白いもん見せてもろたわぁ。そもじが、女童一人で取り乱すなんてねえ」

「あっ、お、お恥ずかしいところを……っ」

平にご容赦を、という寧々様の声が尻すぼみになる。

しおしおと平伏したままの寧々様を、准后様はにこにこ見下ろす。

それから抱えられたままの私に目を移し、はあ、とため息を吐かれた。

「掌侍、そもじは果報者やねえ」

「は、はい」

「北政所さんに免じて、召し上げるんはよしとこか。でも、代わりになんか、ええもんを遣わしましょ」

良いもの？　何？　お金かな？

ぽかんとしてはいられないから、なんとか寧々様の腕から這い出して、隣にひれ伏す。

また、くつくつ笑う、准后様の声が聞こえた。

「さて、そもじにはまだ、候名《さぶらいな》がないんやったね」

「さようにて」

私は、御化粧係。聚楽第の中から出ない子だ。頻繁に人前に出る宮中の人や、孝蔵主様たちみたいに、候名なんて必要ない。

だから、対外的には、『山内の一の姫』で事足りてきた。寧々様たちにしても、『お与祢』と名前で呼ぶので特に候名は要らない。

「ほな、我が付けたげましょ。しょう、でどうやろ？」

は？　しょう、って？　どういう意味？

候名とは、基本的に源氏物語の帖《ちょう》からか、都の通りや小路《こうじ》の名から取られるはず。しょう、という名はそれらのうちに、なかったように思うけれど。

わけがわからなくて、返事に困る。

「いかなる由来におざりましょうや」

同じことを思ったのだろう。年嵩の上臈の方の一人が、准后様に尋ねる。

「化粧の粧《しょう》。女をめかし、美しくよそおう技を持つ者には似合いやろ?」

定石は外すけどねえ、とのたまう声は本当に楽しそうだ。

た、単純……短絡的では……? 上臈の方の顔に、思いっきりそう書いてある。

他の人々も、似たようなものだ。万座には、戸惑いしかない。准后様だけが、満足げに笑っている。

隣の寧々様と、一瞬目が合った。この准后様……ネーミングセンス、ないんですね……。視線でたっぷり語り合ってから、そろって額ずいた。

あげると言われたら、もらうしかないもの。短絡的な名前でも、准后様の付けた名前だ。使う以外の選択肢が無いって残念すぎるような、なんていうか。

「粧内侍《しょうのないし》。北政所さんに忠を尽くしたりや」

「ハッ、命に代えましても」

「では、我の化粧を続けてくりゃれ」

うんざりしながら腰を上げて、御簾内へと戻る。

いらないもの、もらっちゃったなぁ……。

幕間　この指一つ、我が意のまま【旭姫・天正十六年四月十八日】

黒、白。黒、白。そして、黒。整えられた指が二本、交互に碁盤へと石を置いていく。

対局者が碁笥《ごけ》をまさぐる音に耳を傾けながら、旭は盤面を眺めていた。

戦況は白、旭にやや有利な形で進んでいる。よほどの下手を打たなければ、勝利を掴めるであろう。

黒石を摘む指が、視界に入る。ぱちり、と耳触りの良い音を立てた石は、なかなか小憎い位置を取ってきた。

「次、そもじさんの番え」

差し向かいの対局者が、衵扇《あこめおうぎ》の陰から呼びかけてくる。

愉快げに目を細める准三后――勧修寺晴子へ、旭もにっこりと笑み返した。

◇◇◇◇◇◇

――事の発端は、半刻前《一時間》。

くつろいでいた晴子が、可愛《かい》らしいねえ、と吐息をこぼした。

菓子を摘む手を止めた彼女の視線は、御簾の向こう。南蛮渡りの絨毯に腰を下ろす、少女《おとめ》と女童に注がれている。

鏡を覗いて微笑む少女は、帝唯一の女御である前子《さきこ》。

前子の髪に櫛を通す童女は、北政所たる寧々の御化粧係たる粧内侍——与祢姫である。

「綺麗やねえ、可愛らしいなあ」

側に控える寧々や旭たちも、晴子につられるようにして顔を綻ばせた。

楽しげに髪結いで遊ぶ二人は、それぞれに見目麗しい。

髪を編まれている前子は、由緒正しき近衛《このえ》家の姫らしく、典雅《てんが》な美貌の持ち主だ。歪みひとつない線で描かれたうりざね顔に、涼やかな目元と高く通った鼻筋。宵の帳《とばり》の色をした髪はとても長くしなやかで、白珠を溶かしたような肌は、春らしい紅《くれない》の匂《におい》の袿《うちき》によく映えている。

そんな、選りすぐられた貴種だけが持ち得る煌《きら》めきを宿す前子に対し、与祢姫もまた負けず劣らず美しい。

伸ばし途中の振分け髪は艶やかで、色合いは磨き抜かれた漆器を思わせる黒。小さな輪郭に収まる目鼻立ちは、幼いながらに整い、練り絹の肌は薔薇の色に染まりやすい。

そのかんばせに浮かぶ表情も、見るべきものである。くるくると変わるそれはどこまでも明るく、山吹色の打掛と相まって陽だまりが人の形を取ったようだった。

その愛らしさは、さすがは寧々秘蔵の姫、と言ったところか。与祢姫の本性を知っている旭すら、見惚れるほどだった。

「粧内侍は、ほんまにええなあ」

まるで雅な絵巻の一幕のような光景を眺め、晴子がまた呟く。

「女童はええよねえ、着飾らしたら美々《びび》しいし、何しとっても愛らしわ。側に置いたら楽しいやろなあ」

「おほほ、でしたら女御様とお楽しみになればいかが？」

扇子の陰から、すかさず寧々が牽制を放った。

「うふふ、それはあかんよぉ。女御様《さん》、はお嫁さんやもん。姑なんかにしつこうされたら、嫌やろ」

「左様ですわねえ、でも与祢は差し上げませぬよ」

「んもう、わかってるて」

拗ねたように晴子は口を尖らせて、脇息にもたれた。そのまま行儀悪く茶器に口を付けつつ、晴子はちらりと寧々に視線を送る。

威嚇するように眉を寄せて目を眇める寧々に、晴子の滑らかな頬の曲線がぷっくりと形を変えた。

「北政所のいけず」

「いけずではありませぬ」

「いーけーずぅー」

「ちーがーいーまーすー」

行幸が始まって、本日で五日目。

与祢姫をめぐる准后と北政所の攻防は、幾度繰り返されても子供じみている。

初めは皆はらはらとしていたが、見慣れてしまった今ではもう誰も注目していない。

近侍している旭や京極竜子、上位の女官たちはすべて、素知らぬ顔で受け流している。

かろうじて孝蔵主は見守っているものの、その視線も冷めたもの。下の者に至っては、触らぬ神になんとやらと姿を隠す始末だ。

要は、見事なほったらかしである。国母と北政所に対して、ぞんざいにすぎる扱いだと思わないでもない。だがもう、付き合いきれない、というやつだった。

「ええわもう、この話やーめた」

しばらくして、拗ねた声が上がる。

上座へ首を巡らせると、投げやりな動作で衵扇《あこめ》を扇ぐ晴子と、勝ち誇った笑みを浮かべる寧々がいた。

旭たちが菓子を摘んで雑談している間に、喧嘩は終わったらしい。

「ところで、やけど」

行儀悪く高杯から直接ビスカウトを取りつつ、晴子が思い出したように言った。

「粧内侍は今、いくつやった？」

「九つですが」

薔薇の茶で喉を潤していた寧々が、怪訝な顔で答える。

「はーん、九つかぁ、九つねぇ……」

「だったら何ですの」

「いやねえ、六宮様《ろくのみやさん》と同い年やねえって思《おも》て」

晴子の双眸が、前子と与祢姫の向こうへ移る。

そこには、髪を下げみずらに結い、若葉のような萌黄《もえぎ》の童水干《わらべすいかん》を身に着けた少年が座っていた。

少年の呼び名は、六宮《ろくのみや》。今上帝の同母弟であり、唯一在俗の皇弟《おとうと》である。尊げに整った面差しのその美少年は、にこにこと義姉たちを見ていた。

男児にしては珍しく、美容《こういうこと》に興味があるらしい。帝と晴子にねだって、昨日から与祢姫の近くでその仕事を眺めている。

「うん、ええねぇ。六宮様と粧内侍、やっぱりええなぁ」

晴子の手元で、ぱちりと衵扇を閉じられた。

薄化粧で彩られた美貌が、あらわになる。ほのかな、けれどもはっきりとした笑みを、晴子は浮かべていた。

「なぁ、みんな」

蘇芳と金の目彩に彩られた双眸が、ゆぅるりと御簾内の者を見渡す。

晴子の白い手が、おもむろに閉じた衵扇をもたげた。

「あの二人、お似合いいやねぇ」

五色の飾り紐が揺れる扇の先には、六宮と与祢姫。

色とりどりの簪を手にした男女の童は、幼いながらに真剣な面持ちで話し込んでいる。ゆるく編み上げた前子の髪を、どれで飾るか考えているようだ。額を寄せ合うようにして、ああでもないこうでもないと簪を吟味している。

確かに、楽しそうに笑う二人は、お似合いに見えた。二人は賑やかではあっても和やかで、争ったり揉めたりする気配はない。揃いの雛人形のように、しっくりとくるものもある。

「ずいぶんと仲良しさんにならはったよねえ、北政所？」

やおら、晴子が寧々に話を振った。

「……左様でございましょうか」

「そぉやってぇ」

くすくすと、少女のように晴子は笑う。

そうして身構える寧々の肩に手を掛けて、乗り出すように顔を近づけた。

「筒井筒《つついづつ》っていうんも、ええかなと我は思うんやけど」


――どないやろ？


寧々の耳に寄せられた朱い唇が、そう囁く。

御簾内が、しんと静まり返る。

驚いたふりをしつつ、旭はそれとなく周囲に意識を向けた。

隣の竜子は、目を剥いていた。女官や孝蔵主たちも似たようなものだ。

誰も彼も呼吸すら忘れて、晴子と寧々に見入っている。

「六宮様は関白さんの猶子《ようし》や。他の宮みたいに、ご出家あそばすことはあらへん。せやったら、先々《さきざき》のことも、よぉく考えとかなあかんよねえ」

凍てつく寧々に、喉を鳴らして晴子は続ける。

「内侍をそもじさんちの正式な養女《むすめ》にして、宮の御息所《きさき》にどうえ」

「……っ、お言葉ですが、女御様がすでに主上《おかみ》へ入内なさっております」

「兄弟どっちにも養女を嫁がせといた方が、関白さんものちのち安心やろ」

平然と言ってのけた晴子に、今度こそ寧々が絶句した。

女御の前子は近衛家の姫だが、羽柴の猶女《ようし》として入内をしている。天下人としての羽柴の権威を高めたい秀吉と、強力な後ろ盾を欲した朝廷の利害が一致した結果だった。

ゆえに帝をはじめとした周囲は、前子が皇子を産むことを望んでいる。

とはいえ、当の前子は数え十四歳。まだまだ少女であるために、皇子どころか、子を産めるかすら未知数だ。

もしもに備えて、羽柴の姫をもう一人宮中へ、という考えは理に適っている。

相手が六宮というのも、これがまた小憎い。六宮が秀吉の猶子に迎えられた理由は、いずれ臣籍へ降って関白位を継ぐためである。

羽柴の養女を正室に据えるのは自然だし、万が一秀吉に実子が生まれたとしても潰しが効く。羽柴の養女を娶らせたまま、六宮に宮家を立てさせておけば、帝と前子に子ができなかった際の保障となる。

そういう目的ならば、早めに六宮と与祢姫を添わせても、おかしくはない。晴子が義母として与祢姫を手元に置くということも、難しいことではなくなるのだ。

「我ながら、みぃんな幸せになれる縁やと思うんやけどなあ」

軽やかにうそぶく晴子に、旭はいっそ清々しさを覚えた。

ふざけた性格でも、准三后にして国母。女官として、事実上の皇妃として、目まぐるしい乱世を渡ってきた女だ。忌々しいほどに冴えた頭と、たおやかな傲慢さをしっかりと兼ね備えている。

半ば尊敬の目で晴子を見つつ、そっと旭は寧々の側へにじり寄った。

「……義姉上」

後ろから小さく呼びかける。

「旭殿」

振り向いた寧々は、途方に暮れた顔をしていた。

「大事ありませぬか」

思わず気遣うと、寧々はゆるゆる首を横に振った。

こんなに、頼りない顔をする人だっただろうか。らしくない反応に驚くも、すぐに旭は納得した。

この年下の義姉は、考えていたよりもずっと与祢姫を溺愛していたのだ。

それで北政所の寧々が出した政治的な判断に、ただの寧々が持つ損得抜きの情が抵抗して、進退が極まってしまった。寧々の胸中は、おおかたそんなところだろう。

本当に困った姫だ、あの与祢姫は。寧々の背を撫でてやりつつ、旭は胸の内でため息を吐く。

関わる人間をことごとく変えるとは、どういう星回りで生まれてきたのやら。

「なんなん、内緒話？」

不満げな声が飛んでくる。脇息に身を任せ直した晴子が、目を眇めていた。

「我を無視せんといてほしいわぁ」

「……失礼をいたしました」

軽く息を吐いて、旭は寧々に代わって謝罪を述べた。

青い顔の寧々を孝蔵主に任せ、晴子に向き合う。

「ところで、准后様」

呼びかけてきた旭に、晴子の片眉がわずかに動いた。

「ワタクシより申し上げたき儀がございますが、よろしゅうございましょうか」

「お控えならしゃれっ」

弾かれたように、女官の一人が咎めてくる。

ゆっくりと旭が振り向くと、その女官は僅かに怯んだ。だが、すぐさま厳しい表情を作って、旭を睨みつけて口を開いた。

「准后様に話しかけるとは、どういう了見や。無位の分際で、無礼が――」

「お黙り、たかが女官風情が」

うるさげに、わざとらしく旭は女官の言葉を遮った。

「ワタクシは関白の妹で、駿河大納言の妻。無礼はどちらかしら」

傲慢そのものの物言いに、女官が絶句する。信じられないものを見る目が、旭へと集中した。

戸惑い、心配、反感に苛立ち。以前であったら耐えきれなかっただろう感情が、一斉に旭へ向かってくる。

だが、不思議なことに、今の旭はそれらすべてを受け流せた。

どれもこれも、ちっとも痛くも痒くもない。だからなんだと、顔を上げていられる。

涼しい顔で前を見据えていると、上座の晴子が急に笑い出した。

「面白いねえ、そもじさん」

ぎょっとする周りをよそに晴子はひとしきり笑うと、脇息から身を起こした。

「ええよ、直答を許したげる」

褒めているのか、いないのか。曖昧な含みのある許しに、それでは、と旭は涼しい微笑みを返した。

「六宮様の御息所《みやすどころ》に与祢姫を望まれるのは、いささか勇み足が過ぎるかと」

「それはまた、なんで？　羽柴の利もあると思うんやけど？」

「ええ、左様にございますわね」

宮中にもう一人、羽柴の姫を入れる利は確かにある。

「ですが、今すぐにでなくとも、よろしゅうございましょう」

帝に前子が入内してまだ二年も経っておらず、また六宮も幼いのだ。

六宮に羽柴の姫を添わせるにしても、前子の結果を見てからで十分に間に合う。

さらに、もう一つ言えば。

「それに、与祢姫でなくとも、よろしいのではなくて？」

「……なんやて」

「別の姫でも、事足ります。それが、羽柴の姫、ならば」

帝の外戚という栄誉を確保するために、羽柴の姫が新たに必要になる。

だが同時に、あえて与祢姫を差し出す必要もない。

羽柴の姫は、いくらでも作り出せる存在なのだ。前子の時と同じく、公家の姫を養女にするとか、いくらでもやりようがある。

だから、と旭は柔らかに唇をたわめた。

「与祢姫は、羽柴にあってこその姫なのです」

武家の助けがなければ日々の暮らしも成り立たない朝廷に、価値ある姫をくれてやれるものか。

わがままもたいがいにしろ、と言外に込めて旭は言い放つ。

御簾内が、静まり返った。春の陽気が遠く感じられるほどの、冷たい沈黙だった。

旭と晴子以外の面々は、皆一様に青い顔だ。旭が晴子の要求を切り捨てるとは、誰も思っていなかったのだろう。狂女《きょうじょ》でも見たかのようにすくんでいる。

旭にとって恐れられるというのは初めての経験だが、悪くはなかった。自分を中心に世が回るような心地は、気分が良いとさえ感じる。

どうやら、自分は敵役《わるもの》に向いているようだ。四十路をすぎて己の本性に気付くとは、夢にも思わなかった。

「……筋は、通っとるね」

ややあって、晴子が低く呟いた。

「ご不満ですか？」

問いかけると、鼻を鳴らす音が返ってくる。

だいぶ機嫌を損ねてしまったらしい。祖扇の端から睨めつけてくる晴子の目は冷たい。

「ならば、致し方ありませぬねえ」

苦笑を袖で隠しながら、旭は目を細める。

「どうしても、とおっしゃるならば、武家の流儀にならっていただきましょう」

「武家の流儀、ねえ……どうしろって言うのん」

「欲しいものは、自らの手で勝ち取るもの。ワタクシと、勝負をいたしませぬか」

じっと旭を見つめていた晴子が、眉の根を寄せて口を開いた。

「我、荒事は嫌やで。勝ち目が無いもん」

「ワタクシもです。ですので――」

そう言って、旭が手を叩く。

控えていた女房たちが、するすると晴子と旭の前に進み出、持ってきたものを降ろした。

「……碁盤に、碁笥《ごけ》かえ」

二人の間に置かれたものは、碁盤と碁笥だった。

側面の金の梨子地《なしじ》に、さりげなく配された蒔絵の五七《ごしち》の桐《きり》紋が美しい。同じ意匠《デザイン》の碁笥もまた、ほのかに光を含んだ金の肌を輝かせている。

そんな、このうえなく華やかな逸品を前に、旭はにんまりと誘いかける。

「賭け碁とまいりましょう」

碁盤を見下ろしていた晴子の唇が、にやりと哂う。

「ええよ、ほな一局。我が勝ったら、粧内侍は貰うえ」

「もちろん、ご随意に。ですが、ワタクシが勝ちましたら」

「うふふふ、その時はすっぱり、我は諦めたげる。でもなあ、やすやす勝てると思わんといてよ？」

石を打つ真似をして、晴子が目配せをしてくる。

「……あらあら、それはこちらのセリフですわ」

そんな晴子に、旭もにんまりと笑い返す。腕に自信があるようで、結構なことだ。

旭としても、晴子が強い分には助かる。弱い者いじめは気が引けるし、うっかり叩き潰してしまったら外聞が悪い。

白石《しろいし》の碁笥を引き寄せて、旭はあらためて晴子を見据えた。肌の下に、静かに沸き立つような感覚がある。これが武者震い、というものだろうか。

だとしたら、悪くはないと思えた。

「東海一の弓取りの妻の腕、とくとご覧なさいませ」

◇◇◇◇◇

対局を始めて、いくらか経った。

陽が傾きつつある御簾の外にはもう、与祢姫たちの姿は無い。だいぶ前に、座敷を去ってしまっていた。

幼い子ら、特に与祢姫に、御簾内の勝負を気づかせたくなかったのだろう。

前子の髪結いが終わってすぐに竜子が御簾から出て、南蛮菓子を進ぜると三人まとめて連れ出したのである。

口実を見つけて逃げた、とも言えなくもない。竜子は肝の据わった女だが、まだまだ若かったらしい。横目で見送ったその顔には、気疲れの色が漂っていた。

だが旭は、逃げた竜子を責める気にはなれない。

「……ちっ」

扇面の桜の花霞の下から、微かな舌打ちが聴こえた。

茶を飲むふりをして窺う。碁笥に入れられた晴子の指が、動きを止めていた。

「投了《とうりょう》なさいます?」

「黙っとって、そもじさんやかましいねん」

刺々しい物言いに、あちらこちらで息を呑む音がした。

御簾内の空気がまた、一段と嫌なふうに張り詰める。

これが、竜子を責められない理由だった。

ご覧の通りであるが、旭と晴子の打ち方は、二人揃ってすこぶる悪い。対局の始めから一貫して、互いに石を打つ合間に挑発し、礼を損なわない範囲で悪態を吐き続けている。

おかげで旭たちを取り巻く者たちは、冷や汗を流しどおしである。

いや、寧々以外の者は、冷や汗で済んでいないか。さきほど晴子の筆頭女官が卒倒して運ばれていったし、孝蔵主も座ったまま意識を遠くしている。彼女らより下の者に至っては、言わずもがなだった。

「なあ、はよ打って」

向かいから飛んできた嫌みが、旭を現《うつつ》に引き戻した。

祖扇の陰から、晴子が睨んでいる。旭が竜子の判断の正しさを思っているうちに、打ち終わったようだ。

「……これは失礼をいたしました」

「お武家さんやのに鈍いんねえ」

あからさまな挑発に、旭はわざとらしい微笑みで返す。

「ワタクシ、考え無しには打てぬたちなの、で」

言いながら、白石を盤面に置く。

一つ、二つ。囲んだ黒石を、盤面から取り去る。

「ほんまにやらしい打ち方するねぇ」

晴子が、ぼそりと言った。

「こんな碁ぉ、誰に習ろたんよ」

「さぁ？　忘れましたわ」

とぼけて茶器を手に取る旭に、晴子の目の忌々しげな色が濃くなる。

「すこぉし手ぇ抜こうとか思わへんの。我は国母なんえ？　敬ってほしいわぁ、と不機嫌に晴子が口を尖らせる。

思わず、旭は晴子を見返した。

「手を抜く、ですか」

「そや、抜いてもええんとちゃうん」

「あら、まあ……それは……」

悪びれもない要求に、つい言葉を見失う。

旭の沈黙を、どう取ったのか。晴子はぐいっと身を乗り出してきた。

「もちろんお礼はするよ？　そもじさんや駿河の大納言さんに、官位やらの便宜、はかってあげる」

関白さんにもきちんと口添えしたげるし、悪ぅないやろ？

黒石を置きながら、晴子が囁く。

「どぉ？　負けてみぃひん？」

薄い墨色の目が、旭を覗き込んでくる。

期待で満ちた瞳に映る自分が、こちらをまっすぐ見ている。

――負けてみようか。

ふと、頭の片隅に浮かんだ。

今、投了《まいった》と言ったら、どうなるだろう。

「……そう、ですわね」

旭が、ここで負けたとしたら。
勝った晴子は、宣言どおりに与祢姫を連れて行くはずだ。
大手を振って、誰になんと言われようと、寧々の手から与祢姫を取り上げる。
そうしたら、寧々は、泣くだろうか。
狂ったように取り乱して、やめてほしいと晴子に取り縋って。
離れたくないと抱きしめた与祢姫から、無理矢理引き剥がされて。
絶望の底へと、沈んでくれるだろうか。
――――夫と引き離された日の、旭のように。
「旭殿……」
気づかわしげな声が、旭を呼んだ。
我に返って、振り返る。寧々がこちらを窺っていた。
鳶色の瞳と、見つめあう形になる。ややあって、旭は寧々へ頷いた。
「……ご案じなさいますな」
言うやいなや、白の石を盤面へ打つ。
ぱちり。軽やかな音の後、わずかな静けさが訪れる。
盤を見下ろす晴子の目が、ゆっくりと丸くなっていく。
「准后様、いかがならしゃりました」
主の異変に、女官が一人寄ってくる。

けれども、晴子は微動だにしない。ただただ、盤を見つめている。

一言も発しない主の視線の先に、女官も目を移す。

「あっ」

悲鳴が上がる。つられて碁盤を覗いた女たちの口からも、次々と。

短く上擦ったそれらに、旭は唇をたわめた。

「……さきほどのお申し出について、でございますが」

改めて、晴子と目を合わせる。

袙扇を取り落とした晴子の表情は、ぽかんとしていた。傲慢さがすっかりと抜け落ち、とても国でも指折りの高貴な女人とは思えない。

いっそ間抜けと言ってもいい表情《かお》の晴子に、旭は微笑う。

「お返事は、こちら、ということで」

長い指の先が、打ったばかりの白石を指す。

石の置かれた目は、旭から見てやや左上。その目を中心に広がる布石は。

——今の今まで誰にも気取らせなかった、必殺の陣だった。

◇◇◇◇◇◇

「旭殿、ありがとうっ」

敗戦にむくれた晴子を見送った直後、旭は寧々に抱きしめられた。

「ありがとうっ……お与祢を守ってくれて、まことに、っ、ありがとう……！」

力いっぱい旭にしがみつき、何度も寧々は礼を繰り返す。

心の底から、感情が溢れて止まらないのだろう。声も顔も、すっかり声を、安堵の涙に濡らしている。

「義姉上、頭を上げてくださいな」

勢いに少し驚きつつも、背中をさすって宥めてやる。

少しの間の後、おずおずと寧々が顔を上げる。その顔はすっかり濡れて、化粧も崩れきっていた。

造りは似ていないのに、どこか与祢姫の泣き顔にも似ている。なんとなく可笑しくて、つい笑ってしまった。

「ワタクシがしたくてしたことですから、どうかお気になさらず」

礼を言われる筋合いはない。晴子を叩き潰したのは、寧々のためではない。

「……ワタクシと同じ思いを、今はあの子にさせたくなかったのです」

あの時、振り返った先にいた寧々を見て、思いを改めただけ。

兄と同じ鬼畜に堕ちるのも癪《しゃく》だと思ったから、勝ちにいっただけなのだ。

「ですから、礼は要りません」

決して、寧々のためではない。心のうちで付け加え、旭は穏やかな笑みを浮かべた。

端にまだ涙を残した寧々の双眸が、ぱちぱちと瞬く。ややあって、朱鷺《とき》色の唇から、柔らかなため息が溢れた。

「……旭殿は、前に進まれたのね。与祢の言ったとおりだわ」

「まあ、与祢姫がそんなことを？」

「ええ！　旭殿は前を向いたから、心配は要らないと言っていたのよ」

あの少女は、旭の変化をそう捉えたのか。

なんとも上手く勘違いをしてくれたものだ。案外、与祢姫も寧々も、転がしやすいのかもしれない。

寧々たちの評価を改めつつ、そうかもしれません、と旭は応じた。

「このところ、気分もようございます。与祢姫のおかげですわね」

「なら、よかった」

嬉しそうに相槌を打ちながら、それにしても、と寧々は旭をまじまじと見てくる。

「貴女ったら、あんなに碁が強かったのね。初めて知ったわ」

心底感心した様子の義姉に、ええ、と旭は頷いた。

「……ほんの、少しばかりですが」

伏せたまぶたの裏へ、二人の男の姿を思い描く。

片や、淡海《おうみ》を臨める縁側で。

片や、母の畑が見える座敷で。

柔らかな春の日差しの中で、碁盤を挟んで向かい合った夫たち。

かつて彼がいて、今は彼がいる。だから――――。

「夫に、鍛えてもらいましたの」

はにかむように、旭は微笑んだ。

6　春がゆき、夏が来る【天正十六年四月】

帯に付けた、明るい朱塗の印籠を外す。

螺鈿と金銀箔で鳥が描かれた、お気に入りのアイテムだ。

蓋を開けて、小さく丸めた綿球を取り出す。綿球は更にぎゅっと小さく丸め、隠し持ってきたキセルの火皿へ詰め込む。

そして手のひらサイズの小瓶から、薄荷とオレンジビターのブレンド精油をたらりと一滴。

はー、準備完了。いそいそと吸い口を咥える。

口から吸ってー、鼻から吐いてー。

「っあ――…………」

鼻を通り抜けるメントールが沁みるぅー。

本日は従五位下掌侍に成り上がってから、十日後。

三日の予定だった行幸は、やっと昨日終わった。延長になったんだよ、行幸。最終的に、九泊十日になりました。

最初はね、二日の延長だった。これは帝のご希望。もう少し聚楽第で過ごしたいとの思し召しで、秀吉様も大喜びで受け入れた。

ここまでは既定路線だったらしい。石田様に聞いたが、延長の可能性は朝廷側との事前打ち合わせで、サブの予定に入れていたそうだ。

しかし、日程は狂った。行幸五日目。さあ帰宅ですよ、という朝に、准后様と女御様が延長を要求し出したのだ。

私のメイクや各種ケアが、たいそうお気に召してしまったせいである。

彼女らにお仕えしている上臈衆も、この頃には私の侍女たちから受けたメイク等にぞっこんだったのが運の尽き。

女性陣の強烈な延長要求に帝が負けて、秀吉様に延長を申し入れた。

お母さんと奥さんに弱いってどうなんだ、治天《ちてん》の君。

そして、一日。また一日、もう一日。行幸は、どんどん伸びた。

当初は喜んでいた秀吉様の顔が心無しか引きつり、寧々様の目が「まだ居座るんかい」と言いたげに少し据わってくるまで。

行幸延長の影響を、私ももろにくらったよ。私のメイクや美容が、理由の大半を占めているんだもの。

准后様と女御様にほとんど釘付け。毎朝毎晩スキンケアとメイクは、当然のこと。ヘアケアやボディケアまで、一任されてしまった。

わずかに空いた時間には、メイク担当の女官衆に突貫教育もしなければならなかった。

美容は、継続と臨機応変さが求められる分野である。安定したルーチンケアと、臨機応変な対策の合わせ技がなければ美は維持できない。御所にお戻りになられても不足がないよう、常時彼女らの側に仕える人たちには、最低限のルーチンだけは覚えてもらう必要があったのだ。

正真正銘のオーバーワークだった。死ぬかと思ったよ。

もうね、寧々様のために使う時間の確保だけで、精一杯。竜子様以下は侍女に任せて、フル回転だった。

自分のために使う時間なんて、ほぼなかった。准后様たちがきらきらしていくのに反比例して、私たちはぼろぼろになっていった。私や侍女たちが誰一人として倒れなかったのは、奇跡に近いと思う。

まあ、それも昨日までのことだ。さすがに九日目に至って、秀吉様が国母の君様に帰ってほしいと申し入れた。

大政所様が体調を崩しちゃったからって。

ちなみに、本当の病気ではない。仮病だ。八日目にうんざりしてきたのか大政所様が、「今日から病になるでな！　よろしく！」と御殿から出てこなくなったのだ。

秀吉様がこれ幸いと、それに乗っかった形だね。

これは効果がある断り文句だったようだ。准后様たちはしぶしぶではあるが、帰宅に同意してくれた。

そしてやっと、十日目の昨日、還幸とあいなったわけだ。

帰っていく帝や公家衆は、ほっとした様子だったようだ。日に日に秀吉様や大名衆の目が死に、実務担当の奉行衆たちの目が冷たくなっていったんだものね。ストレスからの解放に、泣きたいくらい嬉しかったことだろう。

准后様たちはどうだったかって？　もちろん、大満足の笑顔。最後の最後までにっこにこ。

寧々様の目を死なせる程度に、自由に振る舞い切って帰っていった。

なんだか生きるのが楽で、幸せそうな人たちだったな……。いっそ羨ましい厚かましさだ。肝の小さい私には、絶対に見習えないが。

そんな感じの波乱の行幸を終えての、今日だ。

秀吉様と寧々様は休み。今日は休むと、昨日の段階で宣言した。

ずいぶんと疲れ切った様子だったから、仕方ないよね。ゆっくり一日寝てください。

主がそうして休んでいても、私含む城表や城奥に仕える者は、やることがたくさんだ。

イベントの後には、後片付けが待っているのは当然でしょ？　実働は侍女や女中たちだけれど、女房には彼女らの指揮という業務がある。

私も朝から普通に起きて、通常どおり働いている。寧々様と竜子様の朝のお手入れをして、ご飯を食べたら祭りの後始末にかかった。

行幸中に使用したメイクグッズのお手入れや、消耗したコスメの補充といった、細かい仕事が山積みだったからね。

急がなきゃならない部分から処理させていくけれど、いつもより忙しない。

でも、昨日までとは比べ物にならないほど楽だ。そう思ってしまうのが、ちょっぴり悲しい。

まあ、ともかく今日はそんな感じ。

で、私が今、何をしているかって？

休憩だよ、休憩。疲労が溜まりに溜まっているからだ。ごく僅かな隙間を見定めて、お夏たちにも断って、ちょっとだけ休憩中ってわけ。

人気のない中奥近くの庭の木陰に潜り込んで、ハッカパイプならぬハッカキセルを味わっている。

本当なら、タバコを咥えたいところなのだけどね。もう海外からタバコ文化が入ってきていて、お金を出せば手に入らないこともないし。

でも今世では、吸わない。禁煙を堅く心に誓っているから、絶対に手を出さない。

喫煙という娯楽は、一度覚えるとやめるのに苦労する。覚えるのは一瞬で、やめるには倍の時間が掛かるってどういうことよ。

それにタバコはストレスに効くけれど、美容と健康に良くはない。肺がんリスクを上げるだけでなく、肌荒れがしやすくなってしまう。

アレルギーを持っているとやばいよ。小難しい因果関係やメカニズムがあるのだが、イチコロで悪化する。

本当にタバコは百害あって一利なしってやつだ。

と、いうわけで。今は代わりに、ハッカキセルで誤魔化している。

これはこれで美味しい。疲れにだって効く。口寂しさを満たせて、タバコより健康リスクが少ない点も良い。

最高だね、メントール。香りが美味しいタイプの精油とブレンドしたら、そこそこな満足感があってなかなか良い。

あー脳みそがすーっとする。きもちぃぃぃー……。

「あ、いたいた」

「あら本当」

のほほんな声がふたつ。さわさわと耳に入ってきて、煙管から口を離す。

振り向くと、近くの渡殿に馴染みの顔が二つあった。

「おこや様に萩乃様じゃないですか」

ごきげんよう、と軽く会釈する。

おこや様と萩乃様はにやっと笑って、丁寧に頭を下げてきた。

「これはご機嫌麗しゅう、粧内侍様」

「粧の姫君、今日もお可愛らしゅうございますねぇ」

綺麗なローズレッドとアプリコットに彩られた唇から、呼ばれたくない名前が出る。

まったく、二人ともねえ……。年下の友達をいじって楽しいか。口から露骨なため息が出ちゃうわ。

国母の君様に押し付けられた候名、粧内侍。

私の呼び名は、それのせいで一気に変わった。粧内侍、もしくはまだ年若いからということで、粧姫《しょうひめ》や粧《しょう》の姫君と呼ばれ始めたのだ。

それがね、すごく嫌だ。私が私じゃなくなるみたいで嫌だ。

名前が一人歩きしている、とでも言えばいいんだろうか。叙位の一幕と合わせて、謎多き可憐なお姫様のイメージを持たれつつある。

セクハラ内府様によるセクハラに、扇で顔を隠して黙り込んだのが原因のようだ。

あまりの暴言を受けて、涙を流して震えていたとか、その姿がとても可憐だったとかという噂が出回った。

それだけじゃない。寧々様が私を大切そうに扱っていたことも、噂に変な拍車をかけてしまった。

実は寧々様の女房じゃなくて、豪《ごう》姫様のように大切に育てている養女だ、という話まで囁かれ始めたのだ。才気を見込んで引き取ってきて、婚姻外交に使うため色々仕込んでいる姫なんだろう、みたいなね。

他にも実は寧々様の産んだ姫で、丈夫に育てるため、七つまで山内家に預けてあったとか。いやいや、実は秀吉様がうちの母様に手を付けて生まれた姫だ、とかなんて話もある。

ねえ、尾ひれどころか背びれまで付いてない？　最後のゴシップを捏造したやつ、父様と私にぶちのめされたいの？

ずっとこんな感じで、好き放題に言われまくっている状態だ。否定しても無視しても、キリがないったらありゃしない。

私が私として認識されていない感じがして、非常に気分が悪いことだ。

私はただの与祢だ。羽柴の隠された姫でも、可憐な深窓のお姫様でもない。

山内家で父様と母様からいっぱい愛されて育った姫。

寧々様に才能を買われて城奥でばりばり働く御化粧係。

ずっと、そういうただの与祢でよかったのに、最悪だ。

「……やめてもらえます？」

めんどくさそうな私の声に、二人が顔を見合わせる。

じろりと睨んでやると、二人が肩をすくめて笑った。

「ごめんごめん。ちょっとお与祢ちゃんを候名で呼んでみたくて、ねえ？」

「申し訳ありません、うふふ」

「ほんっっっとやめて。嫌なんですって、その呼ばれ方！」

呼びたいだけで、呼ぶんじゃない。何にも良いものは出てこないんだからな。

庭に降りてきた二人が、私の両脇にしゃがむ。

「准后様直々の命名なんでしょう？　末代まで誇れる誉れでは？」

「誉れだとしても、野暮な名じゃないですか……」

「ちょ、あはは、不敬よそれ」

「さすが与祢姫というか、ふふ、官位を受けても変わりませんわね」

けらけら二人が笑い転げる。

まったくもー、このお姉さんたちときたら。私が急に身分を上昇させても、まったく態度を変えない人たちだなあ。

でも、悪いことじゃないよ。急に媚びてきたり、必要以上に怯えたりされるよりはずっといい。

この十日で、私の周りにはそういう人が大量発生中だ。宝くじ一等を当てた人に群がる、有象無象みたいにね。

信用できる人って少ないもんだなー……と実感しているからこそ、二人の存在はありがたい。

「で、何しに来たんです？」

「えっとね、萩乃殿が京極の方様に、ボーロをもらったんだけどね」

「え！　持ってきてくれたんですか？」

「与祢姫にも差し上げようって、おしゃべりしているうちに、全部食《しょく》してしまいました」

「なんで⁉」

ずるい！　酷い！　食べきらないでよ‼

謝りながらも笑い上戸と化している二人の脇を、容赦なく指で突っつく。

限界に近かった腹筋には、大ダメージだったっぽい。楽しげな悲鳴を上げて、おこや様も萩乃様も横に尻餅をついた。

可笑しくなってきて、私もつられて笑う。楽しい。本当に。学生時代を思い出す。やっと日常が戻ってきたって、じんわりと実感が湧いてくる。

私が私に戻っていく。とっても、嬉しい。

「……こんなところにいたのね」

穏やかな私たちのひとときに、静かな声音が滑り入ってきた。

聞きたくない声だった、気がする。嫌な予感に、三人そろって口を噤む。

確かめたくない。でも、確かめないわけにはいかない。

押し付け合うように視線を交わしてから、私がしかたなく振り向く。

やっぱりだ。渡殿に、いた。徳川様と旭様が、渡殿の上から、こっちを見ている。

旭様が、ゆるりと微笑む。春の日差しを眩しがるように目を細めて、私たちをじっと見てきた。

鷹揚なふうに見えるけれど、これはあれだ。私をからかうぞ、という前振りの表情。

「す、駿河御前様」

「ずいぶんと、暇そうだこと」

ほらきたぁぁ！　おもちゃを見つけた猫みたいに、目が光った気がする！

三人揃って、慌てて木陰から転がり出る。小袖の裾を踏みかけながら、早足で渡殿の側へ。ほとんど滑り込むように跪いて、横に並んで首を垂れた。

心臓がバクバクしているのに、背中がぞぞっとしている。サボりを偉い人に目撃されるなんて、マジで私たちは運が無い。

「まことお見苦しいところをお見せいたしました」

平にご容赦を、とさらに深めに頭を下げる。

一応、私は官位持ち。三人を代表してのお詫びを申し上げるべき立場だ。

文句の一つも言いたいところだけど、率直に言えるほど図太くない自分が悲しい。

「山内の姫よ、面を上げなさい」

「いえ……恐れ多いことにて」

あんまり上げたくないんですよねぇ。

にこにこと話しかけてくる徳川様に対して、低い頭を維持したまま言葉を濁す。

こういう時は、父様の真似をするに限る。真面目ないい子のふりをしておけば、だいたい誤魔化せるのだ。

はあ、と困ったようなため息が聞こえた。

「そなたにそう畏まられたくはないのだが、なあ旭殿？」

「はい、殿」

苦笑気味の徳川様の言葉に、旭様のいらえが返る。

「お与祢には、ずいぶん世話になりましたもの」

柔らかな声なのに、じわじわ怖いんですけど。

旭様、それ本心で言ってらっしゃる？　半分以上信じられない気持ちが、顔に滲み出てきそうだ。

「お与祢」

「はい」

「今少し、近う」

こっち来いって何。私に何するつもりだ！

顔は伏せたまま、ちらっと両脇のおこや様と萩乃様と視線を交わす。

両脇から脇腹を突かれた。一人で行け、と二人の目が訴えてくる。

一緒に行ってよ……一緒に旭様の圧を感じて震えるほどの友情はないのかよ……。

もう一回脇を突かれて、諦めて腰を上げる。とぼとぼと渡殿の欄干の側へ近づいて、すぐ下あたりで改めて膝をついた。

「……さきほど、兄さんたちと面会して参ったわ」

ぽつり、と囁くように旭様が言う。

秀吉様に会ってきた？　徳川様と？　妹が兄に会うのはいいけど、夫同伴でというのは何かあったのだろうか。

「おいとまを、してきたのよ」

「えっ、まさか」

驚く私の前で、旭様が徳川様に微笑みかける。

にこりと笑み返した徳川様も、ゆったりと肯定するように頷いた。

「ワタクシ、駿河へ戻るの」

急ですね⁉　体調は最近絶好調そうだったけど、髪は伸びきっていないよ？

大丈夫なのかな。不安になってそっと見上げると、徳川夫妻はくすくすと笑った。

「いやなに、そろそろ頃合いであろうとな、数日前から旭殿と話しておったのさ」

「体の調子も戻りましたし、行幸も終わりましたからね」

「ええ、旭殿にはお戻りいただかねと困りもうす」

徳川様が旭様の手を取って、ぎゅっと握った。

「ワシ一人に、駿河の城の畑は、ちと広うござるゆえ」

「……もう、お上手なのですから」

徳川夫妻は、くすぐったそうに笑い合う。

それが身分に釣り合わないほど普通の夫婦らしくて、少し安心した。

ちゃんと旭様は、今を呑み込めたのだ。旭様は徳川様の妻として生きることを受け入れて、徳川様も旭様をちゃんと妻として大事にしている。

過去を思い返せば、完璧な幸せ、ではないかもしれない。

でも、それでも。これも一つの、悪くない夫婦の形だ。

よかったね、と思いながら控えていると旭様が私に目を戻した。

「それで、なのだけれど」

「はい」

「帰るにあたって、あなたの侍女を一人ほしいの」

「は、えっ⁉」

「駿河にあなたを連れていけないでしょうが」

そりゃそうだ。私は寧々様の御化粧係だもの。旭様について、駿河には行けない。行く気も、さらさらない。

それでもまだ、旭様には私の令和式へアアレンジが必要だ。髪の長さをへアアレンジでカバーして、体裁を整えている状態だからね。

メイクだって同じ。ギブソンタックに、白塗り天正メイクは似合わない。

スタイリストとメイクさんをこなせる人材を連れて帰れなきゃ、大いに困るのはよくわかる。わかるけどさぁ。

吐き出したい感情を呑み込んで、駿河御前様、と旭様を呼んだ。

「何かしら」

「まことに申し訳ないのですが、その、今は人手が足りない状況でして」

行幸からこっち、人手が不足しつつあるのです……。

あっちこっちから、降るようにメイク依頼が舞い込んでいる。寧々様が、令和式メイクを内外に解禁したせいだ。

私本人は滅多に出向かないが、私が仕込んだ侍女たちを派遣して、依頼を捌いている。一人抜けると、確実に侍女たちに影響が出る。使用人の福利厚生を守るのも主人の務めだから、ここはちょっと粘りたい。

「……あら、そう」

私の説明に、旭様はちょっと考えるふうを見せる。

お、引き下がってくれそうかな。一押しのために、代替案を提示してみる。あと少しで研修を終える新人の中から、一番出来が良い者を一人差し上げよう。

研修は、実地訓練を残すばかりだ。一ヶ月ほど待ってもらえたら、確実に人材を提供できる。しばらく帰宅を延ばして、京屋敷で待ってもらえないかな。

遠回しにそんなお願いをしてみたら、旭様が顎に人差し指を当てた。

いける？　いけた？　そわそわする私を見下ろして、淡いオーキッドピンクの唇の片方がゆるりと上がった。

「そういえば、あなた」

「は、はい」

「義姉上に、殿と私の様子を流していたわね」

う、うそ。気づかれていただと。ずぅっと、と囁く旭様の笑みに、私は固まった。

確かに寧々様に命じられて、徳川夫妻の様子は報告していた。徳川様が一時的に中奥に住み着いていたこととか、旭様と一緒に畑で仲良く過ごしていた様子とか。

重要なことは、徳川様の侵入くらいしか話してない。スパイのノウハウがないのだ。見聞きしたことをそのまま話すのがせいぜいだった。

でも、徳川夫妻に黙って、ふたりのプライベートを第三者に流し続けたのは事実。後ろめたさは、あるんだよなあああ。

「侍女を一人、寄越してくれるわね」

「うぅ……承知いたしました……」

「ふふふ、よろしく」

ううう、旭様に転がされてしまった。私は悪くないはずなのに、どうしてこうなる！

悔しさを噛み締めていると、面白そうに旭様に笑われた。

それがまた小憎たらしいほど元気で、良かったんだか、悪かったんだか。

素朴でおとなしくて優しかったらしい過去の旭様はもういないのか……！

「すまぬな、余計な労を取らせてしもうて」

徳川様が心持ち眉を下げて、けれどもにこにこと話しかけてくる。

「いえ、駿河御前様の御為《おんため》にございますれば」

「そう言うてくれるか、恩に着るぞ」

「恐れ多いことにございます」

「しかしこのまま、というわけにもいかぬな」

徳川様が難しい顔で顎の髭をさする。太い眉を寄せた、わかりやすく真剣な表情だ。

妻のフォローを真面目にやろうとするなんてえらいな、徳川様。きちんと私の心情を理解して、不都合をカバーしようと思ってくれているようだ。

妻の事情が事情だ。この無理は通さなければならないからこそ、円滑に通す方法を真剣に探している。

さすが近い未来の天下人だよ。その真面目さには頭が下がる。

「どうぞお気になされますな」

「だがなあ」

「徳川様のお気持ちだけで、十分にございます」

困らせすぎちゃうのは、なんだか悪いもの。

侍女が一人抜けたら手痛いが、一ヶ月ほど待てば、新人たちの研修が終わる。

少しだけ最前線の侍女たちには苦労をかけるけれど、リカバリーが効かないというわけでもない。徳川様と旭様の事情も、よくよくわかっている。私の都合ばっかり主張して、ごねるわけにもいかない。

「侍女から一人お連れいただける者を、取り急ぎ見つくろいます。今少しお待ちいただけますか」

「……よくてよ」

満足げに旭様が頷く。納得してくれて、なによりだよ。帰ったら急いで、侍女たちに話さなきゃ。たぶん、一人か二人は手をあげてくれるはずだ。だって確実に旭様専属になれるチャンスだもの。替えが利かない人材だから、女房としての雇用になる可能性が高い。俸禄も待遇も、今よりずっと良くなるはずだ。

上昇志向が高い子なら、大チャンスと捉えてくれるだろう。

「十日ほどは、徳川の京屋敷にいるから」

「はい、それまでには必ず」

打掛をひるがえして、旭様は渡殿の先へ歩き出した。

ずいぶんと気ままになられたこと。ま、人の気持ちに引きずられすぎるよりは良いか。

旭様はこれからずっと、大大名の正室としてやっていくのだ。適度な図太さと気ままさは、必要になってくる。

「この恩は、またいずれ」

残された徳川様が、おっとりとおっしゃる。

良いですよ、気にしないでください。徳川様も今後苦労するだろうし、このくらい放置でもいいよ。気まぐれになった旭様には手を焼くと思うけど、がんばって付き合ってあげてほしい。

「徳川様、どうぞお気遣いなく」

「いやいや、ワシの気が収まらんのだ」

ちゃんと恩返しをさせてくれ、と徳川様は旭様の背中を目で追って続ける。

「旭殿を力付けてくれたこと、まことありがたく思っておる」

「左様ですか」

「左様だとも、だからちゃんとこの恩は覚えておくよ」

ふっくらした頬が、柔らかく緩む。

旭様に向けたおだやかな眼差しに、ちゃんと温度が備わっている。

「それでは、またな」

にこっとしてから、徳川様も歩き出した。

旭様を呼んで、追いついて。肩を並べて、去っていく。

二人の後ろ姿を見送って、ふっと肩の力を抜く。一応、一件落着って感じかな。

「徳川様たち、行かれた？」

こそっと後ろから、おこや様が聞いてくる。

「行きましたよ」

返事の代わりに、くたびれたような長い吐息が二人分。振り向くと、疲れ切ったように、おこや様と萩乃様が立ち上がるところだった。

悪いな、付き合わせて。私も疲れたよ。とりあえず休憩でもしようか。そういうことになって、近場の建物に上がる。

「駿河御前様って、あのようなお方だったんですね」

ぞろぞろ城奥の方へ向かいながら、萩乃様が口を開いた。

「もっとおとなしやかなお人柄だと、聞き及んでおりましたわ」

「色々、あったみたいですよ」

「徳川様の元に嫁がれて、気持ちを新たにされたのかしらね」

「うん、そんな感じ?」

どんな感じよ、とおこや様たちが笑い出す。

聞かれても答えられないよ。色々秘密な話が多いんだから。笑ってごまかして、紫陽花が咲き始めた庭を通り過ぎていく。

忙しくも賑やかな春が終わって、静かに夏が始まる。旭様はそんな季節に、駿河へとお帰りになった。

この時、私がはからずも、徳川様に着せた恩。それが返ってくるのは、十二年ほど先になる。

まあ、同時にとんでもない目にも遭うのだけれども。

——今はまだ、誰の知るところでも、ない。

エピローグ　春とともにゆく【徳川家康と旭姫・天正十六年四月二十五日】

まだ新しさの残る廊下を進む。

行き合う家中の者たちは、その端から頭を垂れて主の帰宅を喜ぶ。

そして、主の後ろに続く旭に驚くのだ。

帰ってきたのか、もう戻らないと思っていた。露骨な眼差したちは、そんな本音を隠さず表している。

背にちくちくと刺さるそれらに、旭はひっそりと微笑んだ。

ここ徳川の京屋敷は、都において旭が自宅と呼ぶべき場所だ。

ただし、門を潜るのは今日が初めてになる。屋敷の主の正室であるのに、なんともおかしなこと。しかも家中の者たちに、いまだ異物と捉えられているとは。我がことながら、なんとも滑稽なありさまに笑えてきそうだ。

「いかがされたかな」

数歩先を歩む今の夫――徳川家康が、振り返った。

どんぐりまなこをきょとんとさせる彼の表情は、優しい。

「……なんでもございませんよ」

「そのような顔をされている時は、なんぞある時でござろう?」

数歩の距離を詰めて、家康が旭の手を取ってくれる。

背後で息を呑む音が、いくつも聴こえた。家康が旭の背に手を添えて、行こうと促してくる。

二人しか表情を読めない位置で、片目を瞑られた。息を呑んだ者どもに、気づかないふりをしようと目で語っている。

良い人だな、と旭は思った。正室と呼ぶには足りないものだらけの異物を、きちんと妻として大事にしてくれている。

旭を快く思っていない家臣どもからすれば、じれったく苛立たしい態度だろう。

気の短い、感情的な三河者たちのことだ。価値のない旭を遠ざけろと、直接家康へ諫言しているに違いない。

けれども家康は、それらを無視している。最初の頃からずっと、旭を丁寧に扱ってくれている。

この夫の図太さは、いっそ惚れ惚れしてしまうほどだ。

「まいりましょう、万千代とお愛を待たせておりもうす」

「はい」

頷いて、肩を並べて一緒に歩く。

磨き抜かれた板の廊下を、一歩、また一歩と。角を曲がって、しばらく歩けば人気がなくなる。

歩きながら、家康があたりを見回す。旭もともに、周囲へと目をこらす。

ちゃんと、誰もいない。小姓はすでに遠ざけてあるから、今この時は家康と旭しかこの場にいない。

密やかに視線を交わして、立ち止まる。

「……相変わらず、失礼な者が多い家中だこと」

「いやあ、申し訳ござらぬ」

毒を吐く旭に、家康はおっとりと頭を掻いた。見聞きする者によれば、目を剥いて旭に斬りかかるやりとりだ。

しかし、当の本人たちは、何を気にすることもない。先ほどよりずっと気安げに、和やかな雰囲気を共有している。

「失礼な家にようお戻りくださいましたな」

「戻ってほしくない事情でもおあり？」

「ふはははは、いやいや、ござらんよ！」

ともすれば嫌味な物言いを、さも楽しげに家康は笑い飛ばす。

受け入れられている。安堵を覚えて、旭も微笑む。

「まこと変わられましたなあ」

「お嫌ですか」

「いいえ、ちっとも」

即座に否定した男の笑みから、明るさが消えた。

「ワシの正室なのだから、つまらぬ女《おなご》で終わってもらっては困りもうす」

「ふふふ、怖いこと」

とうとう、素を出したか。

つい嬉しくなって、旭も笑みを変える。にんまりと、暗いものに。

「では、ワタクシはあなたのお気に召したのかしら」

「無論。実に憎たらしく、愉快な女になられましたなあ」

「それはどうも」

ひとしきり笑い合ってから、それにしても、と家康はしみじみ呟いた。

「可哀想な女でいらしたほうが、楽だったであろうに」

「……自らを哀れむのに疲れましたの、それに」

「それに？」

「目的が、できましたので」

「ほう、目的とな。お聞きしても？」

問われた旭の目が、つい、と庭に向く。設えられた藤棚の、遅咲きの藤が散っていた。

はらはらと、はらはらと。風に吹かれるほどに、花の骸《むくろ》を白砂に撒き散らす。

春の、死に逝く気配が漂っている。

「……兄さんの大切なもの、すべて奪ってしまいたいのよ」

旭の呟きは、うっそりとして夢見るように甘い。

化けたな、この女。

確信とともに背を伝う怖気で、自然と家康の唇は弛む。

「それはそれは、大層な夢だ」

「……あら、夢で終わらせませんことよ」

「なんと、終わらぬのか」

「同じものを欲しがる、あなたが夫でありますゆえ」

じぃ、と、旭が家康を見つめる。

藤色に彩られたまぶたの下、灰色がかった漆黒の瞳に焔《ほむら》があった。

家康にも覚えのあるものだ。

過ぎ去った日に、家康もその日に宿した焔。

母と家康を引き離した、情けない父に。

妻と息子を殺せと命じた、身勝手な信長に。

彼らが死ぬまで、いや、死んだ今もなお腹で燃やし続けている。

愛おしい者を奪われた、憎しみの焔だ。

「ワタクシたち、良い夫婦になれますわね」

「左様ですなあ、よりにもよって我々は」

藤の骸が、家康と旭の足元に流れてくる。共に見下ろす二対の瞳は、暗い歓びで満ちていく。

「似た者同士で、あるのだから」

くすくすと、くつくつと。

美しい骸を蹴散らして、二人は再び歩き始める。足取りはどちらも、軽やかだ。

これほど愉しいことは、家康も旭も近頃なかった。

悲しみに沈まず、醜く生まれ変わってよかったと、旭は思った。

危険をおかしてまで、唆《そそのか》しに行ってよかったと、家康は思った。

最高の共犯者を手に入れたのだ。これを歓ばずにおれようか。

「山内の姫には、感謝せねばなあ」

家康が、ふと呟く。

旭が変わったきっかけは、あのきらびやかな少女だ。髪を切るほど病んだ心を救いあげて、憎悪を燃やせるほどの気力を取り戻させた。

少女が意図した結果ではないだろう。主家を滅ぼさんとする者を増やそうなどと、つゆほどにも考えていなかったはずだ。

それでも、その誤算が家康たちには幸運だった。

「……左様ですね、礼をしてやらねば」

「ええ、差し当たっては何がよかろうな」

先ほどは思いつかなかったことを、家康はまた考え始める。

あの治世を言祝《ことほ》ぐ瑞鳥の雛は、捕まえておきたいものだ。

なぜなら少女は、女を美々しく粧《よそお》うだけの者ではない。調べたところ、女を粧う品を作るために、少女はさまざまな物を生み出している。

青い金。今群青など、その最たるもの。堺の豪商でもある千宗易に知恵を貸し、まだまだ富を膨らませ続けているそうだ。

これを捕まえて懐に入れることが叶えば、目も眩む福が徳川へ舞い込むだろう。

だから、できるかぎり少女の徳川に対する心象を良くして、囲い込みをかけたい。

今はまだ、盛りの羽柴から引き離すことはできない。ゆえに好感を持たせるに留め、地道にそれを積み重ねるべきだ。

旭の件は、実に都合が良い出来事だった。少女に感謝しているていで接触すれば、誰も怪しむことはないだろう。

策に嵌められる少女も、きっと気づきはすまい。

あの少女は、善意に弱く、情にも脆いお人好しだ。乱世を生き抜く家康と旭の悪意を感じ取れる勘など、持ち合わせていない。

律儀な徳川殿と、気まぐれな旭姫が、少女に深い恩を感じている。人懐っこい徳川夫妻として振る舞い続けていけば、懐柔してしまえると家康は踏んでいる。

だが、そのためにはまず、どんな手を打てばよかろうか。

頭を悩ませる夫の傍らで、旭が目をきらめかせた。

「……ねえ、こういうのはいかが?」

「何かな」

「こちらの都合に良き男を、お与祢にあてがうの」

ぱちくりと、家康が目を瞬かせる。

男。男をあてがうとは、どういうことか。

鈍いわね、と旭が鼻で笑う。

「鷺であっても、あれは女よ」

「なるほど」

単純なことだった。気づいて家康は苦笑した。

そうだ、あの少女は女。これから婚期を迎えんとする姫だ。

簡単ながら、確実に捕らえる方法があるではないか。

「於長《おちょう》をとっておくべきだったか……」

「まあ、そうですわね。馬鹿の娘と婚約を結ばせたのは、手痛かったわね」

「今更反故にできぬしなあ、やってしまったな」

少女の存在を知った後なら、事実上の嫡男である長松丸の縁組など、全力で回避したものを。

なにせ、今度の縁談の相手は、秀吉の養女であるが、あの三介《さんすけ》――織田信雄《おだのぶかつ》の実娘。才走った父と兄弟を持ちながら、凡愚極まりない人間の娘だ。

こたびの行幸にあっても、ろくでもない戯言で、叙位を受けたばかりの少女を愚弄した。

理由は、嫉妬と逆恨み。気に入りの従姉妹姫が、少女に蔑ろにされたらしい。

従姉妹姫の側付きからそれを聞いて、勝手に怒りを感じて暴走したのだから、馬鹿の極みだ。

そんな評判が落ちに落ちた三介と縁付く羽目になろうとは、運がないにもほどがある。

「気落ちなさらないで」

「だがなあ」

「殿の息子は、一人ではないでしょう?」

袖で口元を覆って、旭が目を細める。

「……福松丸《ふくまつまる》殿は、どうかしら」

「於福《おふく》をか?」

「そう、お与祢と同い年で似合いです」

何より、少女に娶《めあわ》せるならば長松丸よりも福松丸、と旭は続ける。

家康の息子、福松丸。嫡男である長松丸と同じく、家康の側室であるお愛《あい》の方から生まれた子だ。

歳は、九つ。少女と同い年で、少女のように歳に似合わない利発さがある。しっかりと言い含めれば、見事に少女という鳥を射落とすはずだ。

四男坊という立ち位置も良い。才はあっても心根が平凡な少女は、天下を継ぐ男の妻になど向かない。せいぜい、一国か二国程度の大名の正室が、関の山の器量だ。福松丸の妻として、のほほんと富を生み続けてもらうのが最良であろう。

「そしてね、福松丸は美しいわ」

「ちと直裁的《ちょくさい》にすぎぬか、そなた」

「事実でしょう?」

麗しきを好むお与祢の気を引くにはもってこいよ、と旭はさらりと言う。

「あの子とならば、お与祢も幸せにはなれるでしょう」

「それはどうして」

「……優しい優しい、お愛殿の息子だもの」

弾けるように、家康が笑い出した。

自分に負い目を持たせた善良な女から、負い目につけ込んで息子を取り上げる。

あまつさえ、取り上げた善良な息子を誘導して、自分のための駒にする気でいるらしい。

恐ろしい、けれども愉快な考えだ。同時に、そうでなくては、とも思う。悪人の妻は、悪人であらねば務まりはしないのだから。

「ならばもういっそ、於長も含めて嫡母《ちゃくぼ》になられい」

「よろしいの？」

「おや、ワシの正室であるのに、弱気であられるな？」

「舐めないでくださいな」

からかう家康に、旭は苛立たしげに鼻を鳴らす。

「まこと優しき義母上になってさしあげますよ」

「化けの皮が剥がれぬと良いが」

「……心配ないわ」

遠くから、足音が近づいてくる。

数にして、二つほどか。声も聞こえる。若い女と男。件のお愛と、井伊直政《なおまさ》だ。

瞬く間に、家康と旭は皮を被る。律義者で情の深い家康と、慎ましやかで優しい旭姫の皮を。

「ワタクシは、狸の家内なのよ」

そよぐ風に紛らせるように、旭が囁く。家康は、目を細めて頷いた。

とても心地良い春の死を味わいながら、二人は歩む。

遠からず巡りくる、羽柴の冬を心待ちにして。

きたのまんどころさまのおけしょうがかり

書下ろし番外編

二人分の親心

——山内一豊と千代・天正十六年四月十七日

「与祢に、叙位と任官でございますか」

夕餉《ゆうげ》を兼ねた、晩酌の席にて。

酒器を取る手を止めた妻に、一豊は重々しく頷いた。

「准后様が与祢の奉仕を望まれたそうでな」

なんでも、行幸に随伴してきた国母の君たる准三后様が、北政所――寧々様の化粧に目を止めたそうだ。

その化粧を手掛けたのは、千代たちの娘、与祢だった。

北政所様の御化粧係として振るわれたその腕に准后様は興味を持ち、奉仕を受けたいと求められた。

しかし与祢は、ただの小大名の姫。宮中に仕える公家出の女官ではなく、官位も持たない関白家の一女房だ。どれほど求められても、事実上の皇太后の肌には、手を触れられない。

だからといって、准后様の要望を断れるはずもなく。至急、与祢の身分を整えなくてはならなくなった。

「それで殿下と寧々様の猶子となって、位と女官の職をいただく、と」

口を引き結んだ一豊の首が、また縦に振られる。

「それはまた……」

とんでもないことになったものだ。

我が子が美容の腕一つで官位官職を得て、今をときめく天下人の猶子になるとは、思いもよらなかった。とびきり高貴な女人に奉仕するためとはいえ、破格の待遇である。

古今、このようにして世に出た女がいただろうか。紫式部や清少納言といった、後世にまで名を轟かせる才媛でさえ、単なる内裏女房止まりだったと聞くのに。

我が娘ながら、想像を遥かに超えてくれることだ。

「では、支度をせねばなりませんね」

一瞬途方に暮れかけたが、なんとか気を取り直して、千代は言った。

衣装は不可欠だとして、他に必要な物はあるだろうか。宮中のしきたりについては、千代もあまり詳しくはない。女官の任官に関する知識など、皆無と言い切れる。どんな衣装を用意するのが適切なのかさえ、見当もつかない。

早く有識者を探して、確かめないと大変だ。

「いや、すべて寧々様が整えてくださるそうだ。急がねばならんからな」

「急ぐ？　いったいいつ儀式などなさるので？」

「明日だ」

「明日」

一豊と目が合う。返事の代わりに出てきたのは、疲れきったため息だった。

「明日、すべて済ませるのだと……」

だから自分の衣装だけ整えて来い、と関白殿下と大和大納言様に言い含められたらしい。

一瞬呆気に取られたが、それもそうか、とすぐに千代は納得した。決まった手順を丁寧に踏んでいては、准后様を待たせてしまう。高貴な人の機嫌だ。損ねるよりも、取った方が良いに決まっている。

それに明日は、諸大名衆が帝へ秀吉への忠誠を誓う誓紙を、帝へ奉じる予定だったはずだ。同時に与祢の叙位任官を行って、彼らの目に触れさせればどうなるか。間違いなく、秀吉好みの華麗な話題となって、広まるだろう。融通を利かせる価値は、大いにあるのだ。

「でしたら、しかたありませぬね。お祝いは後ほどといたしましょうか」

晴れ着を用意してやれないのは残念だが、今回は諦めよう。

でも、それとは別に、お祝いはしてやりたい。なんといったって、可愛い娘の晴れ舞台である。祝いの品にとびきり素敵な着物や帯を仕立ててあげれば、きっと与祢も喜んでくれるはずだ。

仕立ては久しぶりに、千代が自ら腕を振るうのも、いいかもしれない。反物の仕入れは、とと屋にお願いしよう。与祢を可愛がってくれている、宗易のことだ。きっと喜んで、とびきり良いものを手に入れてくれる。

天下の御化粧係にふさわしい着物を、たくさん用意してやれそうだ。

「あまり驚かんのだな?」

めいっぱい着飾った娘に思いを馳せていると、そろりと一豊が訊いてきた。

「叙位くらいは、いつかある気がしておりましたからねえ」

拍子抜けした様子の夫に、千代はくすりと笑って返す。

与祢は、一豊と自分の娘なのだ。当然、抜きん出て優れた姫である。人の女が望める栄誉と幸せは、ほぼ手に入れるものだと千代は信じていた。

まあ、ちょっとばかり、実現が早かったような気もするが。

「旦那様だって、わかってらしたでしょ?」

「……それはそうなのだが……でもなあ……」

「だったら良いではないですか」

官位を持てば、権威が付いてくる。羽柴の猶子となれば、身分も上がる。

与祢の立場がより強くなることは、願ってもない僥倖《ぎょうこう》だ。不安に思うことではないはずだが、何が夫の心に引っかかるのだろう。

不思議でじっと見つめていると、観念したように一豊が呟いた。

「これを機に、縁談が来るはずだろう……?」

「縁談? 与祢の、でございますか?」

深刻な顔で深く頷く夫に、千代は思わず笑ってしまった。

「いやだわ。何をおっしゃるかと思えば、そんなことですか」

「そんなことではないわっ!」

だんっ、と床を拳で叩いて、一豊が吼えた。

「与祢は美しく愛らしい! 人目に晒したら、必ずやあちこちから、嫁に欲しがられるに決まっておるであろう⁉ 困ったことではないかっっっ‼」

「たくさん来たら困りますわね、選ぶのに」

「そうではなくてだなあ!」

のほほんと千代が返すと、一豊はもどかしげに頭を掻きむしる。

「与祢の嫁ぎ先は、殿下がお選びになるはずだ。儂らは蚊帳の外になるっ……」

「まあ、さようでしょうねぇ」

残念ながら、そうだと思う。

おそらく秀吉は、御化粧係として以外の与祢の使い道について、色々と計算をめぐらせている。

わざわざ猶子の姫君として披露する目的は、より大名衆や公家衆の気を引くため、といったところか。今後は与祢を餌に、彼らを相手としたなんらかの策を弄する心算なのだ、と千代は見ている。

山内家の意見が入れてもらえる余地は、おそらく皆無だろう。

「備前の御方様のように、どこぞの使える大名家へ嫁がせる、と申されたら……それが遠国だったら……っ」

絞り出すように言ってから、一豊は分厚い手で顔を覆う。

「儂は嫌じゃあああ！　与祢ええええ！」

予想はしていたが、心配するところはそこか。床に突っ伏して泣き出した一豊に、千代はため息を吐いた。

思い返せば、この夫はつねづね繰り返し言っていた。

与祢が生まれてから松菊丸《まつきくまる》が生まれるまでは、『ずっと与祢が、惣領姫《そうりょうひめ》であればよい』。

松菊丸と次女の与津《よつ》が生まれてからは、『近場に与祢の良い嫁ぎ先がないものか』。

つまりいつも、どうにか与祢を遠くに行かせずに済む方法ばかり考えていたのだ。

それが叶わなくなる目が出てくれれば、こうなるのも当然と言えば当然で。我が夫ながら、娘のことに限っては本当に困った人である。

「まあまあ旦那様、落ち着いてくださいな」

「だが、だが千代っ」

「まだそうと決まってはいないでしょう？　泣くのが早すぎまする」

秀吉から、与祢の嫁入り支度をしろ、と命じられたわけでもないのだ。今のうちから、涙が枯れる勢いで嘆く必要はない。

それに、与祢はまだ九つである。平時の今、縁談を決めるには、少しばかり幼い。時間に余裕があるから、嫁ぎ先の選定はじっくりと行われることだろう。

「ですから、案ぜずともよいのですよ」

広い背をさすってそう諭すが、それでも一豊は落ち着かないらしい。不安げに千代を見つめ返してくる。

「でもなあ……」

「心配せずとも、大丈夫です」

頼りない夫の、でも、を千代は即座に切り捨てた。

「言い切るな……なんぞ確信でもあるのか？」

「ええ、少々」

目をぱちくりとさせる一豊に向けて、千代は自信たっぷりに微笑みかける。

「あの子は遠くへは行きませぬ。わたくしたちの近くにいてくれます」

娘の恋が成就するならば、確実に。

千代だけが知っていることだが、与祢は恋をしている。

相手は、大谷刑部少輔吉継《おおたにぎょうぶのしょうよしつぐ》。紀之介という幼名の方が千代の耳に馴染む、関白殿下の元小姓にして現重臣の青年だ。

昨年堺に赴いた際に、与祢は彼に危ういところを助けられ、それが縁で恋い慕うようになった。吉継の方もまんざらではないようで、与祢を大切にしてくれている。今のところは、幼い妹か娘のように、であるが。

とにもかくにも、二人は千代を介して頻繁に文を交わし、きちんと仲を深めている。順調に時を重ねれば、娘たちは夫婦《めおと》になる、というのが千代の見立てだ。

二人はそれほどに仲が良く、互いを深く想い合っている。遠からず、吉継の情も与祢と同じものに変わる。そうなれば、必ず彼は与祢を妻にと望むだろう。

千代にとって、これは大歓迎の良縁である。吉継はできた男だ。少々与祢とは年が離れているが、人柄は優れて穏やかであるし、地位も財産も一定以上のものを持っている。よほどのことがないかぎり、将来安泰と言って差し支えない。

また大谷家は羽柴の一門衆であり、秀吉の吉継への寵愛も深い。それと吉継のお役目を踏まえれば、大名に上がったとしても遠国に送られる可能性は低い。

千代が思うに、畿内かその周辺の適当な地に、少なくとも十万石以上。領国は代官に任せて、吉継本人は在京もしくは在坂、という条件になるはずだ。おのずとその妻子も、領国へ赴くことは無いに等しくなる。

何から何まで、本当に好都合な男である。与祢の母親と山内家の正室、どちらの立場から見ても。娘を任せるに不足はなく、山内家の地位向上の役にも立つ。一豊の望みだって、だいたい叶う。これ以上の婿がねがあろうか、というものだ。

「そんな上手い話があるものかのう」

にこにこしている千代を横目に、一豊はまたため息を吐いた。

可愛い人だ。千代に確信の根拠を話してもらえなくて不安で、でも怖くて聞けないのだろう。愛おしくてたまらなくて、つい千代は一豊の丸っこい体に抱き着いてしまった。

「うふふ、旦那様の思い切りがあれば、すぐにでも叶う話ですのよ」

耳元でそっと囁いてやる。一豊が腹を決めさえすれば、あとは簡単だ。

与祢の主である寧々に申し入れて、秀吉が何か言う前に話を決めてしまえばいい。説得しなくても、寧々は大喜びで話をまとめてくれるはずだ。

大谷家は、女も働きに出る家だ。実際に吉継の母と姉妹は、寧々と秀吉の側近として仕えている。与祢が嫁いだとしても、出仕の継続を妨害される心配がない。末永く与祢を側に置きたい寧々にとっても、これは願ってもない良縁なのだ。

(ま、もうしばらくは、様子を見るけれど……)

首をひねりながら酒をちびちび呑む夫を眺めつつ、胸の中で呟く。

娘の恋は、まだ一豊には伝えないつもりだ。残念なことに彼はまだ、子離れができていない。今の一豊が事の次第を知れば、幼い娘をたぶらかしたと激怒して、吉継の屋敷に討ち入りしかねない。破談にするにはもったいない縁だし、与祢もかわいそうだ。

娘に男の影が見えても、ある程度夫が理性を保てるようになるまでは、時機を見るべきと千代は考えている。

それと、吉継の方にも、最近少し気になることがある。

病らしい、という噂があるのだ。それも不治の病だそうで、吉継が人前に姿を現さなくなったのは、そのせいなのだという。

まさかと思って与祢の文の遣いついでに佐助に調べさせたところ、これはある程度は事実であった。

確かに吉継は、昨年の夏から堺の自邸にこもりがちだったのだ。

九州攻めの折に、何かあったらしい。帰還直後から屋敷への医者の出入りが目立ち、ひそかに有馬へ湯治に行ったりもしていた。

だが意外なことに、御役目は以前と変わらずこなしていて、その働きぶりに病の気配はないという。

一見ちぐはぐな情報だったが、千代はすぐにピンときた。おそらく、吉継は九州攻めで、戦傷を負ったのだ。それも、かなりの深手を。

そのため容易に出歩けなくなったが、事務仕事はできるので、自邸で御役目はこなせている。だから、矛盾した事実が発生しているのだろう。

と、すれば、傷を負ったのは、足あたりか。足は千切れてしまわなくとも、ちょっとしたことで歩けなくなりやすい。

例えば骨を折った場合、骨接ぎが上手く行かなければ終わりだ。杖を突くか、足を引きずって歩ければ上等。悪くすれば寝たきりになることもある。

あとは、そうだ。顔の傷、という可能性も考えられる。顔の傷は目立つし、かなり厄介なものだ。

千代が嫁ぐ直前のことだが、一豊も戦場で頬を貫通する矢傷を負った。あの時は、治りきるまで大変だった。帰ってきても高い熱が続いたし、口が動かなくなって食事もろくに取れず、文字通り一豊は死にかけた。治った後も後で、食事や発話などの苦労が、尾を引くように残った。吉継も同じ状況なのだとしたら、長く屋敷から出られなくなってもしかたあるまい。

どちらにせよ、とても心配だ。戦の傷は後から徐々に体が衰えて、死に至ることも珍しくない。

このまま与祢を置いて逝かれたら、千代としては非常に困る。吉継以上の好条件の男を、また一から探すのは手間だ。死ぬ気で体を治して、与祢のもとに戻ってほしい。

可愛い娘が死んだ男を想って泣くことになったら、千代も悲しいし。

「千代？　いかがした？」

夫に呼ばれて、我に返る。少々考え込んでいたらしい。

「何でもありませぬわ。さ、もう一献《いっこん》どうぞ」

にっこりと微笑んで、千代は一豊の盃へ酒を注ぐ。

とりあえず、すべてはもう少し様子見だ。急《せ》いてしまっては、事を仕損じる。

だって与祢は、まだ九つ。大人になるまで、時間はたっぷりとある。嫁入りについての詳細はおいおいで、今は愉快なことだけ考えておこう。

「……楽しみね」

ついでに手酌で自分の盃も満たし、夫に聞こえぬよう独りごちる。

愛しい娘は嫁ぐまでに、好いた男とどんな恋模様を描くのだろう。

見下ろす盃の中の澄み酒は、灯明を映して、ゆらゆらときらめく。

できれば、与祢にとって、美しくきらめく恋であればよいのだが。

そんな願いを胸に秘め、千代は盃を乾《ほ》したのだった。

あとがき

こんにちは、初夏にあやうく事故死しかけました、笹倉のりです。

このたびは『北政所様の御化粧係　三巻』を手に取ってくださり、ありがとうございます。

Ｗｅｂ版や一巻から読んでいてくださる方、感謝してもしきれません。


ご報告というか、すでに皆さまご存じのことともいますが、コミカライズ版『北政所様の御化粧係＠ＣＯＭＩＣ』の一巻も、同月発売となります。

担当の武柴先生のおかげで、与祢は常に可愛く、めっっっちゃ素敵なイケジジイ盛りだくさんとなりました。一巻にぎりぎり初登場が間に合ってよかったね、大谷さんと石田ァ！

連載中のお話もますます楽しく、魅力的に展開しておりますので、応援よろしくお願いします！


さて今回は、大イベント・聚楽第行幸と、旭姫こと旭様のお話を中心に展開しております。

この旭様は、豊臣秀吉の妹にして徳川家康の妻となった女性です。史実では兄・秀吉の政治的な都合で夫と強制的に離婚させられ、家康の元へ後妻として送り込まれました。そして心労がたたってか、再婚して四年後に亡くなった薄幸なイメージの強い人です。

現在放映中の大河ドラマ『どうする家康』にも登場しているので、旭様の知名度が少しは上がるかな⁉　上がっているといいな！

大河ドラマを視聴されているとわかりやすいかと思いますが、旭様は本当に悲惨な人生を送った方です。昔から、もっとどうにかならなかったのかと思っていたので、御化粧係の物語ではどうにかしてみました。

そして誕生したのが、闇落ち旭様です。兄への復讐のために家康の天下取りを支えるビジネスパートナーに、メタモルフォーゼしていただきました。吹っ切れたので、早死にもなさりません。

この先も史実と違う運命を突き進む旭様の活躍を、楽しみにしていただけると嬉しいです。

また旭様の変化に連動して徳川サイドも、だいぶ史実とは違う形になっていく予定です。与祢の攻略を任されることとなる福松くんこと、松平忠吉の運命が一番大きく変わります。大谷さん、ライバルの登場だよ。

そのあたりもじっくり書いていきたいので、これからもシリーズを続刊していけるといいなあ……！

今回も素敵な表紙&挿絵を描いてくださったＩｚｕｍｉ様には感謝しかありません。徳川夫妻をイメージ通りのけだるげなマダム&温厚そうな渋メンに仕上げていただき感無量です。井伊さんも傷だらけのイケメンという指定をがっつり叶えてくださって、最高でした。

作業に当たってたくさんお世話になった担当編集様や家族友人も、本当にありがとうございます。

それでは、次巻が出たらまたお会いしましょう！

キャラクター設定集

旭《あさひ》

秀吉の妹にして徳川家康の正室。
四十六歳（満年齢四十五歳）。
政略結婚で振り回された挙句、
前夫の自害でふさぎ込んでいたが、
与祢との出会いで吹っ切れて
常に気怠げでシニカルな
毒舌家マダムとなった。
着物は藤色や菫色などの
薄い紫色と銀色で、
かつデザインがシンプルな
ものが多い。

徳《とく》川《がわ》家《いえ》康《やす》

旭の現在の夫で、戦上手でどっしりした
律義者と評判の大大名。
天下を虎視眈々と狙っており、
旭に復讐を決心させて共犯者の座に据えた。
けっこう派手好きで、
明るくてカラフルな衣装(金色など)を好む。

井《い》伊《い》直《なお》政《まさ》

徳川家重臣。圧倒的な美貌を持つが、
短気、即断即決、自他に厳しくて
闘争心が激しいと中身は
ゴリゴリの戦国人。
養母の影響で年配の女性には
比較的優しかったりもする。
“井伊の赤備え”の名の通り、
イメージカラーは赤。

きたのまんどころさまのおけしょうがかり

コミカライズ第一話　試し読み

――

［漫画］武紫　［原作］笹倉のり　［キャラクター原案］Izumi

京の都に
お城ができた
まぶしい天守に
数多の御殿
その城の名は
聚楽第
令和の世では考えられぬ
なんとも景気の
いいお城
……いやはや

ホント
主人は関白
豊臣朝臣
藤吉郎秀吉
とんでもないことに
なったなぁ……

そして私は
その北政所様の
御化粧係

事の起こりは
天正13年
姫様⁉
ひどい地震の
あった夜
さむい
おられたぞ
死にたくない
寒くて
土埃の嫌な
臭いがした
死にたくない
姫様‼
与祢？
与祢⁉
……与祢？

「どこかで聞いた名前」

「ああ そうだ」

与祢!

与祢姫!!

与祢ぇ!!

「さっきまで見ていた時代劇でだ」

……こうして長浜の大地震は
一豊と千代の大事な与祢姫の命を奪っていったのだった
あー……

あの子死んじゃったのかー……

待って待って重くない？
ひとりっきりの娘ちゃんでさ
あんな小さくて可愛い子が
山内さん夫婦も気の毒過ぎる……
夢中人生を生きてさ
大きな夢をふたりで達成したのに
一娘ちゃんが生きてたらなぁ
この時代の人たちは
簡単に死んでしまうんだなぁ…
それにしてもこのクリーム凄い!!
伸びもよくて肌触りも柔らか!!
さすがはフランス土産!!
ペカー

くんくん
香りはネロリとフランキンセンスかな？
ほんと伸びが良い
チョイス定番でも配合が絶妙なんだろうなぁ
あーホントいい週末だった！
ホテルのエステに美味しいご飯！
友だちとおしゃべりストレス発散!!
くらっ
……っとはしゃぎ過ぎたかな
ゴッゴッ
ちょっと早いけど寝よう
健康にも美容にもいいことだし
与祢ちゃんみたいに早く死にたくないからね
すー…
…与祢ちゃん…

与祢!!
早く
こちらへ!!
与祢って
あの
与祢ちゃん!?
姫様!!
……って
いやいや
んなまさか
与祢!!
生きていて
くれたのね!!
ぐっふ
よく無事で!!
痛いところは!?
苦しくない!?
はい!!
ないです!!
ガバッ

うわあああぁ
無事でよかったああああっ
ギギュッ
義姉上《あねうえ》
すいません
ギブ
千代様!!
落ち着いてくだされ
与祢姫も驚いております
あら
私としたことが
ごめんなさいね
与祢
母上はそなたを案じておられたのだ
堪忍してさしあげてくれ
はい……
さ 義姉上
与祢を連れて安全な場所へ
また地面が揺れるやもしれませぬ
見上げなければいけない大人たち
「与祢」に「千代」

ちょっと崩れかけてるけど立派なお城
時代劇でしか見ないような格好の人たち
そして
どどどどど
千代!!
与祢!!
一豊様!?
スパァーン
よう生きておった!!
お前が埋まったと聞いて心の臓が止まるかと!!
ごっふ!!

ぐぇぇぇぇぇ
都からもう
お戻りに?
何を言う
千代!!
そなたらの
大事ぞ!?
千里の道も
飛んで参るわ!!
あーはいはい
一豊様!!
※叔父上
「一豊様」
この人たち
戦国時代でも
有名なあの
オシドリ夫婦だ
あぁ……
これは確定だ

今は天正13年12月
……らしい
いやそんな「天正」なんていきなり言われましても
ちゅんちゅん
ちゅんちゅん
正直令和や平成じゃないくらいの印象しかないわ
とりあえず質問しまくってみた結果
本能寺の変はもう起きたことはわかった
子供のまんまかー
手ちっちゃいなぁ……
明智光秀は羽柴秀吉に既に討たれ
その秀吉によって天下が統一される目前らしい
ほっぺぷにぷにうわつやつや肌だ
姫様お目覚めですか？
起きてまーす

つまり
この時代は
おはよう
ございまーす……
後半戦だけど
まだバリバリの
戦国時代なのだ
おお!
お与祢!
体に痛みは
ないか?
さ こちらへ
今朝の朝餉《あさげ》は
しじみ汁じゃ!
はい 父上
お心遣い
ありがたく
存じます

どうした
その大人な
物言いは
どどん
んん!!
あれ
変だった⁉
あそういや
与祢ちゃんの
口調知らない!!
一豊様
とりあえず
それっぽい口調
でと思ったけど
逆効果だった⁉
与祢とて
もう六つ
大人な振る舞いを
真似し始める
年頃ですよ
でもいつも
父様と呼んで
くれとったのだぞ
わしまだ
「父様」と
呼ばれてたい
千代様ー!!
一豊

……与祢
父上はまだ
あなたに童でいて
ほしいみたいよ
うんうん
母様もそのほうが
いいのですけれど
……はい
……父様
母様……
きゃー♡
はー……
アラサーに
6歳ロールは
きびしい
あれ 姫サマ？
どうなさった
んですそんな
ところで
あえ

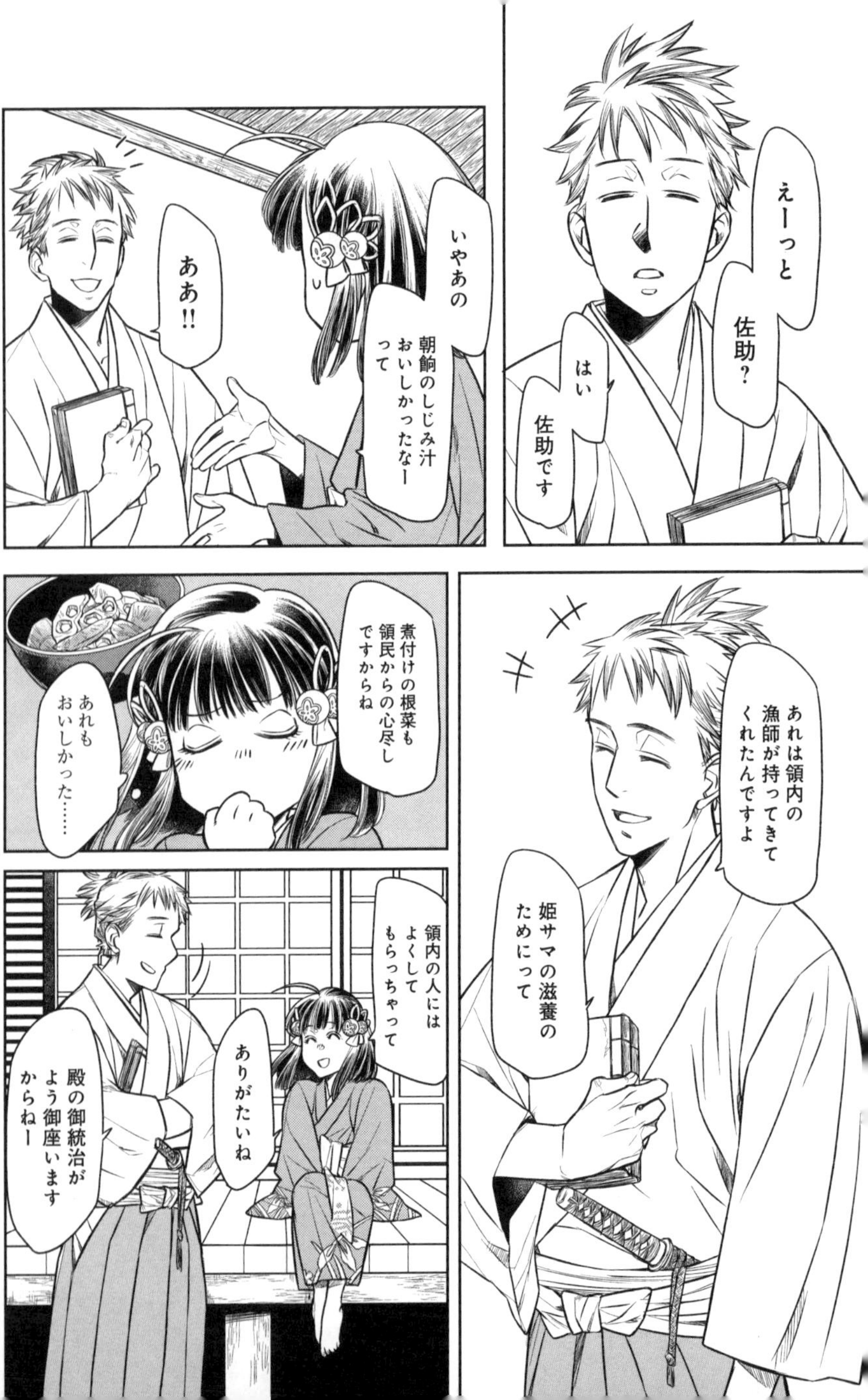
えーっと
佐助？
はい
佐助です
いやあの
朝餉のしじみ汁
おいしかったなー
って
ああ!!
あれは領内の
漁師が持ってきて
くれたんですよ
姫サマの滋養の
ためにって
煮付けの根菜も
領民からの心尽し
ですからね
あれも
おいしかった……
領内の人には
よくして
もらっちゃって
ありがたいね
殿の御統治が
よう御座います
からねー

……
父様はえらい方なのね
それは勿論
殿は昨今珍しいほど律儀で堅実な方ですから
だからこそ今は関白となられた秀吉様に長浜城を賜ったのですからね
くずれかけてるけど長浜城
地震はしかたありませんよ
……ご気分が優れぬのではありませんか？
え いや大事ないよ？
ならいいいんですがね

難しい顔なされてるし
熱でもあるのかなあと
御無礼いたしますよーー
熱なんてないよぉ
ちょっと考え事してただけだから
ね
無理は決してなさらないように!!
しんどくなったら侍女に言うんですよー
はーい
最初は有り得なさ過ぎて夢だと思ったけど
じわじわ実感してきたなぁ……

いやホント
今いる世界
ってば
皆着物着てるし
男の人は大体
ちょんまげ
ていうか刀
差してるよ
スマホ並みの
普及率で
持ってるよ
テレビもない
電話もない
車の代わりに
馬に乗る!!
私
この時代
ちょっとツライ
私……
なんて非現実な
現象に巻き込まれ
たんだろ……

与祢ちゃんは
あの地震で死んでしまうのが「歴史」だった
なら
私は?

いとも簡単に人が死ぬのが戦国の時代
なら私は？
サァア
……私も
やっぱり死んじゃってたのかなぁ……
戦国時代でなくても
人はけっこう簡単に死ぬ
いたい
いたい
こわい

やりたいこととか
けっこうあったんだけどなぁ……

……と
言うことが御座いまして
そうか……
……あのように恐ろしい目に遭うたのです
気丈にふるまっていてもまだ六つ心の傷はいかばかりか
心の傷の深き者は今までと人の変わる者もあると聞く
もしかすれば朝の与祢のあれも……
―しかしこうなると
むしろよい折であったかもな
長浜城は暫く使えぬし
一豊様？

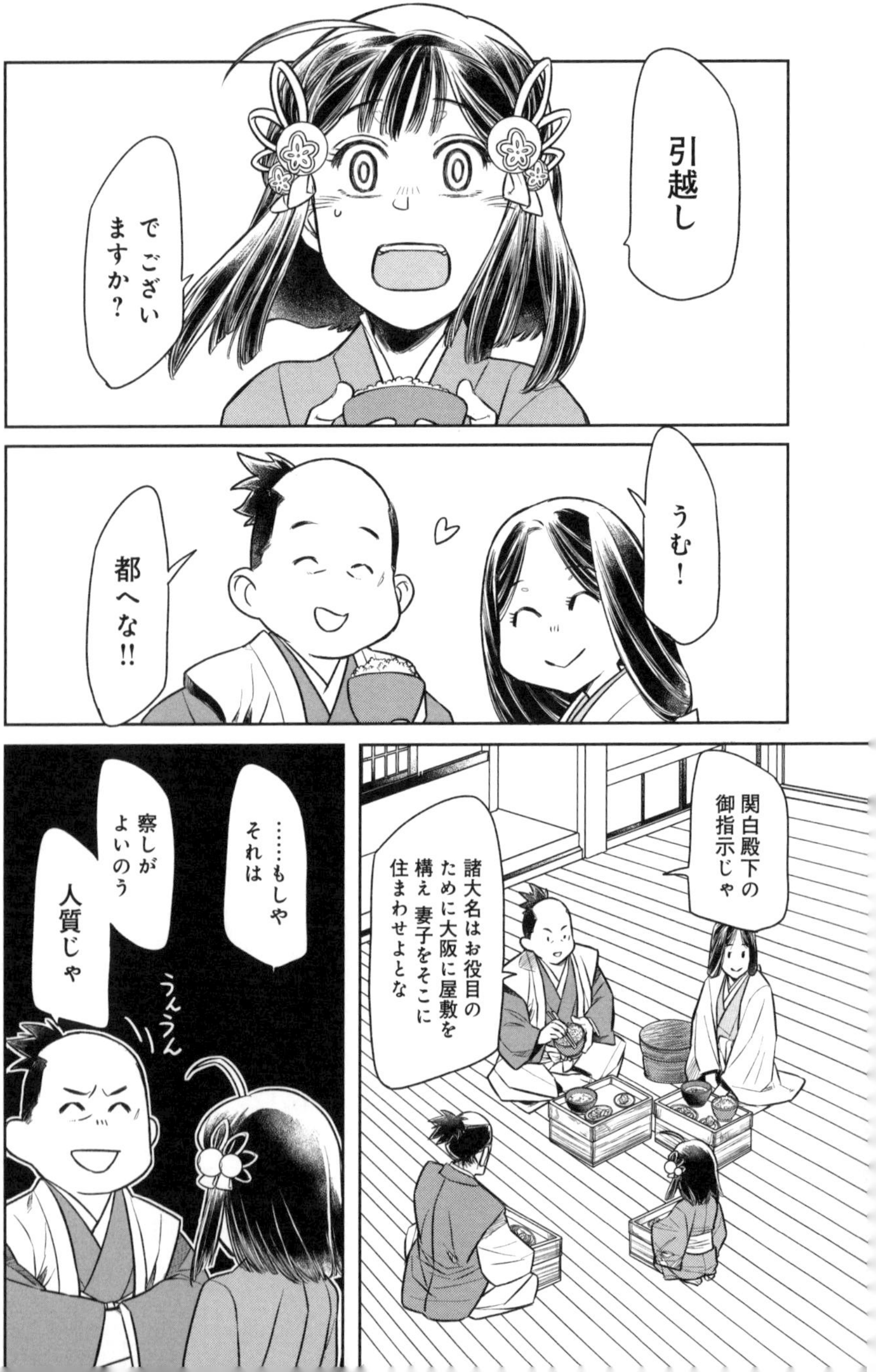

引越し
でございますか？
うむ！
都へな!!
関白殿下の御指示じゃ
諸大名はお役目のために大阪に屋敷を構え 妻子をそこに住まわせよとな
……もしやそれは
察しがよいのう
人質じゃ
うんうん

から
今日もおいしかった……
やはり家族で食べる飯はいいなあ
お役目大事とはいえ向こうで食べる飯は味気なくて！
ずー……
まぁ旦那様ったら！
先程の話だけどね与祢
人質といっても心配しなくていいのよ
父様は関白殿下への忠義篤《あつ》い方なのだから
だからな
また3人で暮らせるぞ
もう怖い思いなどさせぬ！

いい人たち
だなぁ
与祢ちゃんは
優しい両親に
そだてられたんだ
あんな
地震さえ
なければ
このふたりに
守られて
平和な時代を
迎えて
迎え……
長浜城も暫く
住めそうにない
からなぁ
そっちは被害は
あんまりないよ
都のほうの
御被害は？
あれ？
ちょっと
待て
※与祢

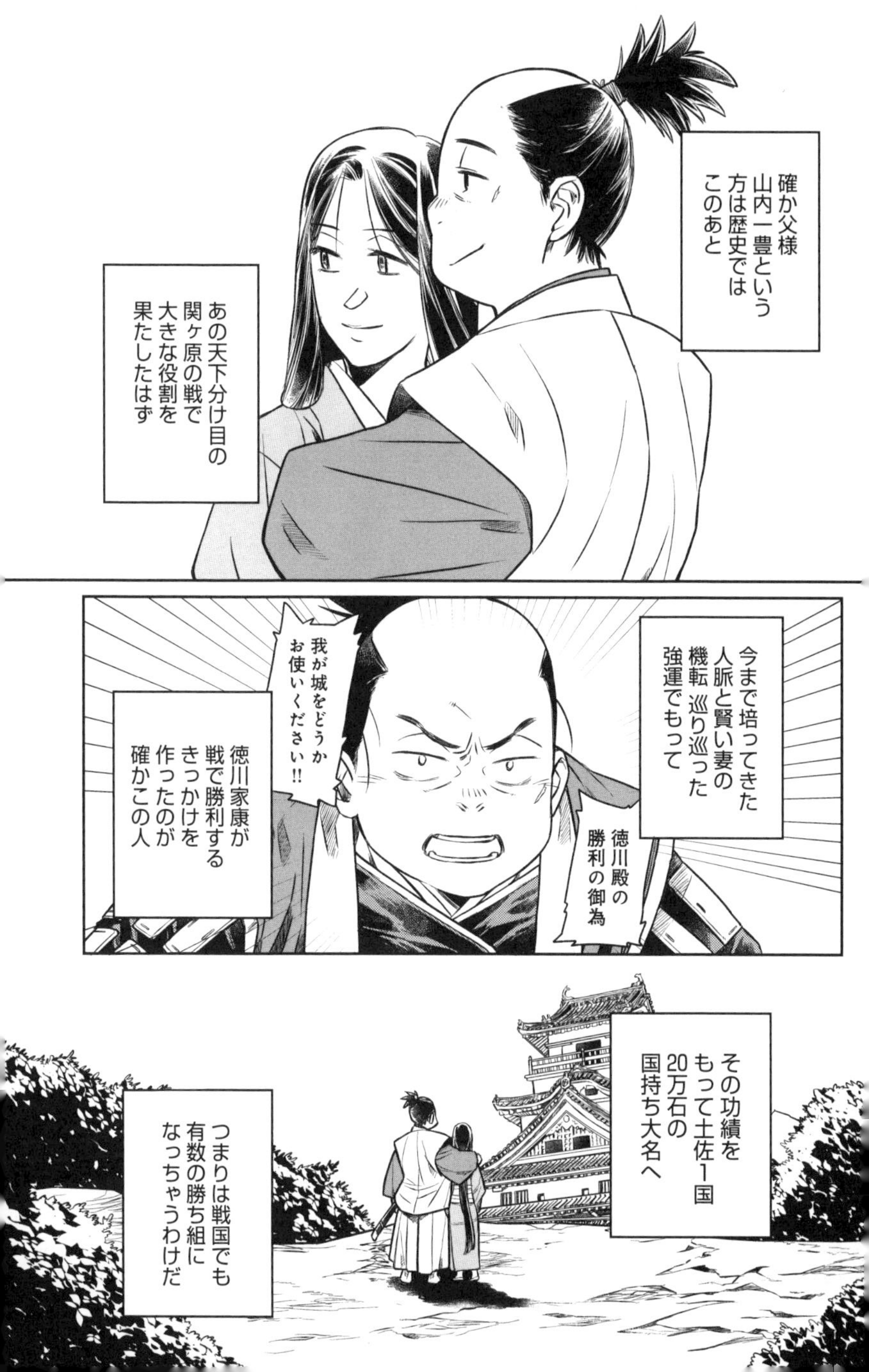
確か父様 山内一豊という 方は歴史では このあと
あの天下分け目の 関ヶ原の戦で 大きな役割を 果たしたはず
今まで培ってきた 人脈と賢い妻の 機転 巡り巡った 強運でもって
徳川殿の 勝利の御為
我が城をどうか お使いくださいい!!
徳川家康が 戦で勝利する きっかけを 作ったのが 確かこの人
その功績を もって土佐1国 20万石の 国持ち大名へ
つまりは戦国でも 有数の勝ち組に なっちゃうわけだ

……つまり
これからの
人生
私 ハイパー
イージーモード
なのでは!?
急にニコニコして
どうしたの与祢
きゃー
あうん
都行き
楽しみだなって
父様たちも
じゃぞー♡

衣食住は保証されてるし家事は使用人に任せきり
歴史的な結果を見れば最強クラスのセレブ生活になるわけだ
びわこだー
まぁ何事もなければだけどね
あんまり身を乗り出すと落ちちゃうわよ
あ
子どもの身体だもんなあ
気をつけて眺めなさい
ちょん
照れくさい……
むにむに

まぁね
歴史的なことに気づいて少し冷静になれたわけだ
どういう因果で与祢ちゃんの身体に入ったのかわからない
だけど
社会人だったからかなー
食いっぱぐれないとわかった瞬間ホッとしたなー……
父様と母様は本当にいい人たちだし
6歳児のフリをするのはアラサーにはなかなか厳しいけれど

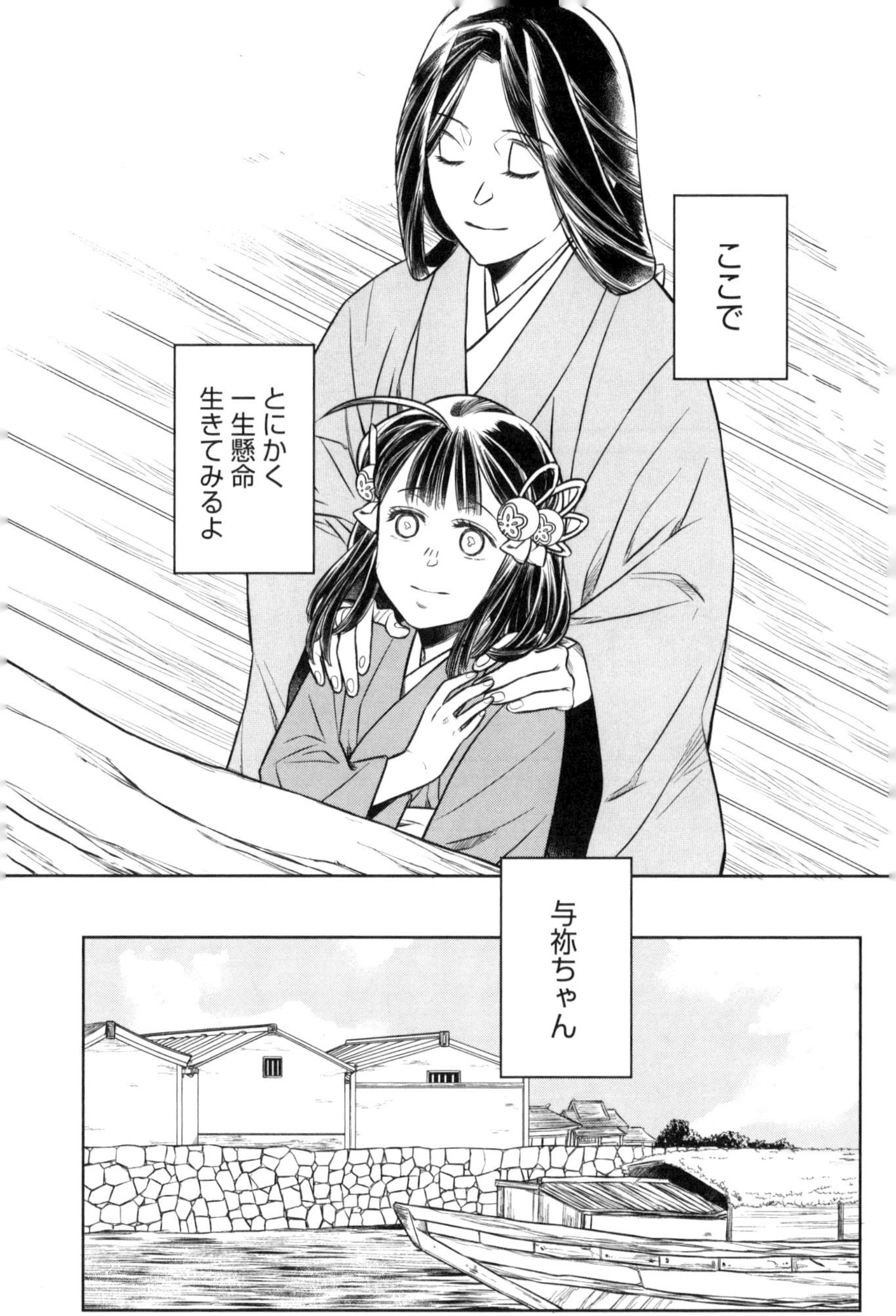
ここで
とにかく
一生懸命
生きてみるよ
与祢ちゃん

大津の笠大きい…
はーい おふたりとも
そろそろ出発いたしますよー
姫サマいますかー
いるよ
さて改めて行程の説明を
昨日は御方様が三井寺詣をご希望でしたので大津で1泊
楽しかったでーす♡
きゃっ
そして本日都の山科へ
佐助です
大体夕刻くらいに着くでしょう
はーい
結構かかるのね
女性の足に併せますとね
昼前に大津を発つならこんなもんです
休み休みで行きますからそこまでしんどくないですよ
うん
都
てことは京都だよね
元々好きだった土地だから楽しみ
何より

この時代の京都は日本で1 2を争う大都会!!
どどん
よね〜
現役バリバリの花の都!!
京
大坂
国際都市の大阪にも近い!!
きっとあらゆる人物・知識がそれなりに豊富なはず
それはもう長浜とは段違いに!!
ぐっ
ぐっ
そもそもね
美容関係が乏しいのですよこの時代
髪には椿油をぬりこんだ
スキンケア商品は言うに及ばず化粧水すら見当たらない
ヘアケア用品は油一択シャンプーなんてありゃしない
地味につらい

極め付けはコスメですよ
大丈夫ー？
口紅と白粉とアイブロウだけ！赤白黒の3色オンリーー！
母様の化粧箱見て絶望したよ!!
なんでも白塗り込んで紅ひいて眉描けばいいってもんじゃないんだよ!!
姫サマ!?
休憩しましょ佐助ー
おいしい…
ポリポリポリポリ
水あるわよー
もともと
21世紀の私は敏感肌でそれがきっかけでスキンケアを学ぶうち
ハンドプレスこうかな
ハマった

中学の頃から
ざっと20年近く
時間とお金を
全力で注ぎ込み
続けてた
進路も仕事も
美容方面
一直線
最終的に
友人たちに
あんたは
どこへ
向かうの?
と言われたが
約2時間
肌の話を
してた
褒め言葉
だったよね
佐助も
食べるって
おいしいわよー
え!?
だから
最早生き甲斐とも
いえる美容を
ここでも続けて
いきたいのだ
ポリ
ポリ
だけど思った
以上に材料
がなー
都で少しは色々
見つかると
いいんだけど
そろそろ
いきますよーー
はーい

……ま
なんとかなるでしょ
え……
……あの御方様…？

ハイパーイージーライフ
母様……
京の屋敷って……
あ 違う違う
言ってなかった?
京屋敷は建築が間に合わなかったの
ここは母様の叔父様のおうち
よかったぁああああ
叔父様はノ貫様とおっしゃってね
お医者をされていて今は隠居されてるの
うんっと変わった御人でねぇ
いやあの
御方様 その
ボロ…
まことにこちらで!?
数寄者なのよ
数寄ってこういうのですか?
えー……
おじさーん!!
千代が参りましたよー!

ノ貫おじさーん！
いらっしゃらないのー？
ちょ 御方様!!
不用意に門へ近づかれるのは!!
危のうございま
あ
佐助えええええ!?

何してはるんや？
あら
あらあらあらあら
佐助ー！大丈夫ー!?
ノ貫おじさん？
大丈夫に見えますー？
ごめん!!
おんやまぁ
千代やないか！
御無沙汰しておりました！
なんや来るの今日やったんか
悪いことしたなぁ
お変わりなくて何よりですわ
……あの子ぉは？
引っ張りあげないと！
けっこう深い!!
気の毒に・・・

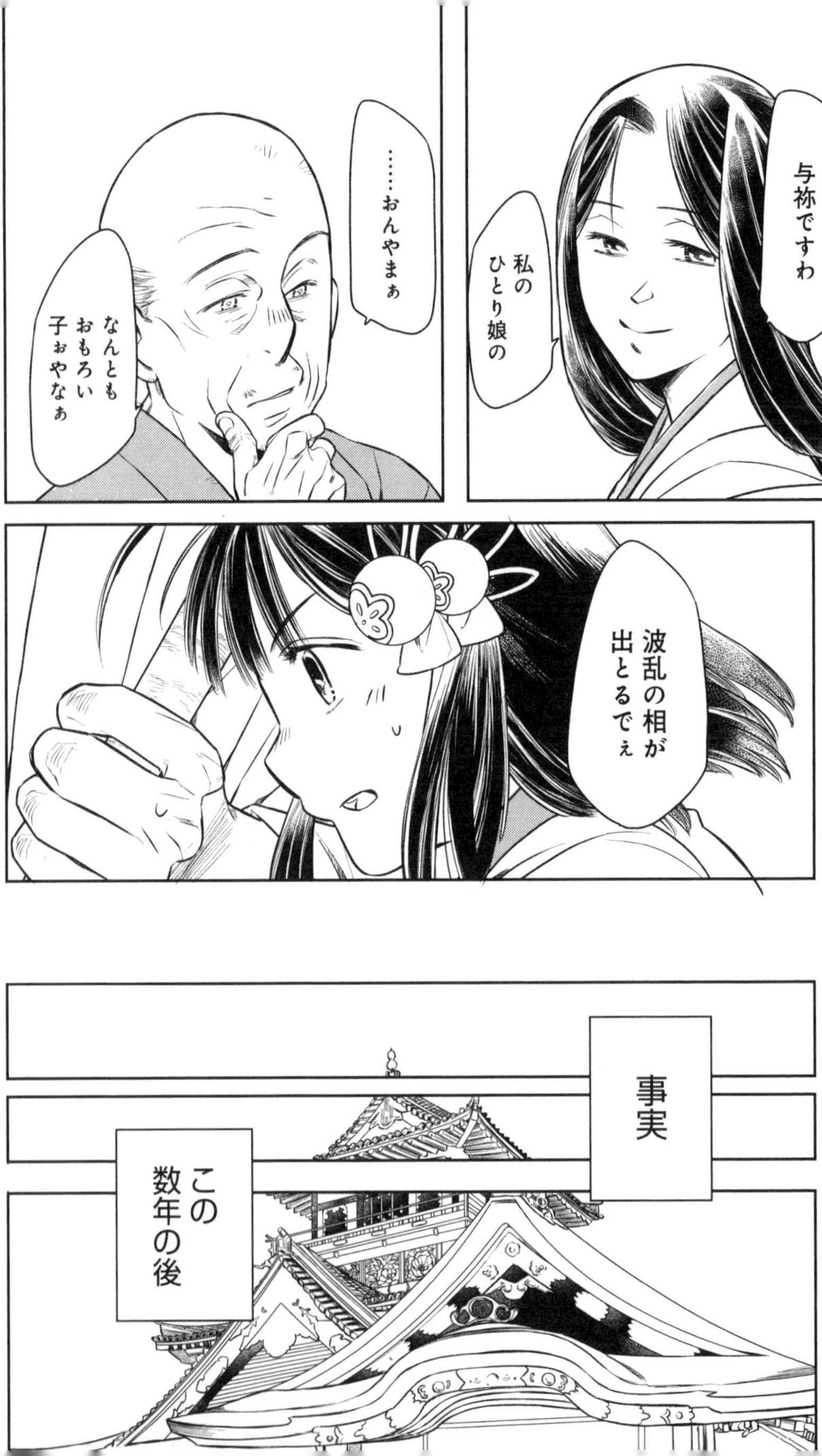
与祢ですわ
私の
ひとり娘の
……おんやまぁ
なんとも
おもろい
子ぉやなぁ
波乱の相が
出とるでぇ
事実
この
数年の後

京の都
天下人が築いた
都の華たる
聚楽第
培った
美容の技術を
もって聚楽第の
女たちの頂点たる
北政所様の
御化粧係となり

思ったよりも波乱万丈な日々を送るのだが
……うん ほらその
佐助が穴にハマったおかげで母様が無事だったわけで
慰められるほうが傷つくこともあるんですよ
ごめん
今はまだ後の話

TOブックス
コミカライズ
連載最新話が
読める！
月額400円（税込）で
全作品が読み放題！

北政所様の御化粧係 3
～戦国の世だって美容オタクは趣味に生きたいのです～

2023年10月2日　第1刷発行

著　者　笹倉のり

発行者　本田武市

発行所　TOブックス
〒150-0002
東京都渋谷区渋谷三丁目1番1号　PMO渋谷Ⅱ　11階
TEL 0120-933-772（営業フリーダイヤル）
FAX 050-3156-0508

印刷・製本　中央精版印刷株式会社

ISBN978-4-86699-961-6